새로운 출발이
늘 그립다

새로운 출발이
늘 그립다

초판 1쇄 발행 2023년 05월 11일
저 은 이 홍춘기
발 행 인 권선복
편   집 권보송
디 자 인 신미현
전 자 책 서보미
발 행 처 도서출판 행복에너지
출판등록 제315-2011-000035호
주   소 (07679) 서울특별시 강서구 화곡로 232
전   화 010-3993-6277
팩   스 0303-0799-1560
홈페이지 www.happybook.or.kr
이 메 일 ksbdata@daum.net

값 20,000원
ISBN 979-11-92486-55-0 (03810)

Copyright ⓒ 홍춘기, 2023

인생 70, 공직 40

새로운 출발이
늘
그립다

홍춘기 지음

사진: 필자가 태어난 닥바실의 300년 된 팽나무

도서
출판 행복에너지

여는 글

치열한 청춘의 아픔이
곧 40여 년 공직 생활의 밑거름이었음을…

군민의 행복과 안정을 위해 공직자의 본분을 다해야 한다는 일념으로 오로지 앞만 보고 달려왔다. 그렇게 어느새 지나간 40여 년의 세월을 돌이켜보면 그렇게 순탄치는 않았던 시간들이었다.

내가 또래 다른 이들보다 비교적 늦게 공직에 첫발을 내딛게 된 1970년대의 상황은 지금과는 비교도 안 될 정도로 업무 여건이 좋지 않았다. 공직자로서 한 달 내내 일한 대가는 기본적인 의식주를 해결하기에도 벅찬 형편이었다. 하물며 지금처럼 급여의 일정액을 재테크에 투자하는 것은 상상할 수도 없었다. 이런 상황에서 공직자 개개인이 아무 걱정 없이 오로지 주민들을 위해 업무에 몰두하는 것은 쉽지 않은 일이었다. 여기에 더해 지시와 하달 그리고 통제로 대변되었던 당시의 공직문화 속에서 공직자 자율성은 배제되었고 최소한의 복지도 턱없이 부족한 상황이었다.

그럼에도 불구하고 일선 공무원들은 새마을 운동이 시대정신이던 당시 농어촌 생활 구조에 큰 변화를 주도하였다. 흙먼지가 날리던 신작로는 곧게 뻗은 콘크리트와 아스팔트 포장도로로 대체되었고, 허름한 초가집이 슬레이트 벽돌집으로 바뀌는 등 일대 혁명이라고 부를 만한 변화가 있었다. 이와 같이 '한강의 기적'으로 불리는 경이적인 경제 발전으로 도시와 농촌의 구별 없이 먹고 사는 문제가 어느 정도 해결됨에 따라 그동안 잠재돼왔던 민주화에 대한 열정이 봇물처럼 터져 나왔고, 수많은 시민들의 숭고한 희생으로 말미암아 민주화가 이루어짐과 동시에 지방자치 시대가 열렸다.

지방자치가 시행되면서 나는 사무관 보직을 받아 고향인 동진면에서 면장으로 재직하게 되었다. 그런데 민선 초창기, 우리 지역은 완전히 변화된 법과 제도에 제대로 적응하지 못한 상태에서 지방자치를 시작해야만 했다. 이로 인해 지역사회를 첨예한 갈등의 수렁으로 몰아넣은 사건들이 연이어 일어났는데 대표적인 것이 군 행정부와 지방의회의 갈등, 그리고 방사성 폐기물 처리장 유치를 둘러싼 군민 저항 사건이었다.

이렇게 수많은 대립이 계속되던 격변의 시대에도 나는 원칙과 소신을 가지고 흔들리지 않으며 맡은 소임에 최선을 다했다. 공직의 대부분을 내무과, 재무과, 새마을과, 건설과, 민방위과 등에서 근무하면서 비록 힘은 들었지만 지역 발전을 위해서 조금이나마 보탬이 되고자 때론 밤을 새워가며 열심히 일을 했고 보람도 있었다.

그렇게 뒤돌아보지 않고 몸을 내던졌던 30여 년, 이룬 만큼 아쉬움도 많았던 공직 생활의 마지막에는 지방자치를 통한 생활 정치 구현을 위해 지방의원 선거에 출사표를 던져 제5대 부안군 의회 의원으로 선출되었다.

의원 생활을 시작하면서부터 지방의원으로서의 권한을 내려놓고 군민의 심부름꾼으로 복지의 사각지대에 놓인 군민이 단한 명이라도 있어서는 안 된다는 각오를 다졌다. 발이 닳도록 군민들과 소통하고 현장의 목소리를 귀담아 들으려 노력한 결과는 군민들의 전폭적인 지지로 돌아왔으며, 덕택에 세 차례 연임할 수 있었다.

이렇게 한때는 공직자로서, 한때는 군 의회 의원으로서 지역 발전을 위해 쉬지 않고 달려온 40여 년 세월의 흔적들을 나혼자만의 추억으로 간직하기에는 아쉬운 마음이 들어 작은 책자에 담아보기로 했다. 책자를 내게 된 첫째 이유는 나의 공직 생활을 때론 뜨거운 성원으로, 때론 따끔한 채찍으로 이끌어준 지인들과 군민들에게 고마움을 표시하기 위함이고, 다음 이유는 공직자라는 이유로 가정에 소홀했던 가장에 대해 서운했을지 모를 사랑하는 가족들에게 못 했던 얘기를 남기고 싶기 때문이다. 남편이자 아버지의 글을 읽고 항상 부끄럽지 않게 살기 위해서 노력했던 모습을 가족들이 함께 느끼며 보듬어 주기를 바라는 마음에서이다.

공직자로서, 의원으로서 나의 인생을 담은 이 책은 모두 5부로 이루어져 있다.

제1부에서는 알면 알수록 소중한 나의 아름다운 고향 부안의 알려지지 않은 이야기들을 부족한 식견과 사료들을 통해 정리해 보았다. 마치 양파처럼 겹겹이 쌓여 있는 부안의 아름다운 내면을 느꼈던 자긍심을 이 글을 통해 독자들에게 소개하고 공감하기를 바라는 마음에서 제2부에서는 어리고 미숙했지만 꿈과 희망으로 가득 차 있었던 성장기 시절의 이야기를 빛바랜 사진첩을 들추듯 조심스럽게 꺼내 보았다. 누군가에게 말할 가치가 있을까 하는 생각도 들었지만 그냥 마음속에 묻어두기에는 아쉬워 할아버지가 손주들에게 들려주는 추억의 이야기로 남겨주고자 한다.

제3부에서는 공무원 시절의 추억들을 간추리고 골라서 정리했다. 열정과 자신감으로 똘똘 뭉쳐 있었던 시절, 남기고 싶은 이야기들이 너무도 많아 정리가 쉽지 않았다. 제4부에서는 군의원으로서 12년간의 의정 활동을 통해 군민들과 함께 호흡하며 구현했던 생활 정치를 위한 노력들로 내 고향 부안의 번영을 염원하는 마음으로 연구하며 이끌고 실천했던 경험들을 정

리했는데 이 책자의 핵심이라고 해도 과언이 아닐 정도로 심혈을 기울인 내용이다.

제5부는 민주평화통일정책자문위원 12년의 경험을 통해서 얻은 바람과 지방자치단체 소멸지역으로 분류되는 부안에 대한 걱정스러움 그리고 12년의 의정 활동을 접으면서 바람을 정리해 보았다. 끝으로 부록에서는 군 의원과 군 의장으로서 참가했던 각종 행사에서의 축사와 기념사 등을 선별해서 수록했다.

인생의 황혼에 이르러 지금까지 나의 인생 70년은 나 혼자의 힘으로만 살아온 것이 아니라 우리 가족의 믿음과 사랑 그리고 군민들과 지인들의 소중하고 따뜻한 마음의 지원이 있었기에 가능했음을 절실히 깨닫고 있다. 이 글을 읽는 가족들과 지인들 그리고 군민들께 나의 마음 깊숙이 간직하고 있는 감사함을 전하며 모두가 행복하시기를 간절히 소망한다.

석동산 편백나무 숲에서

홍춘기

목차

제1부

내 고향 부안

아름다운 고향 산하

생거生居 부안

부안은 산, 들, 바다가 한데 어우러져 조화를 이루는 전국에서 몇 안 되는 곳으로 오랜 옛날부터 풍요로우며 사람 살기에 좋다고 하여 '생거부안生居扶安'이라 불렀다. 이 말의 유래는 조선시대 어사 박문수와 영조대왕과의 대화에서 찾을 수 있다. 백성의 삶에 관심이 많았던 영조는 전국 곳곳을 유람하며 민생을 살핀 경험을 가진 어사 박문수를 불러 "조선에서 가장 살기 좋은 곳이 어디냐?"라고 질문했는데 박문수가 "어염시초魚鹽柴草, 즉 물고기와 소금, 땔나무가 풍부하고 인심이 좋은 부안입니다."라고 대답한 데에서 '생거부안'이라는 말이 유래된 것이다. 하지만 진천에서 발 빠르게 먼저 '생거진천'이라는 명칭을 특허 출원하여 부안에서는 공식적으로 이 명칭을 사용하기 어려운 것은 안타까운 일이다.

부안의 산 이야기

대한민국의 국토는 70%가 산으로 이루어져 있다. 그렇기에 산은 오래전부터 그곳에 사는 사람들과 떼어놓을 수 없는 관계를 맺어왔다. 변산반도는 지리상 바다와 밀접한 관계를 맺고 내변산을 중심으로 하는 변산반도의 산 역시 변화무쌍하면서도 아름다운 삶의 공간이다.

돌이켜보면 나의 어린 시절은 부안의 자연에 많은 추억을 가지고 있었다. 삼복더위가 아무리 기승을 부려도 어망 하나만 가지고 계곡에 올라 투명한 계곡물 속 은빛의 물고기들을 잡아 매운탕을 끓이면 절로 더위를 잊어버리는 경험을 하곤 했다. 더욱이 봄에는 다양한 향기를 뿜어내는 진초록빛의 산나물, 가을엔 달달하게 혀끝에 도는 빨간 홍시 등 '생거부안'이라는 풍요로운 땅에 걸맞은 추억이 남아 있다.

부안의 풍요로움은 변산반도를 둘러싸고 있는 산에서 흘러나오는 깨끗하고 풍부한 물에서 기원한다고 할 수 있을 것이다. 물론 지금은 부안댐이 건설되어 과거의 모습을 찾을 수는 없지만 대신 전국에서 가장 수질이 좋은 1급수 상수원 공급 지역이 되어 과거의 명성을 이어나가고 있다는 점은 흐뭇한 일이다. 부안댐이 있는 지역은 천혜의 여건을 갖춘 청정 지역으로 하늘이 내려준 수질 정화 능력이 탁월하다. 돌멩이를 차곡차곡 쌓아놓은 듯한 산기슭의 바위와 저수지 바닥에 깔린 고운 모래를 거쳐서 내려오는 물은 최소한의 살균만 거치면 곧바로 이용할 수 있을 정도이다. 이러한 특징으로 인하여 부안 지역의 수돗물은 다른 지역의 물과는 다르게 특유의 매끈한 감촉을 느낄 수 있으며 이런 수원지는 전국 어디에도 없는 자연이 주는 축복이라고 할 수 있을 것이다.

또 오래전부터 한국인들이 가장 사랑해온, 민족의 얼이 담긴 소나무가 있다. 줄기는 물론 껍질과 솔잎까지 버릴 데 없이 사용되었던 소나무를 특히 높은 품질로 키워낸 땅이 바로 부안이다. 변산의 소나무는 잘 익은 노란 호박처럼 자태가 고울 뿐만 아니라 단호하고 올곧은 마음으로 부안을 수호해온 유생들의 절개처럼 빛난다는 평가를 받아왔다. 실제로 옛 기록을 보면 고려 시대의 문인 이규보가 변산에 파견되어 소나무 벌목을 지휘하고 이를 재료로 군선을 제작하여 국난에 대비한 적이 있었다고 한다. 이러한 명성은 이후로도 이어져 1990년대 초 전국적으로 조경 사업이 한창일 때는 조경업계에서 변산 소나무라고 하면 최고의 품질을 인정할 정도였다.

좋은 물과 비옥한 토지가 풍부한 지역이기에 보리, 콩, 조, 수수, 감자, 고구마 등 다양한 작물을 풍요롭게 생산할 수 있었고 산나물, 산과일, 땔감도 부족하지 않게 구할 수 있어 먹고 사는 데 어려움이 없었다. 옛말에 "곳간에서 인심 난다"라는 말처럼 이렇게 풍요로운 땅이었기에 인심도 후해 어려움을 겪는 사람이 생기면 너나 나나 할 것 없이 팔을 걷어붙이고 도왔던 마을 어르신들의 웃는 얼굴이 지금도 눈을 감으면 생각난다. 또한 겨울이면 동네 사랑방에는 마을 어른이 서당을 열고 아이들을 모아 천자문, 명심보감, 통감, 사서삼경까지 가르치고 배우곤 하던 곳이 바로 부안이었다. 소박하고 순박한 지역으로 학구열이 높아 고려 시대 말부터 오늘날까지 뛰어난 문인과 예술인을 꾸준히 배출하였으며 걸출한 인물이 많이 나왔다.

지금도 상서면에 있는 노적마을을 지날 때마다 어릴 적 조부께서 해주셨던 이야기를 떠올리곤 한다. 사람이 살아가기 좋은 장소란 무엇일까? 나의 조부께서는 부안에서 가장 살기 좋은 곳이 '제1 노적', 즉 상서면의 노적마을이라는 이야기를 자주 하곤 하셨다. 당시 나는 군청에 근무하던 시절 출장 중에 노적마을을 여러 번 지나곤 했으나 조부께서 하셨던 그 말씀을 이해하지는 못했다. 그도 그럴 것이, 현대인의 시선으로 보기에는 평범한 산골 마을에 지나지 않았던 것이다. 하지만 오랜 세월이 지나서야, 먹고 사는 게 최우선이던 시대에 식량과 땔감, 물이 풍부하고 겨울에 먹을 것 걱정을 하지 않아도 되었던 노적마을은 분명히 가장 살기 좋은 곳이었을 것이라는 생각을 하며 조부님의 말씀을 되새겨보게 되었다.

부안의 들 이야기

　넓게 펼쳐진 들과 풍부하고 수질이 뛰어난 물, 벼농사에 최적화된 날씨, 매년 가을이 오면 들판 곳곳에 황금빛 물결이 펼쳐지는 부안 지역은 오랜 세월 동안 한반도에 식량을 공급해 왔다. 삼국시대 백제는 나제통문을 통해 신라에 쌀을 수출했으며, 이러한 생산력을 바탕으로 한반도의 강국으로 군림할 수 있었다. 이후 조선 시대에는 나라 전역에서 모은 곡식을 저장해 한양으로 올려보내는 창고가 있었으며 일제 36년 동안은 일본인들이 수탈한 쌀을 모아 뱃길로 일본에 실어 나르기도 했다. 해창海倉, 바닷가의 창고라는 지명의 유래는 그렇게 생겨났다.

　한반도의 중요한 식량 창고로서의 부안의 들은 이후에도 중요한 역할을 했다. 온 국민이 굶주리지 않는 것이 가장 중요했던 시절, 5.16 쿠테타 이후 정부의 가장 중요한 과제는 식량이었다. 정부는 자급자족의 슬로건을 내세우고 모든 역량을 식량 생산에 집중했다. 자급자족 정책을 통해 쌀과 보리의 생산량을 늘리는 데 행정력이 집중된 시기에 2,400ha의 광활한 해안 매립 영농지, 계화들녘에서 생산된 많은 양의 벼는 식량 문제를 해결하는 데에 큰 힘이 되어 주었다. 끝이 보이지 않을 정도로 넓게 펼쳐진 계화들녘이 모내기 때가 되면 사람으로 꽉 차 발 디딜 곳이 보이지 않는 풍경은 그야말로 장관이라고 할 만했다. 오로지 사람의 힘으로 모내기를 해야 했던 시절, 모내기철만 되면 드넓은 계화들판에는 전라북도 내 여러 기관의 임

직원들과 중·고등학생들, 군인들까지 구역을 할당받아 모내기를 하곤 했다. 하루 내내 허리를 펴지 못하고 모를 심어야 했지만 작업이 끝난 후 들이켜는 시원한 물 한잔, 든든한 새참은 꿀맛이었다.

한편 모내기 독려를 위해 농림부장관이나 도지사 등 상급 기관의 인사들이 자주 찾아왔기에 부안군청 직원들은 이들을 맞이하는 데 하루를 다 보내고 미처 하지 못한 업무는 늦은 시간까지 야근을 하면서 처리하는 경우가 다반사였다. 그래도 나라를 먹여 살리는 일이기에 보람을 느끼고 행복했던 일로 기억하는 공직자가 많다.

잊지 못하는 기억이 있다. 부안읍사무소 근무 당시 내요리 3, 4, 5구 3개 마을을 담당하면서 통일벼 재배 면적 15ha 확보를 위해 야간에 마을로 출장을 나갔던 때의 일이었다. 당시 정부에서는 안정적인 식량 확보를 위해 소출이 많은 통일벼를 재배하도록 농민들을 설득하고 있었다. 하지만 이제까지 재배해온 농사에 익숙했던 농민들은 아무도 선뜻 신품종 통일벼에 도전하려고 하지 않았다. 정부에서 준 할당량을 채워야 한다는 목적도 있었지만, 공무원으로서 나는 부안의 농민들이 정부 시책에 유연하게 협조하면서 모두가 굶주리지 않는 대한민국으로 나아가기를 원했다. 마을 이장집에서 주민 총회를 열어 국가적 과제인 식량 문제 해결을 위한 녹색혁명을 달성하기 위해서는 통일

벼 재배 외에는 대안이 없다는 당위성을 주민들에게 설명하기도 하고, 주민들 감정에 호소도 하면서 설득하기를 여러 차례!

하지만 그러한 노력에도 불구하고 밤이 깊어 자정에 이를 때까지 선뜻 통일벼를 재배하겠다는 농가는 없었다. 눈앞이 캄캄해질 정도로 지치고 좌절스러웠지만 포기할 수는 없는 상황에서 열변을 이어갔다.

"제가 통일벼를 재배하겠습니다."

그때 구세주같이 들려온 목소리, 선진농업을 하던 이정일 씨였다. 자신이 소유한 4,800여 평 농지 전체에 통일벼를 재배하겠다고 선뜻 나서준 것이었다. 오랜 시간 동안 멈춰 있던 시간이 움직이는 듯 웅성거리며 하나둘 마을 주민들이 신청을 시작하는 모습에서 감격이 느껴졌다. 그야말로 기적적인 목표 초과 달성이었다. 그날 늦은 밤에 4km를 자전거로 돌아오는 내내 느꼈던 행복감은 지금도 잊을 수 없으며, 그렇게 해서 부안읍에서 제일 먼저 할당 면적을 초과 달성하는 기쁨을 누렸던 기억이 지금도 생생하다.

부안의 바다 이야기

부안은 바다의 축복을 받은 지역이다. 어디서나 20분 이내에 99km의 해안선이 펼쳐지는 바다에 닿을 수가 있다. 수온이 적당하고 모래가 고우며 경사가 완만해 하루 종일 물속에 있어도 좋은 변산 해수욕장, 송림으로 뒤덮인 고사포 해수욕장, 붉은색을 띤 바위와 절벽이 맑은 바닷물에 비쳐 영롱하며 석양 무렵 햇빛을 받아 바위가 진홍색으로 물드는 적벽강, 만 권의 책을 쌓아 놓은 것 같은 채석강 암반은 부안이 가진 천혜의 자랑거리다.

농부의 손길 따라 오곡이 무르익어 가는 논과 밭을 배경으로 변산반도의 붉은 노을을 감싸 안은 수평선 너머에서 만선^(어선)이 들어오는 칠산 앞바다 그리고 자연 생태계를 고스란히 간직하고 있는 변산 마실길의 아름다움은 전국 어디에서도 볼 수 없는 부안만의 자랑거리라고 말할 수 있다. 여기 해안선을 따라 힐링할 수 있는 변산에서 격포와 모항을 거쳐 곰소에 이르는 외변산 순환도로 드라이브 코스를 통해 달리면 가슴까지 뻥 뚫리는 기분을 느끼게 해준다. 시원한 바닷바람을 맞으며 자유를 누리는 체험도 빼놓을 수 없는 행복이다.

부안의 바다는 아름다운 경치를 자랑하는 탁월한 관광지며 한 해에 1,400억 원 이상의 경제적 가치를 안겨주는 생물자원의 보고이기도 하다. 봄에는 주꾸미, 꽃게, 농어, 여름에는 서

대, 가을에는 장대, 전어, 삼치, 겨울에는 숭어, 바지락, 백합, 굴, 김 등 사계절 고른 해산물을 풍성하게 공급해주는 것뿐만 아니라 너른 바다와 함께 펼쳐진 갯벌은 생태학적으로 높은 가치를 지니고 있기도 하다. 물론 새만금 방조제 완공으로 인해 상당수의 어족 자원을 잃은 데에 아쉬워하는 사람들도 적지 않으나 이제는 우리에게 희망찬 미래의 비전을 이루어줄 새만금 1억 2천만 평에서 새로운 성장 동력을 찾아야 할 때라고 생각하곤 한다.

수려한 변산의 팔경

예부터 변산팔경이라 하여 변산반도 국립공원 내 명승 8곳이 부안 지방의 민요와 기행 가사체의 변산8경가로 전해져온다.

웅연조대(1경)

줄포에서 시작하여 곰소를 지나는 서해의 절경, 곰소만에 떠 있는 어선들과 그 어선들이 밝히는 밝은 불빛이 바다와 어울려 환상적인 장관을 연출한다. 여기에 더해 어부들이 낚싯대를 둘러메고 청량가를 부르는 소박하면서도 따뜻한 정경으로 웅연조대라 이름하였다.

직소폭포(2경)

장장 80리의 변산 한복판에 자리 잡고 있는 직소폭포는 변산의 경관 중에서도 으뜸으로 예로부터 "직소폭포와 중계계곡의 선경을 보지 않고서는 변산을 말할 수 없다"라는 말이 있을 정도다. 최근에는 국가지정문화재로 등록되는 경사를 맞이하였으며 이를 통해 국가명승지로 관리하고 있다.

소사모종(3경)

관음봉 아래에 곰소만의 푸른 바다를 내려다보며 자리하고 있는 천년 고찰. 여기에 오는 모든 이에게 소생하소서의 뜻이 담겨 있는 내소사 경내에는 아름드리 나무들이 울창한 숲을 이루어 크고도 신비한 자연의 깊이를 전달한다. 해질 무렵 어둠을 뚫고 고즈넉한 산사에서 울려 퍼지는 저녁 종소리의 정경 역시 신비롭기 그지없다.

월명무애(4경)

월명암에서 바라보는 변산의 구름바다와 월명암에서 떠오르는 달을 쳐다보는 경치는 신선이 된 듯한 기분을 느끼게 해준다. 이른 아침에 떠오르는 해와 함께 봉우리마다 자욱한 안개와 구름이 춤을 추는 구름바다 또한 변산의 명승이다.

서해낙조(5경)

예부터 낙산의 일출과 서해의 낙조는 비경으로 꼽혔다. 변산의 낙조대에 서면 저 멀리 보이는 서해바다에 점점이 떠 있는 고군산열도와 위도의 모습이 한눈에 가득 들어온다. 특히 낙조의 마지막은 최후로 정열을 불태운 태양이 진홍으로 물든 바다 아래로 불구슬처럼 가라앉는 장관을 연출한다.

채석범주(6경)

억겁의 세월을 파도에 씻기고 깎인 바위가 해식단애의 아름다운 절벽을 이루었으며 절벽은 다시 씻겨 동굴을 이루었다. 이렇듯 채석의 기암단애 옆으로 만선의 기쁨을 안고 돌아오는 고깃배들의 모습은 한 폭의 그림이다.

지포신경(7경)

변산면 지서리를 예전에는 지포라고 했다. 지포에서 쌍선봉을 향해 오르노라면 벌써 시원한 바닷바람이 발길을 멈추게 하며, 거대한 용들의 모습처럼 주변을 휘감아 도는 수많은 봉우리들 사이로 서해의 선경이 그림처럼 펼쳐진다.

개암고적(8경)

개암사는 변산의 상징인 우금바위 아래에 자리한 천년 고찰로 깊은 역사의 찬란했던 문화를 간직하고 있다. 그 옛날 백제 유민들이 나당 연합군 앞에 스러져간 백제의 부흥 운동을 전개한 본거지이기도 하며, 우금바위의 위용과 주류성의 자취는 그윽한 역사의 향기를 풍기고 있다.

예맥이 찬란하게 흐르는 고장

부안 문학의 시효 문정공 김구(고려)

삼국시대에서 조선 전기에 이르기까지 내로라하던 문인들의 글을 모은 문집『동문선』에 26편의 한시가 전해오는 문정공 김구가 부안 문학의 효시이다. 문정공은 고려 말, 문신들이 크게 탄압받던 최씨 무인 정권 시절 '조원각경'의 일화를 통해 권세가 앞에서도 소신을 지켜낸 지조 있는 선비였다. 또한 중앙 정치의 중심인물(재상급 벼슬의 평장사)로 당대 최고의 학문을 자랑하였으며 외교문서를 전담하면서 원나라와의 성공적 외교를 펼쳐갔던 정치인이자, 이규보가 최자와 함께 고려를 이끌어갈 최고의 석학으로 평가하던 학자이기도 하다. 그는 행정가로서도 역사에 큰 족적을 남겼는데 제주 판관으로 좌천되었을 때는 백성들의 억울함을 풀어주고자 논밭 경계에 돌담장을 세웠고 이것이 오늘날 제주도 돌문화의 시작이 되었다. 이러한 문정공 김구의 활약은 제주 민속박물관에 전시되어 있는 '제주 돌문화의 효시 문정공 김구 공적비'에 잘 나타나 있으며 직접 찾아가 보노라면 부안 사람이라는 자부심을 갖게 해준다.

역사는 최초의 서원을 소수서원이라고 기록하고 있지만 부안읍 연곡리 석동산 서편에 세워진 도동서원이 그보다 8년 앞서 세워져 호남 유학 발원에 영향을 주었으며 그 중심에 문정공 김구가 있었다.

또한 석동산에 보존되어 있는 문정공의 후예 김광서 선생 묘지의 재실이자 부안 김씨 종중의 총본부이기도 한 취성재를 보면 그 문루가 2층으로 건립되고 2층 안쪽에는 여의주를 입에 물고 있는 용의 조각이 있는데 이는 재상 벼슬을 지낸 사람이나 더 나아가서 왕실에서나 가능한 일이었다. 그런 점에서 취성재의 문루는 문정공의 업적을 기리고 높게 평가한 결과물이라고 생각된다.

마지막으로 대한제국 말기 거유 간재 선생은 문정공의 깊은 학문과 후학 육성에 진력한 선비 정신을 기리기 위해 선은동 석정공원 북쪽에 유허비를 건립하였고 이는 오늘까지 보존되고 있다.

이렇게 당대의 최고 석학으로 추앙을 받은 문정공이 변산에서 노년을 보냈다는 사실만으로도 마땅히 귀하게 모셔져야 할 텐데 안타깝게도 문정공의 업적은 오랫동안 잊혀 있었던 상태였다. 하지만 많은 이들의 노력으로 공의 문학비가 뒤늦게나마 건립되었음은 다행이다.

이 건립 사업에 미력이나마 군 의장 재직 시절 동참하게 된 것을 보람 있는 성과로 간직한다. 범군민 추진 형식으로 군비 3천만 원을 확보하고 나머지 예산은 부안 김씨 문중에서 조달했다. 세심하게 위치를 선정해 석동산 취성재 북쪽 공터 500여 평의 부지에 시비를 세우고 이후 단계적으로 조경산책로 개설, 도동서원 복원, 취성재 문루 문화재 지정, 석동공원을 문정공원으로 개발하는 등의 계획을 구상했으나 문중에서 성급히 현재의 장소, 경지제 앞으로 결정했다. 아무튼 이제 서원 복원을 서둘러 소중한 우리의 문화와 윤리, 선비 정신을 되살려가는 사회윤리 교육의 요람으로 활용해야 할 것이다.

고려 명현 문정공 지포 김구 선생 시비

여성 억압의 시대 속 예술혼을 펼친 시인 매창(조선)

　매창은 조선의 양반·남성 위주의 계급 시대 상황에서 여성의 신분으로 조선 신분 개혁의 선봉에 섰던 선구자이다. 거문고를 뜯고 한시를 쓰며 학문을 넓히는 한편, 당대 유명 학자 유희경과 함께 학문과 시국을 논하면서 연정을 쌓고 그리움의 감정을 수려한 글귀로 풀어내 전해오는 주옥같은 58수의 한시는 서정적·전원적 문향이 넘친다. 그의 시를 집대성한『매창시집』은 조선 여인의 유일한 문집으로 부안의 자부심이자 소중한 가치가 있는 문화 자원이다. 조선의 매창이 부안의 예술혼을 찬란하게 꽃피웠다고 해도 과언이 아니다. 여기서 잠깐 그의 불가사의하고 기적 같은 삶의 내용 일부를 소개하고자 한다.

① 조선 시대 여성 시인의 유일한 문집

　조선 유일의 여성 시인의 시집인『매창시집』은 매창을 흠모하고 그의 시를 좋아했던 백성들이 조금씩 쌀을 모아 기부하여 목판으로 개암사에서 1668년 12월(현종 9년) 만들었다. 당시는 경제적으로나 문화적으로 수준이 매우 열악한 시기였는데도 서로서로 도우며 자료를 모아 58수의 시가 수록된 매창 문집을 만들었고 현재 지구상에 단 세 권만 남아 있다. 두 권은 서울 간송 미술관에, 다른 한 권은 미국 하버드 대학 도서관에 소장되어 있다. 작은 시골 농촌 여인의 문집이 세계 최고의 대학 도서관에 보관되어 조선 문학 연구 자료로 활용되고 있다는 사실이 놀랍다.

② 사후 서민들의 사랑(흠모)

매창은 부안읍 동문안(부안군청 근처)에서 생을 마쳤으며 그를 아끼던 백성들에 의해 봉두뫼 공동묘지(매창공원)에 안장되었다. 그후 그의 묘소는 놀랍게도 지금까지 누군가에 의해 벌초가 되고 있고 참배가 이어지고 있다. 실제 내가 부안읍사무소에서 근무하던 시절인 1979년 추석 무렵에 잡초를 헤치고 그의 묘소를 찾았던 적이 있었는데 묘소 주변은 깔끔하게 벌초가 되어 있었고 '이매창의 묘'라는 표석과 상석에는 삼실과(대추, 밤, 곶감)와 술잔이 놓여 있어서 누군가 참배하고 간 흔적을 확인한 바가 있다.

③ 그의 표석(비석)

권력을 누렸던 사람도 아니고, 유족이나 유산이 있는 것도 아닌 평범한 여인의 죽음을 안타깝게 여긴 이웃 주민들이 십시일반으로 쌀을 모아서 묘비(표석)를 세웠는데, 긴 세월 비바람에 닳아 비문이 보이지 않게 되자 세 차례나 다시 세웠다. 한 사람의 죽음을 기리기 위해 표석이 3번씩이나 만들어진 사례가 또 있을까 싶다.

④ 묘소 성역화

봉두뫼 공동묘지는 주로 가난한 백성들이 사용해온 곳이다. 937기의 이름 없는 무연고 분묘가 대부분이다. 돈도 이름도 없이 살다 죽어간 민초들이기에 연고자가 없는 것은 당연하다. 민선 1기 때 대부분의 무연고 묘지를 변산으로 이장하고 매창 묘소와 소리꾼 이중선 묘소만 남겨 두었는데, 이는 읍내 중심 지역에 공동묘지가 있어서는 안 된다는 주민의 건의에 따른 것이다.

그 후 민선 2기 때 이곳을 '매창공원'이라 명명하고 매창기념관(문화원), 매창의 대표작인 '이화우 흩날리제' 시비 건립, 그 밖의 운동 시설을 설치하면서 군민의 휴식 공간이자 문화 공간으로 자리 잡았다.

매일 묘소 앞을 오가던 주민들이 '이화우 흩날리제'를 외우며 멀리 한양에서 부안에 있는 매창을 그리워했던 연인(유희경)의 시까지 새겨서 추모하는 사례는 그리 흔하지 않을 것이다. 사후 400년이 지난 지금까지 건재한 묘비와 함께 그가 지은 한시가 새겨진 시비가 여기저기에 남아 있으며, 매년 한 해도 거르지 않고 열리고 있는 추모제 성격의 '매창제'와 '전국매창휘호대회'는 예향인 부안 사람으로서 긍지를 갖게 해주는 문화유산이 아닐 수 없다.

지조와 정의를 지킨 민족시인 신석정 (근대)

일제 식민통치 시대에 창씨개명을 끝까지 거부한 지조 있는 민족시인 신석정은 목가牧歌적 시풍의 대표 시인으로서 그 자신의 마음처럼 곧바른 신우대(산죽)를 좋아했고, 해창에서 병어회를 안주 삼아 소주를 즐겨 마셨다.

석정은 정의가 강물처럼 도도히 흘러내려온 부안 정신의 표상이다. 나당 연합군에 의해 백제가 멸망한 후에도 꿋꿋이 그 명맥을 받들어 3년여간 전개되었던 백제 부흥 운동, 고려의 최씨 집정부 시절 '조원각경'으로 당대 최고의 권신 앞에서도 소신을 지켜낸 문정공 김구 선생의 선비 정신, 신식 무기로 무장한 일본군과 관군에 맞선 동학농민혁명의 기개가 서리어 있는 이 땅에 태어났기 때문일까? 살길을 찾아 일본 천왕에게 충성을 선도했던 많은 문인들이 있었지만, 끝까지 저항했던 지조 있는 선비의 가슴속 올곧은 부안 정신은 해방 후까지 이어졌다.

3공화국 영구 집권을 위한 유신헌법 찬반국민투표에서 많은 주민들의 반대표를 이끌어냈고 2년여간의 방사선 폐기물 처리장 유치신청 반대투쟁을 통해 주민 동의 없이 강권으로 밀어 붙이는 시대를 종결시키고 민의에 바탕을 둔 지방자치의 새로운 전기를 마련하며 민주 정의의 역사를 또 써가는 정의로운 부안의 모습을 그에게서 느낀다.

부안 시조의 대가, 석암 정경태

석암 정경태 선생은 풍류객으로서 시조와 가사를 읊으며 전국을 떠돌았다. 이뿐만 아니라 그는 지역에 따라 파편화되어 있던 시조의 가락을 통일하는 일을 했는데 이를 석암제라고 부른다. 그 후 석암은 중요무형문화재 제41호로 지정돼 전통 가사의 예능 보유자로 인정받았고 가사뿐만 아니라 국악·춤·서화·음양학·시문·장기·바둑에도 두루 능했다.

부안 판소리의 대가, 추담 홍정택

소리꾼이 되기 전에 먼저 사람이 되어야 한다는 도리를 가르치며 수많은 명창을 길러낸 선생은 조선창극단에 입단하여 우리나라 걸출한 국창들과 협연하였고, 전라북도 도립국악원 교수로 활동하며 무형문화재 제2호로서 민족 음악 창달에 진력하였다. 추담은 독창적인 창법으로 많은 소리꾼을 양성했는데 실제 판에서 부르는 소리보다 제자들에게 창법을 가르칠 때의 소리를 좋아하는 사람이 많을 정도였다. 그런 이유로 전라도 출신 소리꾼이라면 그의 문하를 거치지 않은 사람이 드물었다.

소리꾼의 길을 올곧게 걸어온 선생을 기리며 못다 한 국악 후진 양성을 위해 추담 판소리 보존회를 만들고 전국대회 15회를 거치면서 국악 신인 등용문의 역할을 하고 있는 것은 다행이며 군비 5000만 원을 확보하여 무형문화재 전수관에 석상을 세우게 된 것이 큰 보람으로 남는다.

부안 판소리의 대가, 추담 홍정택 선생 상

금구원 조각공원

공원은 자연과 사람이 어우러진 공간으로서 한 나라, 혹은 지역 사회의 문화 수준의 가늠자 역할을 하곤 한다. 잘 조성되어 의미를 갖춘 공원과 광장은 지역 거주민들의 몸과 마음을 치유하는 데에 도움을 주고, 단순한 유희의 공간을 넘어서 문화적인 의미를 갖춘 지역의 귀중한 자산으로 남게 된다. 그러한 의미에서 금구원 조각공원은 우리나라 최초 야외 조각공원으로 예향 부안이 남긴 과거의 문화유산과 현재의 문화를 이어주는 자랑스러운 문화 자산인 동시에 대한민국의 문화 자원으로 손색이 없다.

이 공원은 1966년 1월 30일 당시 부안농림고등학교에서 대학교수의 편안한 생활을 뒤로하고 잠자고 있는 부안 농업을 일깨워 근대 농업의 씨를 뿌렸던 고 김병열 선생이 손수 씨앗과 묘목을 심어 아무것도 없던 들판을 새롭게 일궈내신 데에 그 뿌리를 두고 있다. 전쟁이 끝난 후 척박해진 땅을 되살리고 인재를 키우는 것만이 대한민국을 되살리는 길이라는 믿음을 실천하셨던 김병열 선생의 숨은 업적을 다 알 수는 없으나 일부 알려진 것들로는 1963년 금탑산업훈장, 1964년 제5회 3.1문학상, 1980년 제2회 부안군민의 장 산업장 수상 등이 있다. 이후 선친의 뜻을 이어받아 꾸준한 조각 작품 활동으로 부안의 예맥을 잇고 있는 김오성 작가가 선친의 피땀이 배어 있는 금구원에 국전에서 입선 및 특선한 수상 작품을 하나하나 옮겨놓아 오늘의 조각공원을 이룩하였다.

김오성 작가는 달과 별이 전하는 신비로운 이야기들을 전달하는 작가이기도 하다. 그는 마음이 외로워지면 천체망원경 앞에 앉아 먼 별나라를 여행하다가 지구가 곤히 잠들면 자기도 모르게 되돌아와 별의 이야기들을 가슴 깊은 곳에 새기고, 그 이야기를 작품으로 펼쳐내곤 했다. 특히 김 작가의 작품은 탄생, 죽음, 재생의 의미를 품고 있는 달의 여성성, 어머니의 이미지를 강조하며 〈달과 여인〉, 〈달빛의 숲〉 등에서 그러한 이미지가 돋보인다.

금구원 조각공원은 당시에도 많은 화제를 모아 1986년 '여성동아' 12월호를 통해 한국 조각공원의 효시로 인정되었으며 1987년 대한뉴스 1644호(국립영화제작소), 1992년 대한뉴스 1897호(국립영화제작소)를 통해 각 극장에서 상영되기도 하였다. 또한 2003년 7월 29일에는 문화관광부에서 사립박물관 제277호로 지정함으로써 그 가치를 인정한 바 있다.

국내 최대 규모의 호랑가시나무 군락 등 애정을 갖고 관리된 자연의 아름다움이 김오성 작가의 예술성과 결합한 금구원 조각공원은 부안 외부에서도 그 가치를 중히 여겨 김오성 작가는 인근 지자체로부터 파격적인 조건과 함께 수차례 공원 이전을 제안받은 바 있다. 그러나 고향 부안에서 선친의 유지를 받들겠다는 효심과 애향심으로 현재의 자리를 지키고 있는 것으로 알려져 있다. 이는 문정공 김구 선생 이래 부안에 전해 내려오고 있는 효와 절개, 선비 정신을 부각시키는 일이며, 부안의 소중한 문화유산으로서의 금구원 조각공원의 가치를 드높이는 일이라고 할 수 있겠다.

한편 조각공원과 나의 인연은 군 내무과 행정계 근무 시절 '부안군민의장' 조례 제정과 제2회 군민의 장 산업장 선정을 계기로 처음 만난 이후 1986년 새마을과 개발계에서 근무할 때 오지 개발 사업으로 조각공원 가는 길을 만들면서 김병렬 선생으로부터 많은 조언을 받았다. 그 후로도 쉼이 있는 문화 공간으로 가꾸어가는 데 노력했으며 현재는 언제나 누구든지 편안하게 쉬어갈 수 있는 포근한 곳이 되었다.

금구원 조각공원 전경

부안초등학교 관악단

한 지역의 문화예술적 토양은 그 지역의 미래 가능성을 보여준다고 해도 과언이 아니다. 부안군은 인구 6만여 명에 불과한 작은 군이지만 오래전부터 군민들의 다양한 예술 활동을 지원하며 부안군에 예향의 명맥이 강물처럼 흘러 이어질 수 있도록 돕고 있다. 이러한 부안의 문화적 토양으로서 일가一家를 이루어 새로운 세대의 예술적 선순환을 만들어 나가고 있는 단체가 있다. 바로 1981년 24명의 단원으로 시작한 부안초등학교 관악단이다.

부안초등학교 관악단이 처음 만들어질 때에는 많은 이들이 무모한 일이라고 여겼다. 국영수를 가르치고 학생들의 학력을 올리는 것만으로도 버거웠던 30여 년 전 학교 현장에서 음악교육은 생소한 것으로 여겨졌으며 무모한 일이라고 생각되어 말리는 사람도 많았다. 최근에 이르러 비로소 정부 차원에서 문화적 소외 계층에 음악교육을 실시하고 있지만 당시에는 상상하기도 어려운 시도였다.

특히 관악단을 만드는 것은 단원 모집은 물론이요 악기를 구입해 정상적인 연주를 하기까지 적지 않은 시간과 비용이 들기에 당시 도시에 있는 학교에서도 은근슬쩍 기피할 정도였다. 그럼에도 불구하고 부안이라는 농촌 지역에서 그런 일을 시도할 수 있었던 것은 예로부터 수많은 예술가들을 배출하여 예향이라고 불렸던 부안의 예술적 명맥을 유지, 발전시키고자 하는 의지의 표상이었을 것이다.

이렇게 여러 우여곡절을 거쳐 만들어진 부안초등학교 관악단은 지금 국내는 물론 세계적으로도 유명한 관악단이 되어 활발한 활동을 하고 있다. 부안초등학교 관악단이 이제까지 성취한 것들 중에 굵직굵직한 것은 다음과 같다.

1. 대한민국관악경연대회에서 32회 연속 금상 이상 수상.

2. 1992년 88서울올림픽 개최 3주년 기념으로 올림픽공원에서 열린 연주회에 대한민국 대표로 초청받아 연주.

3. 초등학교 팀으로는 최초로 서울 윈드앙상블과 협연 진행.

여기에 더해 대한민국 최우수 관악대로서 중국과 홍콩 등지에서 열린 국제관악제에 초청되어 세계 유수의 관악대와 어깨를 나란히 하는 연주로 국내뿐 아니라 국제적으로도 실력을 인정받기도 하였다. 이는 학생들의 피나는 연습을 비롯해서 학부모의 지원, 지도교사의 열정, 지역 주민들의 관심과 성원 등 많은 노력들이 어우러졌기에 가능하다.

특히 오늘의 관악대가 있기까지는 2007년 4월 1일 '교육 부분 부안군민의장'을 수상한 최홍열 지도교사의 헌신적인 노력을 빼놓을 수 없다. 부안초등학교장에게 새로운 후보자 추천을 의뢰해서 성사된 일로서 최 교사의 헌신적 노력을 인정받게 된 것이기에 다행스럽게 생각한다.

이렇게 부안초등학교 관악단이 창설에서부터 30여 년이라는 긴 세월 동안 다양한 성취를 이뤄낼 수 있었던 것은 최 교사같이 자신을 희생하여 우리 지역에서 소중하고 가치 있는 일을 했던 사람들이 있기 때문이라고 할 수 있다. 부안군민 모두가 이러한 분들을 잊지 않고 업적을 기리며 계속적으로 명맥을 이어갈 수 있도록 함께 노력한다면 작은 사례가 쌓이고 모여 부안의 예술 자산으로서 더 많은 사례를 만들어 나갈 수 있으리라 믿는다.

예술 활동 자원이 풍부한 부안

인구 6만여 명의 작은 지역에서 다양한 분야의 예술 활동을 부안처럼 활발하게 전개해가는 지역도 드물 것이다. 색소폰 동호인, 설장고 상쇠놀이 농악단, 사물놀이, 판소리, 시조, 여성합창단, 산문, 시 창작 및 시 낭송, 서예, 그림 그리기 등 여러 장르의 예술을 연마하여 언제 어디서든지 공연과 전시가 가능한 수준으로 유지·발전시켜 나가는 문화예술인이 많이 있기 때문이다.

이는 6·7대 예총회장인 양규태 지부장의 8년 동안 부안 지역의 예술에 대한 희생과 헌신이 있었기에 가능한 일로서 부안의 예술계에 활력을 불어넣는 동시에 예향으로서의 맥을 계속 이어갈 수 있게 하는 원동력이 되었다.

예총 부안 지부는 자체적인 문학 창작 및 시 낭송회를 시작하고 추담 판소리 보존회를 창설하여 전국 규모의 국악 대회를 10여 차례나 개최함으로써 예술의 저변 확대를 하는 한편 전국적인 국악 신인 등용문으로서 역할을 톡톡히 해냈다는 인정을 받고 있다. 특히 꺼져가는 전통 국악의 원조인 시조를 보존하고 그 저변을 확대하기 위하여 시조의 거장 석암 정경태 石巖 鄭坰兌 시조인을 세상에 알리는 일과 함께 '석암제 전국시조대회'를 무대에 올려 10년 이상을 이어왔다. 이는 부안이 국악의 고장임을 대내외에 알리는 큰 업적이 되었고 후대에 물려줄 무형의 문화 자산이 되었다 할 수 있을 것이다. 이는 한국 국악의 양대 산맥이라고 할 수 있는 판소리와 시조를 부안에서 발전시켜서 예향으로서의 전통을 자손만대 이어가기를 바라는 주민 정신의 일환이다.

십여 년 이상 추담 홍정택 판소리 전국대회와 석암 시조 전국대회를 진행해 오면서 우리가 이뤄나가야 할 과제들이 있다. 부안의 귀중한 문화 행사를 더욱 널리 알리기 위해 두 행사의 대상의 격을 1차적으로는 문화관광부장관상으로, 다음 단계로는 국무총리상으로 그리고 최종적으로는 대통령상으로 높여 감으로써 권위 있는 대회로 자리매김하는 일이다.

정의가 흐르는 땅, 부안

백제 부흥운동과 동학농민혁명

　부안 지역은 작지만 과거부터 풍요로운 땅이었다. 풍요로운 만큼 문화와 지식에 대한 탐구열도 높아 문과 급제자를 많이 배출한 땅으로도 알려져 있다. 그런 탓에 부안에는 일찍부터 애국 애족과 충효를 중시하고 정의를 따르는 '부안 정신'이 형성되어 있다는 사실을 오랫동안 공직 생활을 하면서 느낄 수 있었다. 그렇다면 이러한 부안 정신의 시작은 어디서 찾을 수 있을까?

　부안군 상서면 지역에는 '장패들판'이라고 불리는 너른 땅이 있다. 이 들판의 명칭의 유래는 1500여 년 전 삼국시대로 거슬러 올라간다. 삼국시대에 신라는 폐쇄적인 지리적 환경으로 인해 쌀을 비롯한 각종 식량을 백제에서 수입해야만 했으며 이는 국력을 확장하는 데에 큰 걸림돌이 되는 상황이었다. 나라를 확장하기 위해서는 기름지고 광활한 옥토가 필요했기에 신라는 660년에 당나라를 끌어들여 나당 연합군으로 백제를 침공하여 함락시키게 된다.

전쟁으로 백제의 마지막 왕 의자왕과 많은 지도층은 포로가 되어 당나라로 끌려갔으며 대부분의 백제 백성들은 나라 잃은 유민으로 전락하고 말았다. 하지만 애국과 충효 정신이 서리어 있는 백제의 유민들은 포기하지 않고 부안 개암사 주변에서 전열을 정비한 후 나라 되찾기 운동을 3년이나 전개했는데 그들 대부분이 지금의 부안 지역에 거주했던 사람들인 것으로 전해지고 있다.

이렇게 시작된 백제 부흥 운동은 한때 나당 연합 세력을 위협할 정도로 강력했으나 663년 백제 유민들과 백제의 동맹국이었던 일본의 원군이 백강(동진강 하류) 전투에서 나당 연합군에게 패하고 개암사 주변을 근거지로 뭉친 유민들 역시 치열한 전투 끝에 패배하며 백제 부흥 운동 역시 끝을 맞이하게 된다. 당시 백강 전투는 대륙(당)과 반도(백제, 신라), 열도(일본) 4개국이 참여한 최초의 동북아 국제 전쟁으로서 백제군 5천 명, 일본군 4만 2천 명, 신라군 5만 명, 당나라군 13만 명 등 모두 22만 7천여 명이 참여한 대규모 전쟁이었다.

이렇게 개암사 앞 들판은 치열한 전투에서 장수들이 억울하게 죽어간 참담한 패배의 현장이라는 의미로 '장패들판'으로 불리는 아픈 역사가 담겨 있는 곳이다. 1980년경 상서 출장길에서 만난 감교리의 한 노인에게 "이 들판을 장패들이라고 하는

데 왜 그렇게 부르는지 혹시 그 연유를 아시느냐?"라고 물었더니 그 노인도 어릴 때 부친과 동네 어른들에게 이곳이 과거 백제 부흥 운동(나라 되찾기)이 벌어졌던 치열한 전쟁터라는 말을 들은 적 있다며 이야기해 주셨던 기억이 난다. 승승장구를 거듭하며 전성기를 맞이하고 있던 이웃 국가와 압도적인 전력을 소유한 대국의 위협에도 굴하지 않았던 백제 유민들의 강건한 신념에서 '부안 정신'의 원류가 느껴진다.

백제 유민들의 뜨거운 마음에서 시작한 충효와 정의의 부안 정신은 세월이 지나 신분제 사회의 부조리와 외세 제국주의의 침략에 항거한 동학농민혁명에서 다시금 빛을 발한다.

동학농민혁명은 1894년 고부군수 조병갑의 폭정에 시달려 온 농민들이 견디다 못해 일어나 항거하기 시작하면서 퍼지기 시작한 민중 혁명으로 처음은 고부에서 시작되었지만 본격적으로 전투태세를 갖춘 후 보국안민의 기치를 처음 올린 곳이자, 전봉준 장군을 지도자로 삼고 전열을 가다듬어 전주성을 함락시키고 신식 무기로 무장한 관군 2천여 명과 대치했던 곳이 바로 우리 부안 지역의 백산이다.

당시 관군은 옛 화호병원이 있던 곳 근처의 자리에 진을 쳤으며 동학군은 백산성에 창의도소를 설치하여 맞서 싸울 준비를 했다. 동학군이 백산성에 진을 치면서 죽창을 들고 흰 옷(무명 바지저고리) 입은 창의군이 산을 뒤덮었으니 마치 하얀 산처럼

보였다. 이를 바라본 사람들은 앉으면 죽산竹山이요 서면 백산
白山이라는 일화를 남겨 놓았다. 그 후 민가에서는 이곳을 백산
성이라 부르며 오늘에 전하고 있는 것이다.

이렇게 충효와 애국, 정의의 신념을 중시하고 그것을 침해
하려는 움직임에 대해서는 일말의 타협도 없이 온몸을 던져 막
아내는 부안 정신은 군민의 가슴과 영혼을 따라 면면이 이어져
내려오고 있으며, 현대에 들어와서도 박정희 정권의 유신헌법
반대와 참여정부 시절 방사성 폐기물 처리장 유치 반대 촛불시
위에서 다시금 빛을 발하게 된다.

유신헌법 반대

박정희 정권은 삼선 개헌에 이어 영구 집권의 길을 열기 위
해서 소위 '10월 유신'을 단행하여 간접적 대통령선거인단인
'통일주체국민회의'라는 기구를 만들었다. 각 읍·면당 1명의
대의원을 뽑아 장충체육관에서 간접 선거로 대통령을 선출하
여 종신 대통령이 되려는 시도였다.

그래서 '체육관 대통령'이라는 풍자가 회자되었던 시절에 '10
월 유신은 구국의 길'이며 '한국적 민주주의'로 호도하며 홍보
했던 유신헌법 확정 국민투표에서 반대표가 전국에서 가장 많

이 나왔던 곳이 부안이다. 서울을 비롯한 다른 지역에서 "부안이 어떤 곳이냐, 정말 위대하다"라고 칭찬할 정도로 바른 나라를 만들기 위해 불의에 항거한 민주 시민 의식이 어느 지역보다 강했던 곳이 우리 부안군이다. 이때 당시 관선 장월하 군수가 이에 따른 문책으로 장수군으로 좌천된 일도 있었다.

방사성 폐기물 처리장 유치 반대 촛불시위

1978년 우리나라에서 처음 원전이 완공돼 발전을 시작한 이후 무려 20여 년을 표류하던 방사성 폐기물 처리장 건설 사업을 참여정부가 재시도하면서 유치 지역에 여러 가지 혜택을 준다는 방안을 발표하자 당시 부안군수가 군민의 동의 없이 일방적으로 신청하면서 대규모 군민 저항 운동이 일어났다. 이는 일부 시민 단체에 속한 사람들이 가세한 부분도 있었지만 전통적으로 강한 정의감을 갖고 부당한 조치에 항거하는 경향이 강하며 반골 기질이 강한 부안군민의 정서를 군수가 조금이라도 헤아려서 보다 신중하게 추진했더라면 좋았을 것이라는 생각이 들어 아쉬운 마음이 앞선다.

이 일은 부안군수와 정부(산업자원부)의 정치력 부재에서 비롯됐다. 군수는 지방자치의 본질이라고 할 수 있는 주민의 의견을 수렴하는 민주적 절차 없이 일방적이고 독단적으로 산업자원부에 방사성 폐기물 처리장 유치 신청을 했다. 이미 위험하다는 소문이 무성했던 방폐장 유치는 주민 간의 심각한 갈등이 예상되었던 일이었기에 무엇보다도 군 의회의 심의와 승인을 거쳐야 했고, 일선 행정의 신경과 같은 역할을 하는 읍·면·리 협의회장들의 의견도 충분히 수렴하는 과정을 거쳐야 했다. 이를 기초로 해서 최종적으로 민관이 함께 참여하는 대책 기구를 구성한 다음에 그곳에서 국책 사업의 필요성 및 유치에 따른 혜택 등을 종합적으로 다루어야 했음에도 당시에 민주적 절차라고는 읍·면장 정례회의 때 군수가 참석자들의 의견을 물은 것이 전부였다.

한편 산업자원부는 방사성 폐기물 처리장을 고준위와 중·저준위로 분리 발주하며 3천억 원 지원 특별법 제정 안건 등을 국회에 제출하고, 중·저준위 폐기물만 보관하는 처분장을 건립함으로써 이의 안정성을 국가가 담보하는 등의 체계적이고 종합적인 계획을 수립하여 국민적 합의를 이끌어내며 군민에게 의구심과 오해를 불식시켜야만 했다고 생각한다.

막연하게 지원한다는 3천억 원 역시 법적 근거가 없었다. 군수가 신청할 당시 몇 사람의 핵심 간부만 방폐장 유치 신청에 대하여 알고 있었을 뿐 다른 간부 공무원들조차도 전혀 모르고 있었다. 신청 직전에 간부 공무원에게 의견을 묻는 과정에서 읍·면장 13명 중 3명은 찬성이었고, 1명은 모르겠다는 반응이었으며, 9명은 반대했는데 그 자리에서도 참석자들의 의견 개진이 없이 단순히 찬반 의사만 확인하는 정도였다.

나는 당시 계화면장으로서 반대 의사를 분명히 했다. 앞서 언급한 바와 같은 내용을 이미 확실하게 파악하고 있었고, 그에 관한 충분한 자료를 갖고 있었기에 군수의 독단적 신청으로는 군민의 저항을 극복할 수 없으며 군정의 혼란을 가져올 뿐이라고 확신했기 때문이었다.

당시 나는 "고준위와 중·저준위 폐기물을 함께 저장할 때에 고준위 폐기물은 6만 년이 지나야 완전 소멸되며, 선진국 어느 나라도 별도로 보관하는 사례는 없고 발전소 내에 직접 보관 및 관리하는 위험한 물질이며, 이후 자연 생태계에 미칠 영향이 어떻게 될지 예측할 수 없기에 이 시설물의 유치로 인해 청정 부안의 이미지에 막대한 손상이 발생할 수도 있다. 게다가 무엇보다 군민의 저항을 어떻게 감당할 수 있겠는가."라며 반대 의견을 피력했다.

하지만 당시 참석자들의 반대 의견을 고려하지 않은 일방적인 신청으로 일은 진행되었고 지방자치의 본질을 훼손한 군수의 사려 깊지 못한 시행착오가 씻을 수 없는 후유증을 남기게 되었다. 군민들의 격한 방폐장 유치 반대로 인해 군정은 마비되었고, 군 청사는 컨테이너로 담장을 쳤으며, 많을 때는 8천여 명의 무장 경찰이 방호를 했고, 군수 관사(대림APT)를 전투경찰이 24시간 경호하는 가운데 출퇴근하는 긴박한 상황이 전개되었다.

　군민들은 매일 저녁 8시에 수협 앞 도로(후에 민주광장으로 불림)에 모여 반대 집회를 열었고, 군수가 거주하는 대림APT 진입로에 촛불 100여 개를 켜놓고 핵 폐기장 결사반대를 외치는 시위를 매일 밤 진행하였다. 하루는 예술회관에 화재가 발생하여 소방 차량이 동원되고 주차된 청소차량 6대가 불타는 안타까운 사건도 일어났다.

　이런 사태가 계속되던 어느 날, 군수가 내소사를 방문한다는 정보를 입수한 변산 면민 일부가 차량 10대로 내소사 주변 도로를 차단하고 과격 주민들 1천여 명이 내소사에 집결하여 주지인 혜산스님과 면담을 마치고 나오는 군수를 집단 폭행하는 사건이 발생했다. 폭행을 당한 군수는 긴급 출동한 전투 경찰에 의해 무려 8시간 만에 구출돼 전북대학병원에 이송되어 응급치료를 받았는데, 다음 날 모든 지상파 방송의 9시 메인 뉴스에서 헤드라인 뉴스로 방영되어 부안군의 방폐장 유치 반대 사건은 전국적인 사건이 되기에 이르렀다. 이 사건은 참으로 불행한 일이었다. 결코 있어서는 안 될 일이 일어난 것이다. 그만큼 분노한 군민의 마음은 이해할 수 있지만 어떤 경우에도 폭력은 민주 사회에서 허용되어서는 안 되기 때문이다.

당시 군의 행정은 거의 마비 상태였고, 오직 방폐장 유치 찬성 홍보와 동조 실적 고양에만 몰두하고 있었다. 좌담회를 통해 설득한 인원을 매일 보고했고, 주 1회 읍·면장 보고회가 열렸으며, 월 2회 정도 원자력 발전소 대전연구소에 주민 견학을 보내야 했는데 희망자가 없어 전주 등지에서 지인을 데려다 숫자를 채우는 동원 행정이 이루어졌다. 견학을 다녀온 사람은 마을에서 소외를 당하거나 비난받는 분위기여서 선뜻 나서는 주민이 거의 없었다.

이때 담당 계장이 우리 면도 다른 면처럼 부풀려서 실적을 올리자고 건의했지만 사실대로 보고하도록 했다. 일당을 지급하면서 숫자를 채우거나 반대에서 찬성으로 돌아선 사람이 없는데도 허위로 보고하는 행태는 더 이상 안 된다고 판단했다. 아무리 다급해도 없는 것을 있는 것으로 꾸며 군민을 속이는 행정은 없어져야 할 낡은 관행이라는 생각은 지금도 마찬가지이다. 그렇게 하다 보니 당연히 계화면 실적이 뒤져 질책의 대상이 되었다. 남들처럼 물이 흐르는 대로 시류에 편승하는 시늉만 했어도 별 문제가 없었을 텐데 그렇게 하지 못했던 나를 융통성이 없는 옹고집쟁이라고 비웃는 사람도 있었다. 하지만 나의 생각은 확고했으며 나의 그런 태도를 인정해주는 사람 역시 많았다.

주민의 동의가 선행됐어야 할 지방자치의 교훈

방폐장 유치 반대 대책위원회가 조직돼 천주교 부안 성당에 본부가 만들어지고 수억 원의 성금이 모아져 대대적인 반대 활동이 전개되었다.

부안읍을 위시해서 주변의 행안면, 동진면, 주산면, 계화면 주민들은 물론 차량으로 이동해야 하는 다른 지역 주민들까지 당시 반대 농성장인 수협 앞 도로에 매일 밤마다 1천여 명씩 모여 반대 집회를 가졌다. 지금은 거의 모든 집회마다 일상화가 된 촛불이 등장했고 문화 행사를 곁들여 참여한 주민들이 흥미를 느끼는 독특한 집회가 새로운 집회 문화로 자리를 잡게 되었다. 읍·면마다 지부가 만들어지고 범군민적인 조직으로 확대되어 초·중·고등학생의 등교 거부, 호남 고속도로 점거 농성, 집단 상경 투쟁 등 다양한 반대 투쟁을 벌여나갔다.

이런 과정에서 시위대가 진압 경찰과 충돌하여 450여 명의 부상자가 발생하였고, 집시법 위반으로 구속되거나 불구속 기소된 사람이 157명에 달하는 등 걷잡을 수 없는 사태가 무려 20개월이나 이어졌다. 그러던 중 2004년 2월 14일 한 시민 단체(대표 박원순 변호사)가 주관하여 전 군민을 대상으로 찬반을 묻는 주민 투표가 전국 최초 민간 주도로 실시되었다. 전체 군민의 72%가 투표에 참여하여 92%라는 반대표가 나와 방폐장 유치를 부안 군민의 절대 다수가 반대하고 있다는 사실이 정부에 전달되었다.

그로 인해 결국 산업자원부가 부안군의 방폐장 유치 신청을 반려함으로써 2004년 12월 1일에 민권 승리대회가 열리고 그 후 주민 투표 1주년 기념일인 2005년 2월 14일에 대책위원회가 해산하면서 소위 부안 방폐장 사건은 마침내 종지부를 찍었다.

그렇게 모든 것이 끝났어야 하는데 찬반 대립이 남긴 심각한 후유증으로 인해 순박하고 평화스럽던 부안의 군민 정서는 반핵세력과 찬핵세력이라는 불미스러운 이름하에 둘로 갈라졌으며 반목과 대립이 계속되어 주민 간의 갈등이 깊어져만 갔다. 나중에는 반 김종규 세력과 친 김종규 세력으로 이름을 바꾸어 각종 선거를 비롯한 중요한 일이 있을 때마다 분열과 대립의 중심에 서게 되었으며 이로 인해 부안은 바람 잘 날이 없을 정도로 갈등이 심화되었다.

공직 사회 역시 두 세력으로 나뉘어 보이지 않는 반목과 불필요한 경쟁으로 인해 군수 중심의 정책 개발과 수행이 차질을 빚었고, 크고 작은 사건이 끊이지 않고 일어나 군정이 흔들리는 혼란을 피할 수가 없었다. 이로 인해 지방자치가 시행된 20년 동안 부안군에서는 군수가 임기를 채우지 못하고 중도 하차하는 일이 빈번하게 일어났으며 부군수 대행 체제로 군정이 표류하는 악순환이 계속된 것이었다. 이러한 상황에서 정책 조직이 안정을 찾을 수 없었으며 정책 역시 수시로 바뀌는 바람에 먼 미래를 보고 탄탄한 지역 발전을 이루는 방향으로 나아가는 것이 어려워졌다. 방폐장 유치 찬성과 반대 모두 우리 군의 발전과 번영을 바라는 애향심에서 비롯된 일이라는 점은 한 마음이었지만 정당한 절차를 무시한 독단적 과정으로 군내 모든 구성원에게 쉽게 아물지 않을 상처와 오명만 남기고 말았다.

이렇게 부안 방폐장 유치 사건은 부안 행정에 오랜 세월 동안 악영향을 끼쳤을 뿐만 아니라 군민들에게도 상처와 아픔을 남긴 사건으로 역사에 기록되었다. 하지만 지금 다시 돌이켜보면 이 사건이 부안에 고통만을 남긴 것은 아니라는 생각이 든다. 1989년 지방자치법 전문이 개정되어 본격적이고 실질적인 지방자치제도가 실시되었지만, 업무 처리 구조와 사회적 인식 등으로 인해 오랫동안 자치단체는 중앙정부에 예속된 존재로 활동해야만 했으며, 지방민들 역시 중앙정부의 의향을 따르는 것이 당연하게 여겨졌던 시기가 있었다.

하지만 부안 방폐장 유치 사건으로 인해 지방 주민들의 생활에 큰 영향을 끼칠 수밖에 없는 일은 주민들이 모든 정보를 투명하게 제공받고, 직접 결정할 권리가 있다는 인식이 부안군뿐만 아니라 대한민국 지방 곳곳에 퍼져 나가기 시작한 것은 방폐장 사건이 준 큰 교훈이자 일정 수준의 성과라고 할 수 있을 것이다.

실제로 부안 사태 이후 2005년 3월 3일, 중·저준위 방사성 폐기물 처분시설 유치지역 지원에 관한 특별법이 국회를 통과함으로써 고준위와 중·저준위를 분리 발주하며 3천억 원 지원의 근거를 마련했다. 이는 민의에 반하는 정책에는 민중의 저항이 따른다는 민주주의의 원칙이 부안군민의 희생을 바탕으로 하여 입증된 결과이다. 이로써 주민의 동의 없이 권력으로 밀어붙이는 시대가 막을 내렸고, 제아무리 지역 발전을 위한 정책이라고 해도 민의에 바탕을 두어야 한다는 풀뿌리 민주주의의 원칙이 부안군민에 의해 다시 한번 확인되었다.

또한 부안주민들은 당시 많은 비난을 받았던 김종규 전 군수의 충심을 인정하고 그를 용서하여 지난 제6대 군수 선거에서 다시 군수로 선출하는 포용력을 보여주기도 하였다. 민선 3기 당시 젊은 패기 하나로 역경을 극복하고 천신만고 끝에 군수에 당선되었으나 무소속 군수로서 인맥과 정치 논리에 휘둘릴 수밖에 없는 정치 현장에서 어떻게든 대형 국가지원금을 유치해 부안 발전에 이바지하려는 그 충정만큼은 인정을 받을 수밖에 없었으리라 생각한다. 이를 이해하는 부안주민들의 포용력과 함께 6만 군민의 살림살이에 관한 중대한 사안을 주인(군민)의 동의 없이 의욕만 앞세워서 민주적 절차를 무시하고 결행한 시행착오로 인해 참으로 오랜 시간 동안 엄청난 대가를 치르고 있다는 교훈 또한 민주주의와 지방자치가 더욱 발전하기 위한 밑거름이 되어 줄 것이다.

이렇게 부안 방폐장 유치 사건은 찬핵과 반핵을 가리지 않고 모든 부안 주민에게 아픈 상처를 남겨 주기는 했으나 대한민국 지방자치사의 한 획을 그었으며, 30년 지방자치의 교훈이 되어 앞으로도 부안 지방자치의 새로운 역사를 쓰는 데에 도움이 되어 줄 것이라고 확신한다.

지방자치를 생활 정치로

다른 지방자치단체는 성공적으로 지방자치를 실시하고 있는 것과는 다르게 갈라진 민심을 하나로 모으지 못한 채 갈등과 반목이 계속되는 상황, 혼란 속 부안군 민선 4기 지방 선거에서 반핵세력이 승리함으로써 부안군정은 혼돈의 시대를 마감하고 정책 중심으로 전환되었다. 하지만 여전히 화합과 단결로 인심 좋은 '생거부안'의 원래 모습으로 돌아가야 할 과제가 우리에게 남아 있다. 공무원 조직부터 화합하고 창의력이 바탕이 된 업무 중심의 조직 문화를 정착시켜야 한다. 군 의회 또한 중앙 정치에 예속된 정당 위주의 운영에서 벗어나 군민의 삶의 질 향상에 초점을 맞춰야 한다.

성공적인 지방자치 시스템의 좋은 선례로 주목받고 있는 것이 스위스이다. 스위스는 기본적으로 중앙집권국가가 아닌 연방 국가를 표방하고 있으며, 기초 지방자치단체에 해당하는 200개 이상의 게마인데Gemeinde가 모여 6개의 주, 칸톤Kanton

을 형성하며, 이 6개의 주가 모여 스위스 연방 공화국으로서 기능하는 형태를 취하고 있다.

　스위스의 지방자치와 한국의 지방자치가 가장 큰 차이를 보이는 지점이 있다면 지방자치라는 개념에 접근하는 기본적인 자세일 것이다. 스위스는 기초 지방자치단체, 즉 게마인데의 독립성과 자치권을 넓게 보장하고 있으며 중앙정부가 개입하는 것은 오로지 자치단체가 스스로 해결할 수 없는 업무에 한해서 전개된다.

　스위스의 지방자치가 자율성과 독립성을 폭넓게 보장하는 형태가 될 수 있었던 것은 지방자치단체의 결정 권한을 실질적으로 지역 주민이 쥐고 있다고 말할 수 있을 정도로 직접민주주의와 주민자치가 폭넓게 이루어지고 있기 때문일 것이다. 특히 주민총회에 해당되는 란츠게마인데Landgemeide는 유권자에 해당한다면 누구나 참여할 수 있으며, 주헌법 개정 및 주법률 제·개정 및 예산 결정, 행정 및 사법기관에 대한 기관 구성권 등 광범위한 정치적 권리를 직접 행사할 수 있는 것이 특징이다.

　하지만 대한민국의 경우 지방자치가 시행된 지 30여 년에 달함에도 불구하고 중앙정부의 의중을 실현시키기 위한 손발과도 같은 존재가 지방자치단체라는 의식이 아직도 만연해 있는 상태다. 그런 탓에 아직까지 생활 정치로 나아가지 못하고 지역 국회의원의 의중에 따라 군 의장이 선임될 뿐만 아니라 상임위원장까지 좌지우지되는 현상은 지방자치 발전에 전혀 도움이 안 되는 관례가 아닐 수 없다.

물론 대한민국은 스위스와 비교할 때 여러 가지 고유의 역사적, 문화적, 환경적 차이가 있기 때문에 스위스의 이러한 지방자치제도를 직접적으로 적용할 수는 없겠지만 국민의 의사가 지방자치단체를 움직이고, 중앙정부는 자치단체의 운영에 반영된 주민의 의중을 존중하고 주민의 의사를 이루는 방향으로 행정력을 활용한다는 점에서 우리가 배워야 할 부분이 적지 않다.

지방자치 발전, 정당 공천 배제가 최우선

7대 전반기 부안군의회 원구성을 앞두고 군 의원과 도 의원 당선자들이 모두 모였다. 핵심 주제는 군 의회 의장을 내정하는 자리였다. 이미 모 의원이 낙점되었다는 소문이 퍼져 있었고 후반기 의장까지 내정된 상태에서 이를 추인하는 자리였다.

비례대표 선정 역시 투명하게 정석대로 이루어지지 못했다는 것이 다수 군민들의 평가이다. 짧게는 4년, 길게는 8년 전부터 비례대표 의원을 꿈꾸면서 대선과 총선 같은 당 행사에 적극적으로 참여하고 봉사해온 세 사람의 여성 당원으로 후보가 압축되어 당 안팎에서는 그들 가운데서 누가 될 것인가에 관심이 모아지는 상황이었다. 그런데 당시 확정된 최종 방식은 후보자별 지지자 100명의 명단을 제출받아 400명(후보 5명×80명)을 실내체육관에 소집하여 투표로 결정하는 방식으로 후보 결정의 원칙은 물론 형평성이나 정당성마저 인정받을 수 없는 방식이었다.

지방자치 발전을 위해서는 기초의원의 정당 공천을 배제해야 한다는 것이 대다수 군민들의 의견이다. 인구 6만의 작은 군에서 의원 10명이 생활 정치를 제대로 구현하려면 중앙 정치의 구속이나 간섭에서 벗어나야 하는데 정당 공천이 이를 가로막는 걸림돌이기 때문이다.

기초의원의 정당 공천 배제는 지난 제18대 대통령선거 당시 서울 세종문화회관에서 전국 기초광역의원들과 대통령 후보 세 사람(박근혜, 문재인, 안철수) 및 행정자치부장관이 참석한 지방자치 발전을 위한 토론회에서도 세 후보 모두 약속한 사항인데 국회에서 지방자치법 개정을 외면하고 있어 실현이 되지 않고 있는 실정이다. 세 명의 대선 후보들에겐 이 사안이 선거에서 선심성으로 활용하기 위한 수단이었을 뿐 지방자치 발전에 전혀 관심이 없었기 때문이다. 진정한 지방자치 발전을 위해서는 정당 공천 배제와 읍면 1인 소선거구제 환원이 우선적으로 시행되어 주민 본위 지방자치가 실현되는 스위스형 생활 정치를 실현시켜야 한다.

부안의 비전

세계 석학들의 예측

세계 석학들이 말하는 장래에 세계 정세 주도권과 판도에 큰 변화가 생길 것이라는 예측이 우리의 관심을 끈다. 먼저 영국 출신의 세계적인 역사학자 '아놀드 토인비'는 21세기를 전환점으로 그 이전의 시대가 대서양 중심의 문명시대였다면 이후는 태평양 중심의 시대가 될 것이라고 예측하였으며 그 중심에 동아시아 지역인 한국, 중국, 일본 세 나라가 있음을 강조했다.

프랑스 출신의 세계적인 석학 '자크 아탈리'는 그의 저서 『미래의 물결』에서 한국이 30년 내에 세계의 거점 국가가 될 것이라고 전망했으며, 독일의 '디펠드'지紙는 30년 안에 한국이 독일을 앞서갈 가능성을 예상했다. 특히 미국의 투자은행 '골드만삭스'는 2050년경에는 미국 다음의 경제 강국은 한국이 될 것이라고 예측했는데 그때의 한국의 1인당 국민소득은 8만 1천 달러에 달할 것이라고 예상했다.

통일 이후 한반도와 부안

한편 국내외 안보·경제학자들은 통일된 한국의 무한한 가능성에 대해 높이 평가하고 있다.

첫째로 꼽히는 것은 대륙으로의 연결 가능성과 그에 따른 경제적 부가가치다. 일단 통일이 되면 유라시아 대륙으로 철도 연결이 가능해져서 러시아에서 천연가스를 중간 유통 없이 직수입하는 등 원자재 유통의 비용 절감이 가능해질 뿐만 아니라 유라시아로의 수출 입체화를 기대할 수 있다는 의견이다.

둘째로는 남한 측의 자본과 기술, 북한 측의 토지와 노동력이 결합할 때에 세계 경제를 선도할 만한 추동력을 얻을 수 있으며, 이를 통해 통일 후 10년 동안 매년 11%의 고도성장(3만 달러 이상 선진국 중 유일한 경제성장)은 물론이고, 10년여간의 통일 정착기가 지난 후에는 국민 1인당 소득 5만 5천 달러(남측 7만 7천 달러, 북측 3만 8천 달러)를 달성할 수 있다는 전망이 지배적이다.

그 외에도 북한에는 600억~900억 배럴 정도의 석유가 매장되어 있을 가능성이 제기되는데 이는 세계 8위에 해당하는 매장량이다. 또한 북한 땅에서 얻을 수 있는 석탄과 광물 등 지하자원의 가치도 대략 2조 달러에 달해 수입에 의존하는 자원 수급 문제를 해결할 수 있다는 낙관적인 전망도 있다.

지정학적으로 본 새만금

새만금 개발사업은 비응도 ~ 고군산군도 ~ 변산반도 사이를 연결하는 33km의 직선 방조제를 세우고 그 안쪽으로 4만 100ha의 용지를 확보한 국토 개척 사업이다. 이 면적은 전주시 면적의 두 배, 여의도의 약 140배에 이른다. 1980년대 용지 확보와 사회간접자본 확충의 목적으로 계획되었으며 1991년부터 각종 기반 시설의 건설을 시작하여 19년 8개월 만인 2010년 4월 27일 완공된 대형 사업이기도 하다.

사실 새만금 방조제의 사업과 계획 초기에는 갯벌의 중요성과 환경적 가치에 대한 사회적 인식이 부족한 면이 없지 않아 오랜 공사 기간을 거치면서 환경적 가치를 둘러싸고 많은 갈등이 일어나기도 했으며 부안군의 풍부한 어족과 어장을 일부 포기해야만 하는 결과를 가져오기도 했다. 하지만 오랜 세월을 거쳐 완성된 사업으로, 부안군이 부여받은 큰 기회이자 자원이기도 한 만큼 새만금 간척지의 이점을 정확히 파악하여 부안의 미래 발전을 위한 발판으로 활용하도록 하여야 할 것이다.

새만금 간척지에는 여러 가능성이 있지만 가장 핵심이 되는 것은 무엇보다 지정학적 가능성이다. 새만금 간척지는 그 위치로 볼 때 군산시, 김제시, 부안군에 인접하고 있으며 서해안 고속도로와 연계되어 전라북도의 물류, 유통 중심이 될 수 있는 가능성을 충분히 내포하고 있기 때문이다. 또한 중국 산동성까지 직선거리로 390km(KTX로 90~120분이 소요되는 거리) 떨어져 있다는 점은 향후 중국과의 교류에 있어 중요한 전환점이 될 것으로 주목받고 있다. 이뿐만 아니라 지정학적으로 환황해권 중심에 위치하여 중국은 물론 일본, 유라시아 지역으로의 진출이 쉽다는 점도 장점이다.

새만금 간척지를 전라북도의 물류, 유통 중심지로 만들어 나가기 위해서 필요한 것은 첫 번째로 교통 인프라의 정비이며, 두 번째는 급속도로 변화하는 글로벌 산업구조에 걸맞는 산업 유치 및 육성일 것이다.

최근 새만금개발청을 통해 전개되고 있는 국제적인 첨단 신재생에너지단지 조성, 국제공항 유치, 연계 철도 건설, 유기농 농산물 생산단지, 한중합작 제조기업 유치 등은 이러한 청사진에 근거하고 있다. 새만금 지역을 둘러싸고 있는 교통 인프라를 강화하는 한편, 최근 기후위기와 지속 가능한 성장이 가장 주목받고 있는 산업이라는 점을 감안, 적극적인 유치로 스마트 녹색 산단 프로젝트를 전개해 나가고 있는 것이다. 수변도시 등 공공주도 매립사업, 신재생에너지 발전사업과 연계한 개발투자 사업, '그린에너지 생산·연구단지', '스마트 그린산단' 등의 프로젝트도 이와 맥을 같이한다.

부안이라는 이름이 정해진 지도 어언 600년이란 세월이 흘렀다. 부안의 역사는 다른 지역들과 마찬가지로 수많은 시련과 갈등을 딛고 현재를 거쳐 내일을 향해 나아가고 있다. 부안군민 모두가 힘을 합쳐 새만금 간척지의 강력한 성장 동력을 실질적인 발전 궤도에 올려놓는 것만이 부안군을 서해안 시대를 열어 갈 거점 도시이자 환황해권 물류 중심지로 만들어줄 수 있는 강력한 힘이 되어줄 것이다.

제2부

청소년 시절과
공직의 길

내가 태어난 닥바실

내가 태어난 닥바실

평생의 삶이 투영된 책자를 집필하면서 먼저 필자가 태어난 곳과 집안의 내력을 간략히 소개하고자 한다.

필자의 본향은 남양南陽으로 지금의 경기도 수원시, 화성군 일원의 옛 지명이다. 역사적 배경은 우리나라 삼국시대(고구려·백제·신라), 중국은 당나라가 융성하여 주변 국가들은 그 영향력 하에 있었던 시기로 고구려 제27대 영류왕 때 덕예문학의 선비 8학사가 서기 639년 당나라에서 우리나라로 오게 되었다. 수석학사로 온 홍학사공 천하天河가 남양 홍씨의 시조가 된다. 그의 10대 후손인 태사공 은열殷悅공이 고려 태조를 보필하여 고려 건국 일등 공신으로 삼중대광태사(재상급)의 벼슬을 받으시고 남양 홍씨의 시조가 되며 일문의 후손은 남한에만 40만 명이 살고 있다.

부안 남양 홍씨 가계Buan NamYang Hong Family Line로는 전라북도 임실군 청웅면 옥전리에서 오랜 역사를 살아오다 김제시 황산면 쌍감리로 이주하여 5대가 이어 살았고, 고조부(32세 종학)가 부안군 동진면 본덕리 513번지 닥바실에 정착하여 4대가 살다가 필자가 부안읍으로 이사하여 살고 있다.

닥바실은 바닷물이 드나드는 해안가로 모래가 떠밀려와 쌓이면서 마을이 형성되었는데 9세대가 순박하게 살아가는 농촌마을로 바닷가에 주로 서식하는 닥나무가 널리 분포되어 있어 닥밭楮田을 이룬다 하여 '닥바실'이라 불리다가 한문 표기로 제전마을이 되었다.

지금도 35~50cm 정도 지표의 흙을 걷어내면 모래가 많고, 해풍에 강한 팽나무가 300년의 긴 역사를 안고 고목이 되어 외롭게 마을을 지키고 있다. 마을 사람들은 이 그늘 밑에서 모깃불을 피워놓고 오순도순 정담을 나누며 여름을 보내곤 했다. 나의 어린 시절 역시 여기서 땅 뺏기 놀이, 숨바꼭질로 하루 해를 다 보내는 날도 있었다.

봄에는 온 산에 푸르게 올라온 산나물을 캐내어 어머니께 드리면 어머니께서는 솜씨 좋게 가루를 빻아 나물죽을 끓이고, 보기만 하는 것으로도 입맛이 돋는 진달래 화전을 만들어 주셨다. 여름에는 둠벙(연못)에서 수영을 하며 물고기를 잡는 것으로 더위를 달랬다. 여름의 작열하는 태양 아래 지금처럼 에어콘 같은 건 상상도 할 수 없는 환경이었지만, 낮의 더위를 식혀주는 여름밤 모깃불을 피워 놓고 부채질하며 할머니께서 들려주시는 옛이야기를 듣다 보면 시간 가는 줄 모르고 즐거웠다. 반짝이는 보석으로 수놓은 듯 별빛이 고운 밤하늘 속 긴 꼬리를 끌며 가끔 별똥별이 떨어지는 은하수를 올려다보면 낮에 비해 한결 시원해진 여름밤 공기가 포근하기 그지없었다.

한편 모든 농촌이 그렇듯이 가을은 항상 바빴던 기억뿐이다. 자주 농사일을 돕느라 학교에 나오지 못했던 친구들도 많았다. 온 식구가 논에 나가 하루 종일 허리를 펼 수 없었던 날도 있었지만, 풍년이 오기를 기원하며 밭고랑에 앉아 먹는 새참은 그야말로 최고의 꿀맛이었다. 겨울은 느긋하지만 심심한 계절이었다. 우리는 집에서 가장 따뜻한 아랫목에 옹기종기 모여 앉아 여러 가지 소일거리를 즐기며 하얗게 눈이 내려앉은 바깥의 세찬 겨울바람을 피하곤 했다.

밭머리 숨바꼭질

시골 농촌은 느긋하지만 심심한 곳이다. 한참 에너지가 넘치는 소년 소녀들이 즐길 거리는 그렇게 많지 않았다. 그렇기 때문에 우리는 더욱 더 어떤 방법으로든지 재미있을 만한 것을 찾아서 아무 걱정 없이 놀고 즐기곤 했다. 그중에서도 내 또래 애들 4~5명과 가끔 동네 입구 밭머리 길가에 모여 하던 숨바꼭질 놀이가 기억에 남는다.

술래로 뽑힌 애는 울타리 기둥을 마주 보고 서서 눈을 손으로 가린 후 하나부터 열까지 세며 숨을 시간을 준다. 그럼 나머지 친구들은 숨을 곳을 찾아 이곳저곳으로 흩어지곤 했다. 처음에는 드넓은 논과 밭이 펼쳐진 곳에서 어떻게 숨은 사람을 찾아야 할지 막막하지만, 익숙해지면 어지간한 곳에 숨은 사람은 찾아낼 수 있게 된다.

고구마밭과 콩밭 고랑이 숨기 가장 좋다. 하지만 한여름 밭 고랑에는 하루살이나 모기가 들끓었다. 도시에서 태어난 애들은 단 몇 분도 엎드려 있기 힘들지도 모른다. 되새겨보면 그때는 반바지를 입고 모기에 뜯기는 것도 모른 채 어떻게 꼼짝도 않고 엎드려 있었는지 모르겠다.

눈을 찌르는 찬란한 여름 햇살 아래에서 정수리에서 발가락 끝까지 땀에 흠뻑 젖고 땀 냄새를 맡은 모기가 윙윙거리며 귀를 불쾌하게 만들어도 오직 들키지 않겠다는 일념으로 숨 쉬는 것조차 조심하며 집중했다. 때로는 귀신같이 찾아내며 밭고랑이 떠나가라 깔깔대던 친구들도 있었지만 못 찾은 친구들은 설마 거기에 있었을 줄은 몰랐다며 놀라움을 표하곤 했다. 어린 나는 어쩌면 그런 칭찬을 듣는 게 기분 좋아 어른도 하기 힘든 인내심을 발휘했을지도 모른다. 아무튼 그렇게 서로 찾고 숨는 재미에 시간 가는 줄 모르게 밤늦게까지 놀았던 기억이 난다.

그때 같이 놀던 친구들 가운데 한 아이는 초등학교를 졸업한 후 서울로 출가해서 비교적 풍요롭게 잘 살고 있다는 소식을 들었다. 여성의 학업이 어려운 시대였기에 비록 학업의 뜻을 이루진 못했지만 시집가면 행복한 생활을 하기를 진심으로 빌었다. 그런데 고희(70세)를 넘긴 나이에도 아랑곳하지 않고 단호히 배움에 뛰어들어 중고등학교 과정을 이수하고 내년에 대학 진학을 준비하고 있다고 한다. 배움에는 성별도 없고 나이도 없다는 사실을 새삼 느끼게 되었다. 배움에 정진하며 만학의 꿈을 이루는 친구가 참 자랑스럽다.

방죽에서 물고기 잡다가 어장나다 (둑이 무너지다)

우리 동네 앞에는 황수제라는 저수지가 있다. 제전, 본덕, 증동, 죽림, 세포마을의 농지에 농업용수를 공급하는 큰 방죽이다. 인근의 고라실(골짜기)에서 내려오는 눈과 빗물을 받아 가두었다가 6월 모내기철에 농업용수를 공급하는 저수지로서 모내기가 끝나면 물이 다 빠져나간 방죽은 푸른 풀밭으로 변하는 때가 있었다. 누런 소들이 풀을 뜯고, 방죽 깊은 곳에서는 물고기를 잡고, 더 깊은 둠벙(연못)은 아이들의 수영장이 되어 천연 놀이공원의 역할을 했다.

하루는 두 살 위인 친구와 함께 세숫대야, 양동이, 삽, 괭이를 가지고 물고기 잡이에 나섰다. 20~30cm 깊이의 물이 고여 있는 못에서 150평 정도 조금 높은 곳을 따라 손으로 흙을 긁어 모아 둑을 만들고 그 안의 물을 밖으로 퍼내는 작업을 두세 시간여 계속하면 젖은 흙바닥 위에 물고기가 팔딱거린다. 그렇게 20여 분 정도 물을 더 퍼내면 가히 물 반 고기 반이 되어 붕어, 잉어, 메기, 빠가사리 같은 물고기들을 쉽게 잡을 수 있었다.

그런데 힘들게 막아놓은 흙더미가 수압을 견디지 못하고 이내 터져버리고 말았다. 둑 안과 밖의 물에 차이가 생기면서 수압을 견디지 못해 흙더미가 무너져 내린 모습을 보며 절로 망연자실해졌다. 몇 시간 동안 수고한 보람도 없이 다시금 물이 가득 차서 고기를 잡을 수 없게 되었을 때 느낀 허망함은 이루 말할 수 없었다.

이런 경우를 두고 '어장나다'라고 말하는데 우리 지역의 사투리다. 표준말로는 '무너지다'라는 뜻이다. 둑이 무너지는 상황에서도 포기하지 않고 다시 둑을 쌓고 물을 퍼내 다양한 고기들을 양동이 가득 잡아오던 추억은 아름다운 어린 날의 풍경화처럼 채색돼 마음속에 남아 있다.

청소년 시절

나의 모교 동진초등학교

　앞가슴에 하얀 손수건을 달고 처음 선생님을 만나 "하나 둘!" 하면 큰 소리로 "셋 넷!" 소리 지르며 시작한 6년간의 어린 성장시절이 고스란히 담겨 있는 동진초등학교 는 250여 명이 함께 졸업했던 큰 학교였다. 교실이 모자라 한 반의 학생들을 나누어 2부 수업을 하는 것은 물론 나무 그늘, 땅바닥에 앉아 공부하기도 했다. 우리 반 학생은 60여 명이 넘었고 4반까지 있었다. 요즘은 전교생이 30여 명 남짓 되어 당시 한 학급 인원의 절반밖에 되지 않는다.

　점심시간, 쉬는 시간이면 그 큰 운동장이 뛰노는 학생들로 가득 차 바글바글 떠들썩했다. 가을 운동회는 청군 이겨라! 백군 이겨라! 운동장이 떠나갈 듯 함성이 터지고 면민의 축제로 하루를 보냈다. 외부 손님 접대용 도시락(일회용 나무도시락)을 비교적 풍요롭게 사는 학생들에게 가져오도록 하여 그것으로 교육청 등 외부 방문객들에게 대접했으며 나도 선생님 지시로 하얀 쌀밥에 멸치조림 반찬으로 2개 준비하여 선생님께 드렸던 기억이 난다.

그래도 정겹고 즐거웠던 어린 시절의 아름다운 추억이다. 1학년 때 학교 정문 밖까지 "하나 둘! 셋 넷!" 소리 지르며 운동장을 빠져나와 각자 집을 향해 가는 뒷모습을 보이지 않을 때까지 바라보며 배웅했던 신정자 선생님은 어느덧 할머니가 되어 있다.

필자는 어릴 적 동심 어린 추억과 정감이 어리어 있는 학교를 위해 평소 의미 있는 일을 하고 싶다는 신념이 있었다. 그중 하나로 교정을 보다 아름답고 좋은 환경으로 만들고 싶어 기회 있을 때마다 가꾸어 나갔는데 첫 사업으로 교화인 자목련을 주제로 전교생 백일장 그림 그리기 대회를 매해 열어 우수 작품은 복도에 걸어 자긍심을 느끼게 하였으며, 참가자 전원에겐 기념품을, 입선자에게는 품격 있는 상품을 준비하여 시상하였다. 20여 년간 진행하는 동안 학교의 연중 최고 큰 행사로 발전하였으며, 학생들의 글솜씨가 많이 향상되어 부안군 어린이 글짓기 그림 그리기 대회에서 입선작이 계속 나오는 명문 학교가 되었다. 농촌의 작은 학교로는 드문 일이라며 학교의 자랑이 됐다는 담당 교사로부터의 소식을 들었을 때 뿌듯했던 기억이 새롭다.

다른 하나는 시멘트 담장을 철거하고 철쭉으로 꽃밭 언덕을 만들었던 것이며, 학교 숲 가꾸기 사업을 유치하여 꽃과 나무가 어우러진 아름다운 교정으로 변화시켰다. 그리고 운동장에는 폭신폭신하고 물 빠짐이 좋은 마사토 열 트럭을 깔아 아이들이 뛰노는 데 편안하도록 정비하였다. 교사 뒷동산에는 잡목, 잡초를 제거하고 야생화를 심어 자연 친화적인 환경으로 바꿔놓았다. 교실 복도에는 민속자료를 진열하여 아이들이 오가며 자연스럽게 선조들의 지혜와 우리 전통문화를 소중히 여기는 마음을 가질 수 있도록 꾸며놓았다.

이렇게 어느 학교와 비교해도 손색이 없는 아름다운 환경을 조성했으나 근래 들어 학생 수가 해마다 줄어 학교의 존폐 문제로까지 거론되고 졸업생으로서 염려되는 현실이 참으로 안타깝다. 하지만 일부에서는 도시를 떠나 시골의 자연 속에서 아이들을 키우려는 부모들이 늘고 있으며, 젊은 층에서도 귀농귀촌을 선택하는 추세가 증가하고 있어 긍정적으로 생각된다.

나의 고향 동진, 맑은 공기와 향기로운 바람이 이는 살기 좋은 이곳이 어릴 적 그때처럼 선한 이들이 옹기종기 모여 가족과 이웃이 사랑을 나누며 인간다운 삶을 살아가는 안식처가 되기를 희망해본다.

흉년 이야기

"정월 대보름달이 밝게 떠오르면 풍년이 든다."라는 농촌의 속설을 믿고 밝은 보름달이 환하게 떠오르기를 기다리는 대보름날 저녁, 옆집에서 "밝은 달이 떠오르네~ 올해도 풍년이 들겠다."라는 소리가 들리는 울타리 안 우리 집 마당은 참으로 평화로웠다. 동쪽 팽나무 가지 사이로 밝게 떠오르는 보름달에 밤하늘이 환해지는 풍경을 어머니와 함께 바라보며 한 해 풍년을 기원하던 그날 밤은 참 행복했었다.

지금은 옛이야기에서나 나오는 흉년이지만 내가 어린 시절에는 자주 흉년이 들었다. 대부분의 논들이 농업용수 공급이 되지 않았던 수리 불안전답^(천수답)으로 모내기철인 5~6월에 비가 내리지 않으면 모내기를 할 수 없었기 때문이다. 소가 끄는 쟁기로 논을 갈아놓은 상태 그대로 뿌옇게 먼지만 날리는 논을 '백답'이라고 하는데 비가 내리지 않아 조금이라도 가물면 열심히 갈아놓은 들판은 모두 백답이 되어 발을 동동 굴러야 했다. 어쩌다 비가 조금이라도 내리면 그 백답 사이로 물기가 촉촉하게 젖어드니 그 틈에라도 모내기를 했는데, 괭이로 땅을 고르고 작대기로 구멍을 내주면 그 속에 모를 꽂아 손과 호미로 논흙을 모아 덮어 주었다. 이를 '서종'이라 하는데 당시 온 식구가 논에 나가 하루 종일 겨우 200여 평의 논에 서종을 했던 일이 생각난다.

간식거리 독새풀 씨앗

　동진초등학교 3~4학년 시절로 기억되는 어느 날, 교실에서 자습을 하고 있는데 갑자기 하늘이 컴컴해지더니 빗방울이 떨어지기 시작했다. 그렇게 시작한 비는 이내 세찬 빗줄기가 되었고 내린 빗물이 굵은 물줄기가 되어 운동장을 흘러내려 가는 모습을 보면서 누가 먼저라고 할 것도 없이 모두가 "야호~ 비가 온다!"라고 외치며 박수를 쳤던 기억이 지금도 생생하다. 그 어린 철부지 시절에도 가뭄으로 애타는 어른들의 모습을 보았기에 세차게 내리는 빗줄기를 보면서 자신도 모르게 기뻐했던 것이다.

　또한 초등학교 입학 이전의 일로 어렴풋이 기억되는데 하루는 동네 형과 함께 어울려 놀다가 그 형이 봉투에서 볶은 독새풀 씨앗을 꺼내줘 같이 나눠 먹었다. 지금에 와서는 무슨 맛이었는지 기억은 희미하지만 당시에는 그저 신나게 먹었던 생각만 난다. 독새풀은 보리논 고랑에서 자라는데 5월이면 누렇게 익은 씨가 열렸다. 이걸 바가지로 털어다 볶아 먹곤 했는데 가난했던 시절 소박한 간식거리였다.

소나무 생키

생키란 소나무의 부드러운 속껍질을 말한다. 지금은 꽃 피고 새 우는 아름다운 봄이지만 그 시절의 봄은 많은 이들이 쌀이 없어 잡곡과 나물 등으로 끼니를 때우고, 그마저도 없으면 초근목피라도 입에 넣어야 했던 힘든 시기이기도 했다. 늦은 봄철, 무엇이 그리 바쁜지 잎보다 먼저 앞장서서 세상에 나온 꽃들이 지고, 막 햇살에 빛나는 초록빛 잎사귀들이 올라오며 한참 나무에 물이 오를 때면 변산에 올라가 생키를 벗겨다가 먹곤 했다. 부드러운 껍질이라고 해도 그대로 먹을 수는 없었기에 곱게 친 쌀겨나 보릿겨에 섞어서 쪄 먹었는데, 급한 배고픔을 달래줄 수는 있었지만 당시 생각에도 맛이 좋다고 하기는 힘들었다.

나중에 듣고 알게 된 사실이지만 생키를 한두 번 먹는 수준이 아니라 먹을 것이 없어 식사 대용으로 계속 먹으면 변비가 생겨 대변을 볼 때마다 힘을 주어야만 했기에 항문 언저리가 찢어질 정도로 고통을 겪는 경우가 적지 않게 있었다고 한다. "똥구멍이 찢어지게 가난하다"는 말이 이 생키 때문에 생겨났다는 것이다. 먹고 사는 것이 최대의 목표였던 시대의 안타까운 이야기다.

우리 집은 할아버지 할머니가 근검절약하고 부지런하셔서 많은 재산은 아니지만 먹고살 만큼은 모으셨고 아버지에게 약간의 전답도 물려주셨다. 부모님 역시 근검절약이 몸에 배어서 나의 유년 시절은 풍족하지는 않았지만 먹고 살기에 큰 어려움은 없었다. 흉년에도 초근목피로 연명하지는 않았으나 여느 집들처럼 풀떼기죽, 콩나물밥, 무시래기밥, 꽁보리밥은 많이 먹고 살았다.

소나무 껍질을 먹을 것으로 생각하는 사람은 지금에 와서는 하나도 없다. 산나물이 필 때면 뜯어다가 쪄서 죽 끓여 먹고, 진달래 피면 뜯어다 화전을 해 먹었던 일들도 이제는 옛 시절의 기억만으로 남아 있다. 하지만 진달래, 개나리가 피고, 온 세상이 초록빛으로 물들고, 노오란 송홧가루가 흩날릴 때가 되면 어릴 적의 배고프고 어려웠지만 이제는 추억이 된 장면들을 마음속에서 꺼내보곤 한다.

아버지 생신날의 작은 선물

군 입대 전에 잠시 부안읍내 서외리에 방을 얻어 중·고등학생들을 대상으로 영어 과외를 했었다. 아침저녁으로 4시간가량 학생들을 가르쳤는데 눈을 반짝반짝 빛내며 책에 몰입하여 흡수하는 아이가 있는가 하면, 공부에는 큰 뜻이 없이 마지못해 공부 시간마다 울상인 얼굴로 따라오는 학생들도 있었다. 하지만 시골 소년들답게 때때로 보여주던 순박한 미소는 그 어떤 아이든 밝은 햇살 같았다.

그렇게 모든 과외 일정이 끝난 후, 적은 돈이지만 고맙다는 말과 함께 받은 돈의 기억도 잊을 수가 없다. 당시 가난한 집안에서는 큰 부담이었던 중학교를 다닌다고 부모님을 오랫동안 고생하시게 하였던 나였기에 처음으로 적은 돈이라곤 해도 돈을 번 기억은 매우 보람차면서도 뿌듯했다.

나는 그렇게 번 돈으로 소고기 세 근과 수박 두 덩어리를 사 들고 집으로 갔다. 아버지 생신(음력 7월 4일) 전날이었다. 장터에서 집까지는 가까운 거리는 아니었지만 들뜬 마음으로 집으로 돌아왔다. 멍석이 깔려 있는 앞마당에서 어머니가 수박을 자르시며 행복해하셨던 밝은 모습도 아직 눈에 선하다. 문득문득 지금도 선명하게 떠오르는 그 모습, 그 미소를 한 번만, 딱 한 번만 더 보고 싶다. "잘 익었다. 달게 생겼다."라는 말씀과 함께 웃음 띤 그 얼굴이 더더욱 그립다.

우동 한 그릇

중학교 1학년 때의 일이다. 그날은 어머니께서 몹시 편찮으신 날이었다. 언제나 당신의 휴식은 뒷전인 채 가족을 돌보기 위해 한시도 쉬지 않고 일을 하신 게 무리가 되셨는지, 감기 몸살이 심해 누우셨다. 음식을 전혀 드시지 못한 채 누워 계시던 어머니의 기력이 걱정될 뿐이었다. 그때 "우동 국물은 조금 먹을 수 있을 것 같다."라고 어머니께서 힘없는 목소리로 말을 꺼내시자 읍내에 가서 우동 한 그릇을 사 오라는 아버지의 말이 떨어졌다. 나는 기다렸다는 듯이 주전자를 들고 튕겨 나가듯 냅다 달려 나갔다.

당시 부안군청 앞에는 중국요릿집 '원래각'이 있었는데 집과는 적지 않은 거리가 있었다. 집에서 읍내로 나가는 길은 방죽 둑을 넘어가면 증산들판이 펼쳐진 5km 정도의 지름길이 있었다. 머뭇거릴 때가 아니었기에 나는 토끼를 쫓는 사냥꾼처럼 이리저리 방죽 둑을 타서 증산들판 지름길 5km를 단숨에 달려가 우동 한 그릇을 손에 들고 달려왔다.

가쁜 숨을 내쉬며 집에 도착하니 옆집 아주머니께서 기다리고 계셨다. 내 손에 든 우동 그릇을 받아 든 아주머니께서는 믿을 수 없다는 표정으로 말을 건넸다. "얼마나 빨리 왔으면 우동 국물이 식지 않고 아직 따뜻하냐?"

숨이 차고 얼굴이 빨개져 아무런 대답도 할 수는 없었지만 내심 벅찬 마음을 감출 수 없었다. 옆집 아주머니가 건넨 우동 국물을 힘들게 반 그릇 정도 드시면서도 온화한 얼굴로 나를 향해 미소 지으시며 "따숩다."('따뜻하다'의 사투리)라는 한마디로 고마워하시던 그 음성이 아직도 귀 언저리에 맴도는 듯하다. 그날 읍내까지 뛰어나갔다 돌아오느라 숨이 턱에 차도록 힘들었던 모든 것이 사르르 녹아내리던 그 기분이 지금도 따뜻한 우동 한 그릇을 먹을 때마다 생각이 난다.

큰 장날의 추억

매월 4일과 9일은 부안 장날이다. 5일장이 서면 사람들은 각
종 농산물과 축산물, 혹은 돈이 될 만한 물건을 한가득 싸 짊어
지고 장에 간다. 사람들이 많이 모이는 날이기에 옷을 고르는
손길도 조심스러워진다. 옷이라고 해봐야 형제들과 계속 돌려
입어 너덜너덜하고 때가 탄 옷뿐이지만 조심스레 깨끗한 옷을
골라 최대한 깔끔하게 차려입고 집을 나선다. 어머니도 전날 텃
밭에서 부추를 베어 정리하고, 잘 말려둔 마늘을 손질하고, 찻
독(쌀을 담아 두는 단지) 위에 모아놓은 달걀을 짚으로 싸 달라고 아
버지께 부탁하시며 부지런히 장에 갈 채비를 하셨다. 텃밭에서
캐 온 채소들의 향긋한 냄새가 코를 자극하고 밤 늦게까지 분
주하게 집안이 돌아가는 것을 보노라면 괜히 설레는 것이 어린
마음이었다. 다음 날 장터에서 보게 될 신나는 풍경들을 머리에
그리다 보면 잠을 설치며 긴 밤이 지나가곤 했다.

그리고 마침내 다가온 부안 큰 장날, 어머니와 나는 장에 내
다 팔 물건들을 나누었다. 나눈 물건들을 어머니는 머리에 이고
나는 손에 들고 집을 나섰다. 길고 긴 논두렁길을 지나 지느리
방죽 둑을 건너 연결된 신작로 길을 따라 십 리 길을 걸어서 장
에 갔다. 커다란 짐을 손에 들고 또 머리에 이고 십 리 길을 걷
는 것이 어머니에게나 나에게나 결코 쉽지 않았을 테지만, 그
때는 그것이 당연하다고 생각했기에 어머니의 뒤를 따라 끝이
보일 때까지 그저 걸을 뿐이었다.

장터는 사람들이 얼마나 많은지 북적북적하고 큰소리가 끊이지 않았다. 닭, 오리, 강아지 울음소리로 정신이 없었고 쌀과 보리를 사고파는 소리가 계속해서 이어지며 여기저기서 다양한 방식으로 흥정하는 소리로 시끌벅적한 장마당이 펼쳐져 있었다. 장터 안 국밥집에서는 소와 돼지 내장을 삶아 쌓아두고 손님이 오면 팔팔 끓는 국물에 내장을 썰어 넣고 파와 갖은 양념을 듬뿍 넣어 국밥 한 그릇 내놓는데 그 뜨끈한 국물에 밥을 말아 드시는 아저씨들의 모습을 보노라면 군침이 돌 정도로 맛있어 보였다.

어머니 따라 매산리 고개를 넘어 신 시장으로 가면서 팥죽 한 그릇 사주실 거란 기대감에 설레던 기억이 난다. 팥죽집에 들러 팥죽 두 그릇 시켜 내가 먹고 있을 때 어머니는 천천히 잡수시며 내가 먹는 모습을 바라보는 것만으로도 행복해하셨다. 내가 다 먹을 즈음이면 당신께서는 배고프실 텐데도 굳이 남기신 반 그릇 정도의 팥죽을 덜어주시며 "더 먹어라"고 하시며 웃으셨다. 몸과 마음이 따뜻해지던 그 어린 날의 부안 장날이 그립다. 중학교 1학년 때쯤이었던가, 학교 수업을 마치고 집으로 돌아가는 길에 시장 모퉁이에서 동네 어르신을 만났는데 반가워하시며 짜장면 한 그릇을 사주셨던 기억도 난다.

부안 장날은 그렇게 사람 사는 냄새가 가득했던 정겨운 곳이었다. 그런 시장이 이제는 우리 곁에서 빠르게 사라져가고 있다. 예전 그렇게 북적대던 부안 시장은 마치 밀물이 밀려왔다가 썰물이 빠져나간 갯마을 바닷가처럼 썰렁하게 변해버렸다. '재래시장'이라는 명칭 자체가 대형 마트와 백화점에 밀려 '구시대 산물'이 되었다는 대중의 인식을 반영하는 듯하다. 이에 그 명칭을 '재래시장'에서 '전통시장'으로 바꾸며, 자치단체마다 '전통시장(재래시장) 살리기'에 골몰하고 있다. 이러한 상황을 타개하기 위해 군에서도 나름대로 많은 예산을 투자하고 있다. '음악회가 있는 토요 전통시장', '시장 주차장 확장', '전통시장 상품권 사주기' 등 시장 활성화를 위한 각종 대책들을 쏟아내고 있다.

하지만 여러 노력에도 불구하고 시장 경기는 살아날 기미가 보이지 않고 부안 시장의 길목을 걷다 보면 곳곳의 상가 유리창에는 '휴업, 폐업, 점포정리, 마지막 떨이 세일' 같은 우울한 광고 전단지만 덕지덕지 붙어 있어서 씁쓸하기만 하다. 과거에 비해 삶의 질이 나아진 결과일까? 경제성장 과정에서 오는 하나의 진통인 것일까? 전통시장을 살리는 묘책이 과연 있는 것일까?

어머니와 함께 팥죽 먹던 부안 장날에 대한 아름다운 추억으로 인해 그리움이 더 간절해진다.

추억의 모싯잎 개떡

내가 다닌 부안중학교는 집에서 5~6km 떨어져 있어서 자전거로 통학하는 학생들 몇 명을 제외하고 대부분의 학생들은 매일 걸어 다녔다. 그런데 등교에 나서는 아침이면 가끔 우리 집 앞에서 동네 아주머니 몇 분이 기다리고 있다가 나를 부르곤 했다. 사카린, 소다, 설탕, 미원 같은 식료품을 사와 달라며 심부름을 시키기 위해서였다. 혹은 할아버지 제사 용품으로 삼실과(대추, 밤, 곶감)를 사달라는 부탁을 하는 분도 있었다. 자가용은커녕 대중교통조차도 이용하기 힘들었던 그 시절, 특별한 경우 아니면 읍내에 나가기가 쉽지 않아서 장날에 동네 아저씨들이 함께 장에 다녀오는 것 말고는 읍내에 나가는 일이 거의 없었다. 그런 탓에 동네 아주머니들은 학교에 다니는 나 같은 학생에게 자질구레한 물건들 심부름을 시키곤 했다.

걸어서 오가던 등하굣길이었기에 좋지 않은 기억이 몇 가지 있다. 함박눈이 내린 날 아침 검정 운동화를 신고 발목까지 쌓인 눈길을 걸어가다 보면 신발은 물론 양말까지 젖어서 발이 무척 시릴 때가 많았다. 또한 추수를 앞둔 논두렁길을 걸을 때는 이른 아침 찬 이슬을 잔뜩 머금고 숙여 있는 벼이삭을 헤쳐 나가며 걸어야 했는데 몇 발자국만 걸어도 무릎 밑으로 바지가 다 젖어 물이 줄줄 흘러내리며 축축하고 기분 나빠지곤 했다. 그리고 비가 내리는 날 우산도 없이 비를 맞으며 학교를 오고 갈 때 등이 매우 힘들었다.

지금 와서 돌이켜보면 '비가 오는 날이면 교실에 남아 숙제나 밀린 공부를 하다가 비가 그치면 집으로 돌아갈 생각을 왜 하지 못했을까'라는 아쉬움이 생긴다. 미련스럽게 그 비를 다 맞으며 집에 가려고만 했으니 말이다.

먼저 말했듯이 나는 학교에 다니면서 자연스레 등하굣길 동네 아주머니들의 심부름을 해드리게 되었다. 그런데 마을의 심부름꾼이 된 지 2년여가 되던 어느 날 할머니 한 분이 동네 입구 밭머리에서 나를 기다리고 있다가 자기 집으로 데리고 가서 '모싯잎 개떡'을 내놓으시면서 "매번 심부름을 잘해줘서 고맙다."라고 칭찬해 주시는 것이 아닌가. 손바닥 크기의 촉촉하고 쫄깃한 떡을 네 개나 맛있게 먹었던 기억이 지금도 새롭다. 요즘도 모싯잎 개떡을 먹을 때면 당시 그 할머니 생각이 떠오르곤 한다.

멀어져간 나의 꿈

학창 시절 나의 희망은 사업가였다. 부안읍내에 나가 장사를 해서 돈을 많이 벌게 되면 장학재단을 만들고 싶었다. 당시는 학비가 없어 공부를 하고자 하는 열망이 있어도 꿈을 접어야 하는 학생들이 정말 많았는데, 이렇게 돈이 없어서 공부를 하지 못하

는 학생들에게 내 손으로 직접 장학금을 전달하여 학업을 이어

나갈 수 있도록 돕는 것이 꿈이었다.

이런 꿈을 갖게 된 때는 중학교 시절인데, 모교인 부안중학교

를 설립한 춘헌 이영일 선생과 그분의 업적이 존경스러웠기 때

문이다. 춘헌 선생께서는 지역 발전을 위해서 지역이 인재의 산

실이 되어야 하고, 지역이 인재의 산실이 되기 위해서는 더 많은

학생들이 어려움 없이 공부를 맘껏 할 수 있어야 한다는 신념을

갖고 계신 분이었다. 이러한 신념에 따라 선생께서는 고향의 후

진 양성을 위해 자기 밭에 목조건물을 짓고 부안중학교와 부안농

림고등학교를 설립하여 국가에 기부 채납 했다. 그 후 부안중학

교에서 부안여자중학교가 분리되었고, 여중을 기반으로 여고가

설립되었다. 부안이 다른 지역보다 먼저 남녀중고등학교가 모두

세워지게 된 데에는 춘헌 선생의 헌신이 있었던 셈이다.

나는 춘헌 선생의 이러한 헌신과 열정에 깊은 감동을 받아 사

업을 해서 돈을 벌고 싶었지만 부친의 간곡한 만류로 꿈을 접을

수밖에 없었고, 이후 진로를 찾지 못하고 잠시 방황의 시간을 갖

게 되었다. 당시 부안 지역의 농업은 논농사 위주의 벼와 보리 재

배가 대부분이었는데 우리가 갖고 있는 논 2천여 평으로는 열두

식구가 생활하는 것은 쉽지 않았다. 더욱이 나의 체력으로는 농

사가 쉽지 않을 뿐 아니라 농사일 자체가 맞지 않았다. 이런 상

황에 큰아이 찬용이가 태어나 양육에 대한 부담 때문에 어깨가

더욱 무거워졌다. 어떤 면에서 보면 이때의 정신적 방황이 내가

공직에 발을 들여놓을 수 있게 해준 계기가 된 셈이다.

춘헌 선생의 이야기를 좀 더 하자면 춘헌 선생의 묘소는 개암사 가는 길 우편 산등성이에 있다. 언젠가 그곳에 간 적이 있는데 도로를 만들면서 가장자리에 폭 2m, 깊이 1.5m의 측구(배수로)를 같이 만들어놓고 정비하지 않아 오가기가 불편하고 위험하기도 했다. 그래서 나는 동진면장 재직 시절에 대형 흉관 3개를 묻고 흙으로 덮는 방식으로 승용차 2대 정도는 주차가 가능한 공간을 확보하여 통행에 큰 불편이 없도록 했다. 또한 춘헌 선생의 의지가 살아 숨 쉬는 모교 부안중학교의 운동장에는 모래와 마사토를 10여 트럭 정도 깔았고, 당시 박승서 교육장의 도움으로 야외 농구장을 만들었으며, 학교 숲 가꾸기 사업을 유치해 쾌적한 교정을 조성했다. 학생들이 아무 걱정 없이 좋은 환경에서 공부할 수 있는 부안, 인재의 산실이 되는 부안을 만들고 싶었다.

그와 더불어 설립자 춘헌 이영일 선생의 공적비를 정문 서편 공터로 옮겨서 새롭게 조경하여 선생의 헌신적인 공적을 기리고 싶었지만 이루지는 못했다. 이 공적비는 고 김두철 교장 선생님의 주선으로 해공 신익희 선생의 휘호를 받아 세웠으며 서편 강당 앞에 있던 것을 동쪽 담장 밑으로 옮겨 지금은 다소 초라하게 서 있다. 당시는 일부 관계자의 반대로 뜻을 이루지 못하였으나 언제 기회가 주어지면 이 공적비 주변을 잘 조성하고 싶다.

공직의 길

공무원 생활의 긴 여정 시작

사업의 꿈은 접어야 했고, 농사꾼이 되는 것은 싫어 진로에 대한 고민이 깊어져만 가던 어느 날 나는 동네 슈퍼마켓에서 소주 한 병과 마른 오징어 한 마리를 사들고 집 옆에 있는 동북초등학교 운동장 한복판에 홀로 앉아서 진로에 대해서 깊은 생각에 빠졌다. 어느덧 밤이 깊어져 첫 닭이 우는 새벽 2시 30분쯤으로 기억되는 순간, 번개처럼 뇌리를 스치는 생각이 있었다. 바로 면서기(공무원) 시험이었다. 당시 5급(현 9급) 공무원 채용 시험에 합격하여 공무원이 되면 아내와 자식을 먹여 살리며 안정된 생활이 가능할 것 같았다.

생각이 확고해지자 서둘러 집에 돌아와서 시험 과목을 확인하고 수험서를 구했다. 나는 인문계 고등학교를 졸업했기에 행정직에 응시해야 하는데 수학이 문제였다. 학생 때부터 수학은 자신이 없었고 또 수학이라는 과목의 특성상 단시일 내에 공부한다고 실력이 오르는 과목도 아니었다. 그렇기에 수학 시험을 치르지 않는 농림직에 응시하는 것으로 결론을 내고 빠르게 시험 과목을 확인했다. 국어, 국사, 일반상식, 생물, 보통작물, 식용작물 등 모두 암기 과목이어서 해볼 만하다는 생각이 들어 곧바로 진로를 확정하고 그길로 공부를 시작했다.

실제로 공부를 시작해보니 일반상식과 국사는 어느 정도 자신이 있는데 보통작물과 식용작물은 농림고등학교에서 다루는 과목으로 생소해서 쉽지 않았다. 전주 헌책방에서 교과서와 문제집을 구입하여 시험공부에 매진했다. 집중력을 높이기 위해 전주 처남들의 자취방과 독서실을 오가며 밤낮없이 암기에 매달렸다. 고등학교를 졸업한 지 꼭 7년 만에 다시 하게 된 공부였다. 그렇게 공부를 시작한 지 100여 일 만에 법무부 교정직에 응시하여 합격하고 면접까지 마쳤다. 곧바로 충남 보령군청의 농림직 공채 시험 준비를 시작하여 5개월 만에 합격하고 면접까지 마쳤다.

두 차례 공무원 시험을 준비하며 밤낮없이 공부하니 몸과 마음이 지쳐 너덜너덜해졌다. 두 군데 합격 후 이제 시험은 그만 보기로 하고 친구들을 만나면서 쉬고 있는데 이웃 고창군에서 9급 농림직 공채 시험 공고가 났다. 고창은 부안의 이웃이기에 타 도인 충남보다는 고향 근처에서 공직 생활을 하는 게 좋겠다는 생각이 들었다. 다시금 두 달 남짓을 남기고 시험 준비를 시작했다.

요즘도 그렇지만 당시에도 공무원 지망생이 많다 보니 넓은 운동장이 시험을 마치고 나오는 응시생들로 가득 찰 정도였다. 경쟁률은 22대 1이었다. '저 많은 사람 중에 합격자는 단 22명밖에 안 되는데 내가 그 안에 포함될 것인가'라는 걱정이 앞섰다. '만일 불합격되면 먼저 합격한 보령군으로 가면 되지'라는 생각으로 스스로를 달래면서도 한편으로는 고향에서 공직 생활을 시작하는 것이 앞으로 생활을 꾸려나가는 것에 도움이 될 것이라는 생각으로 합격자 발표를 초조하게 기다렸다.

1974년 11월, 전북일보에 합격자 명단이 발표되었는데, 당시 신문을 보던 집에 가서 합격자 명단에 당당히 들어 있는 '홍춘기'라는 이름 석 자를 확인하고 또 확인하며 기쁨을 감추지 못했다. 그날 드디어 나의 진로가 결정되었다.

위도면에서 공직 생활 첫 출발과 마무리 30년

어렵게 공무원 시험에 합격한 기쁨도 잠시, 막상 고창에서 근무하려면 하숙 생활을 해야 하는데 적은 공무원 월급으로는 집안 살림에 별 도움이 되지 않을 것 같았다. 그래서 부안에서 근무할 수 있는지 여기저기 수소문한 결과 고창군과 도청 지방과에서 동의를 얻은 후 부안군청에서 할애 요청을 하면 부안군으로 전입이 가능하다는 사실을 알게 되었다.

먼저 어느 면에 결원이 있는지 알아봐야 했는데 마침 상서면에 농림직 9급 1명 결원이 있었다. 그래서 아는 선배를 통해서 부안군 전입에 대해 K 행정계장에게 부탁을 했는데 한 달이 다 되어가도 소식이 없었다. 그래서 나는 용기를 내어 직접 부안 군수를 만나기로 작정하고 면담을 신청했다.

'부모님과 여섯 동생 그리고 처자식까지 열두 식구의 생계를 생각하면 못 할 일이 무엇이냐'라는 생각에 마음을 다잡으며 1시간여를 부속실에서 기다린 끝에 여직원의 안내로 내 생애 처음으로 군수실에 들어갔다. '부안군수 육종진'이라고 새겨진 명패를 비롯해서 응접 의자, 회의용 탁자, 태극기, 박정희 대통령 사진, 국정 지표, 군정 방침 등으로 꾸며진 군수실의 분위기가 나를 압도했고 군수라는 지위가 엄청나다는 생각이 들었다. 그런 내가 훗날 군 의회 의장으로서 군수와 대등한 위치에서 군수실에 들어가 우리 군의 발전과 농업의 활로를 위한 방향을 놓고 대화하게 되는 것은 물론 국회의원, 유관 기관장, 도지사 등과도 함께 토론하고 스스럼없이 대화하게 될 줄은 상상도 못 했으니 이제 와서 생각해보면 감회가 새롭다.

"무슨 일 때문에 오셨느냐?"라며 친절하게 묻는 육 군수님의 첫인상은 편하고 인자한 모습이었다. "열두 식구 생계를 책임져야 하는 장남으로서 먹고 살 길이 막막하여 면서기 시험을 봐서 고창에서 합격하였습니다. 허나 저 혼자 하숙하며 직장을 다닐 형편이 못 되어 고향인 부안에서 근무할 수 있도록 선처해 주시면 열심히 일하겠습니다."라고 면담을 신청한 이유를 말하니 이런 내 처지에 군수님은 공감하며 안타까워했다.

군수님께서 그 자리에서 K 행정계장을 불러 "자리가 있느냐?"라고 물었으나 행정계장의 "행정직만 있고 농림직 자리는 없습니다."라는 대답을 듣는 순간 나는 얼마나 낙심했는지 모른다. 천신만고 끝에 공무원이 됐는데 고향인 부안에서 근무할 기회가 주어지지 않을 수도 있다는 생각에 눈앞이 캄캄했다. '상서면에 결원이 있지 않습니까?'라는 말이 입가에 맴도는데 차마 입 밖으로는 꺼내지 못하고 고개만 떨구고 있는 내 모습이 처량하게 보였는지 군수님은 내 쪽을 바라보며 "농림직 자리가 없다~ 그래요? 어떻게 하죠?"라고 말하고는 "위도면에는 있나요?"라고 다시 행정계장에게 묻자 "예, 있습니다."라는 대답이 나왔다.

군수님의 "위도는 가지 않을 거고…."라는 작은 혼잣말이 끝나기도 전에 나는 전광석화처럼 "가겠습니다. 거기도 우리 부안이고 열심히 일하면 언젠가는 육지로 나올 수도 있지 않겠습니까? 보내주십시오."라고 말했다. 그러자 "그래요? 오케이~"라고 말하는 군수님의 표정에 안타까운 민원 하나 해결했다는 만족감과 밝은 미소가 번졌고, 그 모습에서 나는 올바른 목민관의 자세를 발견할 수 있었다.

그런 어려운 과정을 거쳐서 부안군에서 공직 생활의 첫발을 내딛게 된 나는 '주어진 일에 최선을 다해야 하겠다.'라고 다짐했는데, 그 초심을 30년 공직 생활 내내 한 순간도 잊은 적이 없었다. 내게는 너무도 고마웠던 육 군수님이 잘되기를 바라고 있었는데 당시 젊은 초임 군수님은 그 후 내무부 요직을 두루 거쳐 전라북도 부지사를 끝으로 정년 퇴임을 했다.

그렇게 해서 나는 1976년 1월 24일 부안군 위도면에서 공직을 시작하게 되었고, 30년 후인 2005년에 위도면장으로 전보됨으로써 위도면에서 공직 생활을 시작하고 마무리하는 기록을 남기게 되었다.

제3부

공무원 시절의 추억

야간 등화관제 훈련^(부안읍)

우여곡절 끝에 시작된 부안에서의 첫 공직 생활은 비교적 순탄하게 이어졌고 생활도 점차 안정되어 갔다. 그렇게 위도면에 부임한 지 7개월 만에 드디어 육지(부안읍사무소)로 전보되었다. 집에서 5km 남짓 되는 비포장 신작로를 자전거를 타고 출퇴근했는데 밤 10시 퇴근이 다반사였지만 그래도 보람이 있었고 즐거웠다.

당시 읍사무소에서의 내 담당 업무는 민방위였다. 지금은 민방위에 대한 인식과 업무 비중이 많이 낮아졌지만 당시에는 사회가 매우 혼란스러웠고 국가 안보 때문에 민방위 업무가 군정의 중요한 업무 가운데 하나로서 민방위과가 별도의 조직으로 존재했다. 정부에서는 북한의 노농 적위대에 대응하기 위해 전국적으로 그 지역 실정에 밝은 17~50세까지의 대한민국 건강한 남자로 지역 민방위대를 조직하였으며 이들을 국가 안보의 중추적 세력으로 양성하기 위해서 연간 50시간의 교육 훈련을 실시하였다. 교육 내용은 주민 신고의 생활화, 재난 발생 시 응급복구 훈련, 전시 동원 후방지원업무 등이 주 내용이었다. 국가 안보를 최우선 정책으로 여겼던 당시 민방위는 군정뿐 아니라 국정의 중요한 업무이기도 했다.

 이런 상황에서 중소 도시(읍 소재지) 단위로는 전국 최초로 야간 등화관제 훈련이 부안읍에서 시범 실시되었다. 적의 공습을 예상한 대피 훈련으로서 1단계 경계경보, 2단계 공습경보, 3단계 해제경보 발령으로 진행되었는데, 공습경보 사이렌이 울리면 모든 전등을 끄거나 커튼을 내려 불빛이 밖으로 새어나가지 못하도록 하고 해제경보 사이렌이 울리면 평상시 생활로 되돌아가는 훈련이었다.

 훈련 당일 군청 3층 옥상에는 평가단 지휘본부석이 마련되었으며 서울 중앙 부서에서 내려온 민방위본부장, 내무부민방위국장과 전라북도 지사, 35사단장 등 도내 주요 인사들과 부안군수를 비롯하여 부안군 방위협의회 위원과 각 기관, 단체장 등 80여 명이 참관하는 매우 큰 규모로 훈련이 진행되었다. 그 훈련 전 과정을 군수의 지시로 부안읍사무소에서 진행하였는데 민방위 담당자인 내가 지휘했다.

 나는 훈련을 앞두고 군청 옥상에 여러 번 올라갔다. 군청 옥상에서 부안읍 전경을 바라보며 훈련 구상을 하는 중에 사이렌 소리 하나로 불을 끄고 켜는 이 대규모 훈련을 제대로 해낼 수 있을지 걱정이 앞섰다. 그래서 나는 일단 부안읍 시가지 전 지역을 8개 권역으로 나누고 그 권역의 제일 높은 건물 옥상에 소지휘부를 두었으며, 지역민방위대장(이장)과 담당 직원을 배치하여 지휘 통제하도록 하는 한편 골목길에는 지역 민방위대원 2명을 고정 배치하여 유기적으로 움직이도록 하였다. 또한 골목길 단위로 가정방문을 통해서, 또는 지역민방위대장(이장) 집에 주민들을 모아서 훈련 내용을 설명하고 부안읍 전체 마을에서 **특별 반상회**(매일 정기 1회 마을 단위 세대 1명씩 참여하여 국가 시책 및 군정 설명을 하는 모임)를 소집하여 훈련에 대해 홍보하였다.

이런 일련의 과정이 순조롭게 이루어진 덕택에 훈련 당일 모든 차량이 통제됨과 동시에 훈련대원들이 일사불란하게 움직임으로써 훈련이 성공적으로 마무리되었다. 훈련을 마친 후에 민방위본부장의 강평이 있었는데 훈련 내용에 아주 흡족해하며 당시 조상훈 군수에게 그간의 노고를 치하하였다.

며칠이 지나 전북도청 민방위과장이 훈련 결과 보고서를 작성하기 위해서 부안군을 방문하여 이번 훈련이 너무 효과적이어서 다른 중소 도시로 확대하여 시행하라는 내무부의 지시가 있었다는 사실을 전했다. 그래서 담당자인 내가 직접 자료를 제출하고 훈련의 전 과정을 설명하며 뿌듯했었던 기억이 난다. 이러한 열정적인 나의 근무 활동이 인정을 받아 나는 군청 전보의 기회를 얻을 수 있었다.

부녀민방위대 조직^(민방위과)

1980년대는 남북 간에 대결이 극심한 상황에서 반공 교육이 강화되었던 시기여서 주민 신고 생활화를 정착시키는 것이 민방위 업무의 큰 과업이었다. 간첩 침투가 빈발하던 때였기에 간첩의 은신처가 될 수 있는 외딴 집들을 철거하고 거주민은 다른 곳으로 이주시키기도 하였다. 특히 해안가의 경우 마을 특성상 낮에 남자들은 바다에서 조업하고 마을에는 부녀자들만 남게 되어 위급한 상황이 발생하면 옆집에 알리거나 파출소나 군부대에 신고를 하여 부녀자들이 직접 마을을 지킨다는 취지의 시책이 채택되었다. 이에 따라 나는 해안가 마을 부녀민방위대를 전국 최초로 조직하여 변산면 합구 마을에서 발대식을 가졌다. 그런데 이 이야기를 KBS 전주방송총국에서 취재하여 보도하였으며 내무부에서는 모범 사례로 채택하여 주요 지역 해안가 마을에서 부녀민방위대 조직이 전국적으로 확산되었던 기억이 있다.

이달의 실천 과제 선정^(새마을과)

새로운 정부 정책들이 쏟아지고 시·군들도 저마다 새로운 정책을 개발해서 공직 사회와 국민, 나아가 국가에 활력을 불어넣기 위해 노력하던 시기에 우리 군에서는 전 직원 실천 과제를 선정해 한 달 동안 시행하고 성과를 평가하는 '이달의 실천 과제'라는 시책이 전 직원의 호응 속에 진행되었다.

정부로부터 도청과 시·군청에 이르기까지 행정실적 평가 항목이었던 이 시책 개발을 위해 한 달에 한 차례 월례 조회 때에 회의실에 모여 실과소별 순차적으로 시책을 선정하고 실천을 다짐하는 결의를 하였다. 당시 내가 근무하던 새마을과는 청소년 업무 등 가정 업무도 주관하고 있었는데 가정의 달인 5월 만이라도 가정에서 가족과 함께 보내자는 내용을 제안하였다.

제안 내용은 일찍 퇴근하고 귀가하여 가족과 함께 보내기, 부모님 모시고 외식하기, 부안의 문화 유적 답사하기, 모교 은사 찾아뵙기, 자녀들과 문화 유적이나 박물관 견학하기, 온 가족이 함께 변산 8경 구경하기 등이었는데 잦은 야근 등 격무에 시달려 미처 생각하지도 못한 일이라고 하면서 직원들의 반응이 좋았다. 이 계획을 들은 군수 역시 마음에 들어 하며 가능한 한 야근하는 일이 없도록 하고 가정에 충실하도록 간부 회의 때에 지시하여 실행으로 이어지게 되었다.

공직자 실천 다짐의 제안 설명(군청 회의실)

5월 청원 실천 과제

5월 중 실천과제 요목을 '가정에서부터 작은 실천'으로 정하고 실행하고자 합니다. 5월은 가정의 달이자 청소년의 달이며, 특히 올해(1992년)는 청소년의 해이기도 합니다. 가정이 평안하면 우리 생활에 활력을 불어 넣어 활기찬 근무 의욕을 북돋을 뿐 아니라 진취적이고 적극적인 근무 자세를 생성함은 물론 사회적 문제로 대두된 청소년 탈선 방지에도 큰 효과를 거두게 될 것입니다. 청소년 업무 주관과로서 1주일을 주기로 4회에 걸쳐 과원 모두가 연구 토론하여 채택한 '가정에서부터 작은 실천 사항'을 새마을과 전 직원의 이름으로 제안합니다.

① 퇴근 후 일찍 귀가하기

우리의 일상생활은 퇴근 후 일찍 귀가하기보다는 동료나 친구들과 어울려 한잔 하거나 다른 취미 생활을 하는 경우가 태반입니다. 하지만 미국의 경우는 직장이든 사업 관계이든 간에 특별한 경우를 제외하고 점심시간을 활용하며 저녁에는 가정으로 돌아가는 것이 일반적인 생활 패턴이라고 합니다. 우리도 반복되는 업무는 주로 낮에 처리하고 저녁 시간만큼은 가정에서 가족과 함께 보내자는 의미에서 5월 가정의 달을 계기로 일찍 귀가하여 가정의 화목을 도모하는 새로운 변화를 시도해 봅시다.

② 주말은 가족과 함께 보내기

휴일이면 각종 모임과 결혼식 참여 등으로 근무하는 평일과 다름없이 집에서 보내는 경우가 적은데 우리 부안은 어디를 가나 향토의 정서가 어려 있는 문화 유적지가 많은 고장입니다. 가족과 함께 문화 유적지를 찾아 고향의 멋과 맛 그리고 아름다움을 느껴보는 일은 향토의 정신을 이어가는 뜻깊은 일이 될 것이며 가정의 화목은 물론 애향과 지역 발전 에너지를 생성하는 일석삼조의 효과를 거두게 될 것입니다.

③ 부모님과 웃어른, 스승 찾아뵙기

잘 아시다시피 5월 8일은 어버이날이고, 5월 15일은 스승의 날입니다. 해마다 맞이하는 이날 우리는 무엇을 했습니까? 카네이션 한 송이 달아드리는 형식적인 일 외에 무엇을 했는지 되돌아보았으면 합니다. 노인 문제가 사회적인 문제로 대두된 것은 이미 오래전부터이며 이는 다른 나라 이야기가 아니라 바로 내 이웃의 이야기이며 우리의 문제입니다. 오늘날 늙으신 우리 부모님들의 고충은 빈곤, 병고, 무연고로 인한 외로움과 고독이라는 네 가지 어려움입니다. 혹시 우리 부모님들이나 가까운 웃어른들이 이런 어려움에 처해 있지는 않는지 다시 한번 살펴봅시다. 5월 한 달만이라도 먼 곳이건 가까운 곳이건 어디에 계시더라도 찾아뵙고 손자들의 머리를 쓰다듬는 주름진 손을 한번 바라봅시다.

④ 청소년들에게 애정 어린 관심 갖기

우리 군의 청소년 인구는 35,492명(91년 12월 30일 당시 기준)으로 전체 인구의 35%를 차지하고 있습니다. 청소년 문제는 화목하지 않은 가정에 있고 사회의 무관심과 애정의 결핍에서 비롯된다는 근원적인 사실을 우리는 잘 알고 있습니다. 하지만 알면서도 실천에는 인색한 것이 현실입니다.

청소년은 내일의 희망입니다. 병들어가고 있는 우리 사회의 구석진 곳을 우리는 외면했습니다. 이제 관심과 애정으로 보살피고 돌보아 주는 따뜻한 손길이 필요할 때입니다. 우리 군은 천혜의 관광지로서 산과 바다와 그리고 광활한 평야가 조화를 이루는 곳으로 어디를 가나 청소년들이 많이 찾고 있는 고장입니다. 탈선의 현장에서 따뜻하게 애정을 갖고 타이르는 용기를 가집시다. "소년들이여, 큰 뜻을 품어라!"Boys, be ambitious!라는 고별인사를 하고 고국으로 돌아갔던 미국의 한 선교사의 애정 어린 충고를 다시 한번 되새겨 봅시다.

잔인한 계절이라는 4월은 가고 신록의 계절인 5월을 맞이하면서 ① 퇴근 후 일찍 귀가하기, ② 주말은 가족과 함께 보내기, ③ 부모님, 웃어른, 스승 찾아뵙기, ④ 청소년들에게 보다 관심을 갖기. 이 네 가지를 통해 더욱 좋은 계절이 될 것을 제안하면서 감히 채택해 주시기 바라며 공감하시면 박수로 동참을 표시해 주시기 바랍니다. 감사합니다.

그 후, 직원 설문조사 결과 어린이날은 법정 공휴일이어서 자녀들과 함께 시간을 보낼 수가 있는데 어버이날은 공휴일이 아니어서 부모님과 함께하는 시간을 보낼 수 없는 점이 아쉬워 어버이날을 공휴일로 지정해야 한다고 건의했는데 30여 년이 지난 지금에서야 어버이날 공휴일 지정에 대한 논의가 진행 중이다.

그 외의 추억

국유재산 무상 양여

　보안면 영전리 영전지구에 있는 국가 소유의 논 71필지(8만 5천 평)는 바다를 무단 매립하여 개간한 논으로서 국유재산으로 관리되어 왔다. 당시 37명이 계속 경작하여 왔는데 이들은 이 땅의 매각을 적극적으로 요구하였다. 이 땅을 부안군이 국가로부터 무상 양여받아 다시 경작자들에게 매각해야 하는 것이었는데 군으로서는 민원도 해결하고 매각으로 인한 수입(현 시가 51억 원)도 얻을 수 있는 일석이조의 가치 있는 사업이었다.

　하지만 이 토지는 공유수면을 불법 매립한 땅이므로 건설부 수정과의 공유수면 멸실 확인을 받아야 했고, 다음에 재무부 국유재산과에서 무상 양여를 받는 과정을 진행해야 했는데 건설부 및 재무부 직원들과 함께 10여 차례 현장을 방문하고 서로 협의하여 해당 사업을 잘 마무리했다. 30여 년이 지났지만 지금도 영전리에 있는 그곳을 오갈 때면 발걸음을 멈추고 둘러보면서 그때의 보람을 되새기고 있다.

독서의 기억

지금은 인터넷과 스마트폰이 보편화되어 어디서든지 쉽게 궁금한 것을 검색해볼 수 있지만 나는 지금도 신문과 책을 즐겨 보고 읽는다. 하루도 거르지 않고 신문을 읽는데 어쩌다 보지 못하고 넘어가는 날이나 읽더라도 흥미로운 기사가 없는 날은 허전하다.

신문과 관련된 현대그룹 고 정주영 회장의 일화가 있다. 한 번은 박정희 대통령이 정 회장과 대화하는 중에 "당신은 어떻게 날고 기는 명문대 출신 엘리트 인재들을 부릴 수 있느냐?"라는 질문을 던졌다. 대학도 안 다녔는데 일류 대학을 졸업한 똑똑한 사람들을 어떻게 잘 관리해 나가는지 궁금해하는 한편 놀라워하는 취지의 질문이었을 것이다. 이에 정 회장은 "전 신문대학을 다녔으며 지금도 다니고 있습니다."라고 대답했다고 한다.

신문에는 저명한 교수와 전문가의 식견이 실려 있고, 매일 그 시대의 상황과 적절한 정보가 즉시 전달된다. 나는 전문가의 특강을 매일 듣는다는 생각으로 기고문을 정독하고 있으며 좋은 내용은 스크랩하는 등 신문을 통해 많은 정보와 식견을 얻고 있다. 책도 마찬가지다. 신문에는 전문가의 압축된 생각과 정보가 담겨 있는 데 비해 책은 저자가 여러 사례를 들어가며 심층적인 내용을 이해하기 쉽게 전해준다. 여기에 더해 신문을 통해 얻는 내용이 부족할 경우에는 연관된 책을 구해서 읽으며 깊이 있게 공부를 하고 있다.

　나는 지금도 매일 여러 신문(매일경제, 중앙일보, 서울신문, 조선일보, 동아일보, 농민신문)을 섭렵(涉獵)하고 있다. 특히 정치와 경제, 문화 관광, 농업 분야의 기사를 중점적으로 읽으며, 그에 관련된 책도 마찬가지다. 최근 읽었던 책 중에서 기억에 남는 것은 매일경제에서 발행한『첨단농업 부국의 길』, 정주영 회장의『이 땅에 태어나서』와『이봐 해봤어?』,『김대중 대통령의 자서전』,『JP 증언록』, 민경태의『서울 평양 메가시티』, 김형석 교수의『백 년을 살아보니』와 자크 아탈리의『미래의 물결』등이다.

일선 행정 책임자, 면장

동진면장

① 청사 담장 철거

1970년대 관공서에서는 매일 밤마다 직원 두 명이 야간 근무하며 두 시간 간격으로 순찰을 실시했는데, 별도로 마련된 숙직실에서 교대로 잠을 잤다. 청사 주위에는 2m 높이의 블록 담장이 있었고 청사 정문은 철제 대문이 굳게 닫혀 있어서 보기에 좋지 않았거니와 차량이 드나들기도 불편했다.

나는 1999년 동진면장으로 부임하여 첫 사업으로 담장을 철거하고 군화郡花인 철쭉을 심으려고 했다. 하지만 돈을 들여서 설치한 담장을 철거한다며 말들이 많았고 이를 반대하는 누군가가 지역신문에 제보하기도 하였다. 이처럼 담장 철거를 추진하면서 이런 저런 난관에 봉착하였으나 당초 계획대로 소나무와 철쭉, 넝쿨장미로 청사 주변을 단장하고 면 소재지 1km 전구간에 철쭉, 백일홍, 넝쿨장미 등을 심어서 쾌적한 가로 환경을 만들었다. 몇 년이 지나자 봄이 되면 꽃들이 활짝 피어서 그어느 곳보다 아름다운 지역이 되었고, 전주 방면으로 출퇴근하는 사람들이 동진면사무소 앞을 지날 때면 기분이 좋다는 이야기를 한다는 말이 들려오기도 하였다.

청사 담장을 철거하고 새로 단장한 모습

② 여름철 퇴비 생산 전국 1위 달성

당시 군정의 최우선 정책은 농업 관련 업무였다. 당시 농림부에서는 농림 업무 우수 시·군에 30억 원의 포상금을 내걸고 시·군 간 경쟁을 유도하였다. 이에 전 지자체 간의 경쟁이 가열되었는데 시책 평가 항목 중에서도 퇴비 쌓기 실적에 대한 평가 비중이 가장 컸다. 이에 우리 동진면에서는 퇴비 쌓기 실적 만점을 받을 테니 시상금 30억 원 중 10억 원을 우리 면에 배정해 달라고 요구했다.

나는 주민들과 함께 밤낮없이 실적 달성을 위해 전 행정력을 집중시켰다. 그해 3월 10일부터 9월 30일까지 200여 일간 연 인원 7,431명(면 인구 5,300명)이 참여하여 1,150더미(5,750M/T)의 퇴비를 생산하여 부안군 1위는 물론 전라북도 1위, 전국 3위라는 좋은 성과를 거두었다.

하지만 나는 전국 3위로 만족하지 못하고 주민 대표들과 함께 전국 1위를 차지한 충북 음성군을 방문하였는데 그곳에 가서 보니 실제로는 우리가 올린 실적의 1/3 정도 수준밖에 되지 않았다. 이유를 알아보니 지금까지 이웃 고창군에서 2회 연속 농림 사업 우수군으로 선정되었기에 이번에도 전라북도에서 우수군을 가져가면 3번 연속으로 수상한다는 지적 때문에 실적과는 별도로 정무적인 고려에 따라 결정된 것이라는 말을 들었다. 그렇게 되는 데 있어서 평가 비중이 가장 큰 퇴비 부분의 배점이 가중됐으리라고 생각했다.

전국 결과는 그렇다 치고 전북 도내에서는 1위를 놓고 군수가 직접 진두지휘하는 고창군과 우리 동진면의 경쟁 구도가 되었다. 평가 마감일을 불과 15여 일 남겨두고 고창군에 직원을 보내 그곳 실태를 확인해보니 우리가 50더미 정도 뒤진 상태였다. 만일 전북 1위를 고창군에 빼앗기게 되면 지금까지의 노력과 고생이 헛수고라는 생각이 들어서 일요일 오후 4시에 동진면 직원과 이장을 긴급 소집하여 대책을 논의하였다. 총 46명의 이장 중 42명이 회의에 참여한 가운데 당시 상황을 간절히 설명했더니 '한번 해보자'는 의견이 대부분이었다.

이에 나는 "당장 내일부터 새벽 5시까지 마을당 5명 이상의 주민을 이장이 인솔하고 참여해달라."는 부탁과 함께 마지막 작업을 진행하기로 하였다. 하지만 '삼복더위에 과연 몇 명이나 참여할까?'라는 의구심을 떨칠 수는 없었다. 불안한 마음으로 다음 날 새벽에 현장에 나가서 기다리는데 새벽 5시 30분이 지나면서 고마제 제방이 퇴비 작업을 위해 모인 사람들로 가득한 것이 아닌가? 고마운 마음에 나도 모르게 눈물이 핑 돌았다.

작업은 밤늦게까지 진행되었다. 백열등 100와트짜리 50여 개를 설치하고 밤 11시까지 야간작업을 한 결과 고창군에게 150여 더미를 앞서 결국 전북 도내 1위를 달성할 수 있었다. 면민들의 '하면 된다!'라는 의지와 자부심으로 이룩한 이 성과는 앞으로도 동진면을 최고의 고장으로 만들어 가자는 열정으로 이어졌지만 아무래도 전국 평가의 뒷맛은 개운하지 않았다.

그래서 나는 전국 1위를 한 충북 음성군의 실적 내용을 사진과 함께 부군수에게 보고하는 자리에서 동진면민의 이름으로 시정을 요구하는 민원을 농림부에 제출하고 주민 대표들과 직접 농림부를 방문하겠다며 강한 불만 의견을 제시했다. 하지만 부군수가 "그렇게 하면 앞으로 농림부의 지원 사업에 좋지 않은 영향이 있을 수 있으니 아쉽지만 자제해주면 좋겠다."라고 부탁하며 격려하는 바람에 어쩔 수 없이 포기하였다. 우리 면에서 작업한 퇴비는 축분, 마른풀, 볏짚, 왕겨 등을 혼합하여 제조한 양질의 퇴비로 양적이나 질적으로 전국 1위라고 생각하며 스스로 위로할 수밖에 없었다.

고마제 주변에 쌓아놓은 퇴비들

왕겨, 축분, 마른 풀을 혼합하여 퇴비 쌓는 모습

③ 부안군 체육대회 3연패

　매년 5월 1일은 군민의 날로 전 군민이 공설 운동장에 모여
서 다채로운 행사를 진행했는데, 지금처럼 별도의 축제가 없던

시기였기에 군민의 날은 연중 최고의 축제이자 큰 행사였다. 행사와 더불어 읍·면 대항 체육대회가 열렸는데 축구, 배구, 400m 달리기, 계주, 마라톤, 족구, 고리걸기, 공굴리기, 줄다리기 등 여러 종목에서 실력을 겨루었다.

나는 1999년 동진면에 부임한 후 군민의 날 체육대회에 대한 대책 회의를 가졌다. 인구가 적다 보니 선수층도 빈약해서 모든 종목에서 부안읍을 이길 수 없다는 분위기였다. 그동안 단한 번도 부안읍을 제치고 상위 입상한 적이 없었기 때문이었다. 나는 이러한 분위기를 극복하고 한번 해보자는 의지로 1월 중에 선수를 선발하고 2월부터 연습을 시작하며 전력을 다했다. 군민의 날 행사 전날인 4월 30일까지 모든 준비를 마친다는 계획을 세우고 그대로 추진한 결과 드디어 부안읍을 제치고 군민의 날 체육대회에서 종합 우승을 차지할 수 있었다.

당시 기뻐하며 환호하던 면민들의 모습이 지금도 기억에 생생하다. 종합 우승 시상식 단상에 우승기를 받으러 올라갈 때에 면장인 나를 면민들이 목마를 태워 환호하며 행진했던 일과 우승기를 들고 200여 명의 면민들 앞으로 돌아올 때의 성취감과 기쁨은 20여 년이 지났지만 엊그제 일처럼 느껴진다. 그 이후로도 군민의 날 체육대회 3회 연속 우승을 이루어 우리 면민들에게 즐거움과 기쁨을 안겨주게 된 것은 지금 생각해도 뿌듯하며 보람 있는 일이었다.

종합 우승 발표에 기뻐하며 환호하는 동진면민들

면민들이 필자를 무등 태우고 시상대로 가고 있는 모습

④ 종합행정평가 1위

제3공화국 시절부터 정부 정책을 일선 읍·면에까지 전달하
고 이에 대한 평가를 시행했는데 매년 정부에서는 시·도를, 도
에서는 시·군을, 시·군에서는 일선 읍·면을 평가하는 방식으

로 시행되었다. 이때 주 평가 항목은 정부정책사업 파급성과, 농림사업 추진, 지방세 징수실적, 도로변 가꾸기, 청사 가꾸기 등이었다.

동진면장으로 재직할 때에 우리 면은 읍·면 종합행정평가에서 두 차례나 1등을 차지했고, 2등도 한 차례 했다.

우리는 당시 시상금을 받아서 청사 환경 개선작업을 시행하였다. 청사 창문을 전통적인 조선 한옥 창문으로 바꾸어서 한국적인 이미지를 살리는 데 중점을 두었는데 예산이 넉넉하지 못해서 완전하지는 않았지만 나름대로 운치가 있었다. 이와 같은 청사 개선 작업은 김제시 등 이웃에서 벤치마킹할 정도로 호평을 받았고 20여 년이 지난 지금 봐도 흠잡을 데 없이 아늑한 분위기의 사무실로 사용되고 있다.

⑤ 전국 최초 3기작 성공(감자+수박+벼)

동진면 농민들은 대부분 1ha 미만의 농지를 경작하는 영세농으로서 소득이 넉넉하지 못한 농가가 많았기에 어떻게 해서든지 소득을 높일 수 있는 방법을 개발하여 확산시켜야 했다. 이에 본덕마을에 4천㎡의 비닐하우스를 설치해 2기작으로 감자와 수박을 재배하였으나 염류 집적 현상이 발생해 생산량이 떨어지고 상품의 질 또한 좋지 못해 고민이 이만저만이 아니었다.

이런 저런 연구 끝에 미나리와 벼 등 수중 농작물 재배로 염류 집적 현상이 감소될 것을 기대하며 벼를 재배했으나 결빙점 이하 기온으로 쭉정이만 남아 논을 갈아엎어야만 했다. 벼 재배를 통해 논에 거름을 주는 효과와 염류 억제 효과는 거둘 수 있었으나 벼 수확에는 실패한 것이다.

결빙점 이전에 일조량을 확보하는 게 관건이었다. 이에 나는 감자와 수박의 수확 시기를 앞당기고 우리나라에서 개발한 극조생종 구루벼를 구입해 심었다. 특히 물못자리를 앞당겨 7월 30일까지 모내기를 마쳤다. 이 과정에서 모내기 이전에 감자 수확을 앞당기기 위해 3중 비닐터널을 부안에서는 처음으로 설치하였으며, 물못자리와 손 모내기로 모의 뿌리 뻗음을 촉진시키는 등 여러 가지 시도를 과감하게 했다. 이를 통해 많은 시행착오를 겪으면서도 연작 피해 20% 감소, 벼 수확 반당 450kg 증대, 조수익 39% 증가라는 효과를 거두었다.

대관령에 폭설 주의보가 내렸다는 뉴스가 있던 날, 3기작을 축하하기 위해 군수를 비롯하여 농업 관련 기관단체장과 주민 300여 명이 양산평 들판에 모여 3기작 성공 벼 베기 행사를 가졌다. 행사장에는 도내 일간지뿐 아니라 방송국JTV에서도 취재를 나왔는데 3기작 추진 사업을 주도한 동진면장으로서 현장에서 인터뷰를 하였다. 전국 최초의 3기작 성공은 식량자급자족의 녹색혁명을 일으켰던 3공화국 시절이었다면 녹조근정훈장감이라는 JTV 기자의 칭찬을 들을 때 기분이 좋았던 기억이 아직도 생생하다.

전국 최초 감자, 수박, 벼 재배의 3기작 성공은 기술과 지식도 중요하지만 농업 현장에서 공직자와 농민이 동고동락하는 마음과 실천이 함께하여 이루어낸 것으로 일선 행정의 정답은 현장에 있다는 사실을 다시 한번 깨닫게 해준 중요한 체험이었다.

JTV 기자 인터뷰 모습

3기작 성공 벼베기 장면 (최규환 군수와 함께)

⑥ 동진감자를 전국 최고 상품으로

동진감자의 주산지인 간척, 농원, 신척 3개 마을은 해방 이후 피난민이 집단 이주하여 형성된 마을로서 가난을 숙명으로 안고 사는 빈촌 중의 빈촌이었다. 주택이라야 토담집이 대부분이었고 분배받은 논은 바다를 개간한 땅이어서 염분이 남아있어 벼 재배가 어려웠으며, 식수 역시 농수로 물을 떠다가 가라앉혀 사용하는 등 생활 자체가 너무 열악했다. 이렇게 어려운 여건 속에서 동진면 총무계장과 제3공화국 시절 공화당 관리장을 거쳐 동진농협장에 부임한 고 김우환 조합장이 헌신적인 노력을 기울여 부안에서 최초로 비닐하우스 감자 재배를 시도하게 되었다.

김 조합장은 당시 농협중앙회 본부를 직접 방문하여 은행 대출은 상상도 못 하고 영농자금도 없어 고리 사채를 이용하는 농촌 실태를 호소하였다. 이를 통해 장기저리대출 자금을 끌어와 비닐하우스 재배를 시작했으며 신척마을의 서귀석 농가는 이런 도움을 발판 삼아 각고의 노력 끝에 동진감자 재배를 성공시켰다. 당도, 색깔, 매끈한 모양과 적당한 굵기가 전국 최고인 동진감자 재배에 165농가가 참여하여 70억 원의 소득을 올렸으며 농가의 효자 종목이자 부안군 제1의 전략 작목으로 발돋움하게 되었다.

여기에 더해 비닐하우스 시설 확대(매년 100여 동 신규 보급), 개폐기시설 보완, 양질의 비료살포 지원 등 적극적인 투자로 감자

생산을 촉진시켰으며, KBS와 JTV^(전주방송) 등 방송을 통한 홍보는 물론 서울 가락동 농수산물 시장을 직접 방문하여 동진감자의 브랜드 가치를 높이기도 했다. 이를 통해 기존 재배 농가 또한 농가 규모면에서 이전보다 300%나 늘어나 이웃 마을에까지 동진감자 재배가 전파되었다.

어느 날 군수로부터 동진감자의 명칭을 부안감자로 바꾸라는 지시를 받은 농업 관련 과장이 우리 면에 와서 해당 의견을 전달하는 자리에서 나는 아래와 같은 이유로 안 된다고 설득하였다.

"동진이란 지명에 들어 있는 나루 진津자는 갯벌을 연상시키고 갯벌에서 해풍을 맞고 자란 청정 이미지가 동진감자라는 상표에 담겨 있다. 농산물은 신선한 이미지가 우선시되어야 하는데 동진감자가 가락동 시장 집하장에서 질 좋은 으뜸 상품으로 평가받고 있는 상황에서 갑자기 부안감자라는 이름으로 바꾸면 오히려 상품 이미지에 좋지 않다."

나의 설명을 들은 부군수는 군수에게 보고했고 군수가 "동진면장의 의견을 존중하라."고 다시 지시함으로써 그대로 오늘날까지 동진감자는 전국 우수 농산물 브랜드로 가치를 유지하고 있다.

⑦ 나라와 지역 발전을 위한 조찬 기도회

농촌 교회는 1980년대를 전후로 젊은 층은 생활을 위해 도회지로 떠나가고 노인 세대가 주를 이루고 있기에 운영이 어려운 실정으로 주변 환경 개선은 상상할 수도 없는 상황이었다. 그래서 나는 이런 농촌 교회의 어려운 현실을 합법적이고 합리적인 방안으로 해결하기 위해서 고심했다.

동진면 소재 11개 교회의 목사, 장로, 권사와 함께 연 2회 상·하반기로 나눠서 기도회를 갖기로 하였다. 1부에서는 국가와 지역사회의 화합과 번영을 위한 예배를 드리고, 2부에서는 면정 보고를 하였으며, 마지막으로 3부에서는 중식을 겸한 친교의 시간을 가졌다. 이후 적십자 봉사회를 기독교인 위주로 편성하게 되었으며, 활동 내용도 홀로 사는 노인 가정 돕기 등을 통해 예수 사랑을 전하는 활동을 활발하게 전개하여 지금까지 계속되고 있다. 이처럼 적십자 봉사 단체가 기독교인으로 편성된 것은 전국적으로 처음이었다.

㈜ 조찬 기도회 모습 (우) 면정 설명 모습

⑧ 추수감사제의 이벤트 고사를 없애다

이렇게 기독교 문화가 사회 곳곳에 정착되기를 원하는 마음이 나에게는 간절했다. 제3공화국 시절 식량자급자족의 일환으로 음식물 낭비를 막기 위해 고사 지내는 일이 없어졌는데 30여 년이 지난 요즘에도 고사가 여전히 성행하고 있고, 우리 군 농민회 주관의 추수감사제에서도 고사를 지내고 있었다. 농민회 간부와의 간담회에서 이에 대한 시정을 여러 차례 적극 요구하여 고사를 없애고 농산물 진열로 대체했는데, 5년이 지나 다시 고사를 지낸다고 하니 안타까운 심정이다.

성탄절과 연말연시에 즈음하여 터미널 사거리를 중심으로 석정로(남북)와 번영로(동서)를 십자형으로 연결해서 가로변에 12월 1일부터 다음해 1월 30일까지 크리스마스 트리를 세우고 점등하는 사업을 하기 위해서 기독교연합회와 의논하였지만 아직까지 시행되지 못하고 있다. 또 연 2회 정기 행사로 '기독교 음악제'를 개최하는 일도 협의하였는데 이 역시 이루어지지 않아서 아쉽다.

⑨ 가정 형편이 어려운 학생을 대학 졸업시키다

한 여학생이 전주교육대학교에 합격하였는데 가정 형편이 어려워서 등록금을 마련하지 못해 애를 태우고 있다는 소식을 듣고 여기저기에서 성금을 모아 등록금과 1년분 기숙사비를 마련해 주었고, 과외 아르바이트 자리도 주선하여 4년 동안 어려움 없이 학교를 다니게 한 적이 있다. 그 후 대학을 무사히 졸업해 현재는 전주 모 초등학교 교사로 근무하고 있다.

또 조손 가정의 학생도 군산간호대학교에 합격하였으나 마찬가지로 등록금 마련이 어려워 성금을 모아 등록금을 마련해 주었다. 그 학생은 졸업 후 군산개정병원에서 근무한다는 소식을 들었다. 그의 할아버지는 이런 도움을 매우 고마워하며 나를 만날 때마다 손녀 소식을 전해주곤 했다.

지금 그 할아버지는 세상을 떠났고 그 간호사는 지금도 병원을 잘 다니고 있다는 소식을 들었다. 어려운 가정 여건 속에서도 학업에 매진하여 사회에 안정적으로 정착한 두 학생을 한번 만나보고 싶다.

⑩ 설레는 마음으로 후원자를 기다리는 어린이

국민소득 1,000달러가 안 되는 빈곤한 나라, 먹고 살기가 어렵고 식수마저 해결이 안 되는 나라의 어린이를 보살피는 월드비전이 있어 참 다행이다. 이 단체의 안내로 방글라데시, 에티오피아, 베트남 어린이를 2001년부터 도와주고 있는데 월 3만 원으로 먹이고 입히고 학교에 보낼 수 있다. 뜻있는 많은 분들이 참여해 주었으면 참 좋겠다.

⑪ 천수답 안전 영농 기반 조성

동진면 증산리의 청도제 저수지 하단 비몽리 구역 7ha는 가뭄이 들면 농사짓기가 참 어려웠다. 저수지에 수초와 진흙이 쌓여 비가 내려도 담수 능력이 떨어져 농업용수를 제대로 공급할 수 없었다. 이에 준설 비용 4천만 원을 확보하여 저수지를 1m~2m 깊이로 준설하였다. 7ha의 논에 충분한 용수를 공급할 수 있게 되어 이후 물 부족 현상이 발생하지 않았다. 또한 저수지 주변은 원래 오폐수 유입이 전혀 없는 청정 지역이어서 이곳에 붕어와 잉어 등 민물고기 500마리를 방류하고 2년간 낚시를 금지하여 어족 자원을 키워나갔다. 이후 청도제는 물고기가 풍부한 낚시의 명소가 되었다.

잉어와 붕어 방류 장면

⑫ 부녀농악단 재창단

농촌에서 농악만큼 흥을 돋우는 연주는 없을 것이다. 농악은 힘든 농사일을 달래주는 노동요이자 농민의 애환이 담겨 있는 민족음악이다. 그런 농악이 점차 사라져가고 있어 안타까웠다. "영토를 잃는 것은 잠시이지만 문화를 잃는 것은 모든 것을 다 잃는 것이다."라는 말이 있듯이 우리 문화를 지켜가는 것만큼 소중한 일은 없다는 신념이 있었다.

그런데 동진농협의 지원을 받아 운영되던 동진농악단이 부안농협과 동진농협이 합병되면서부터 존폐 위기에 처했다. 어려운 상황에 처한 지역 농악을 되살리기 위해서 당시 김선숙 호병 계장과 부안농협 동진지점 김순임 상무의 헌신적 노력으로 40~50대 주부 50여 명으로 농악단을 재구성하고, 강사 수당 400여만 원을 확보하여 홍석렬(현 국악지부장)을 전임 강사로 위촉했다. 또한 의용소방대 건물 1층 약 30여 평을 개조하여 전용 연습실을 마련하고 답지된 주민들의 성금을 운영비로 충당하여 주부농악단을 활성화시켰다.

그 결과 동진면 주부농악단은 부안군 읍·면 농악 경연대회에서 대상을 받았고, 전라북도 농업인농악경연대회에서 대상, 전라북도 시·군 경연대회에서 장려상을 수상하는 등 여러 굵직한 대회에서 괄목할 만한 성적을 거두는 실력 있는 농악단이 되었다.

전북농협 농악경연대회 우승

부안군 농악경연대회 우승

⑬ 영·호남 주민 아름다운 잔치

전주 JTV와 대구 TBC가 공동 제작하여 방영하는 '떴다! 우리 동네'는 영·호남의 양쪽 마을 주민이 상호 방문하여 친선 경기와 화합 잔치를 벌이는 인기 프로그램이다. 동진면은 익상 마을에서 경북 상주군 주민 80여 명을 초청하여 씨름, 팔씨름,

노래자랑, 장기자랑과 토산품 소개 등을 내용으로 행사를 진행한 바 있다.

행사를 위해 익상마을 중앙에 50여 평의 비닐하우스 2동을 설치하고 환영 현수막을 내걸었으며 관광버스에서 상주 군민들이 내릴 때 동진 주부농악단이 축하 공연을 하고 방문객 모두에게 장미 한 송이씩을 건네주었다. 또한 김이 모락모락 나는 인절미 떡메치기 체험장을 만들어 따끈따끈한 인절미를 즉석에서 대접했는데 방문한 상주 군민분들이 "부안 찹쌀이 이렇게 좋나? 이런 인절미는 처음 먹어본다 아이가. 이런 환영은 내 생전 처음 받아본데이."라며 경상도 특유의 사투리로 아주 흡족해하며 즐거워하였던 기억이 지금도 선명하다.

또한 친선경기는 양쪽 주민들의 흥겨움 속에 순조롭게 진행되었고 나는 토산품 전시장에서 동진감자와 동진양조장에서 새로 개발한 특산품인 설동주를 직접 소개하였는데 이 장면은 JTV와 TBC의 전파를 타고 전국으로 퍼져 나갔다.

이렇게 성대하게 끝난 영·호남 주민 화합 잔치는 이후에도 오래도록 주민들에게 화제가 되었는데 잔치가 끝나고 며칠 후 상주에서 짚신 토산품을 손수 만들어 선물로 보내왔고 이후에도 편지, 전화, 선물을 상호 교환하는 등 교류를 이어갔던 기억이 난다.

경북 상주군 주민들과 함께 인절미 만들기 체험

동진감자의 우수성을 홍보하는 필자의 모습

⑭ 민속자료 1000여 점을 모으다

우리 것을 소중하게 여기고 보존해가는 일은 우리가 해야 할 최고의 가치로 생각한다. 선조들의 삶의 지혜를 배우며 미래 찬란한 문화를 참고해 역사의식을 일구어 가는 교육장이 된다. 옛 것은 지나간 구닥다리쯤으로 치부하여 방치하고 버려져 가는 행태가 참으로 아쉽다. 다듬이, 홍두깨, 물레, 풀무, 인두 다리미, 홀태(벼훑이), 풍구, 무자위(물자세), 가미리틀, 베틀, 가마 등이 버려져 가는 것은 너무도 아깝고 안타까운 일이다.

"우리가 이것을 모으고 보존해가자"고 직원, 이장, 부녀회장이 나서주어 소중한 자료들을 1000여 점 수집하여(1999~2022) 동진초등학교에 기증했다. 학생들에게 선조들의 삶의 지혜와 상상력을 키워주고 싶었고 언젠가 기회가 되면 건물을 확보하여 민속자료박물관을 만들고 싶었다. 그러나 학교에서 감당할 수 없게 되면서 창고에 보관하고 있는 것을 송산효도마을(어르신 요양 시설)에 기증하고 빈 공간을 정비하여 작은 민속박물관으로 재탄생시켰다. 여기서 생활하는 할머니들이 가족 면회 시 가족들에게, 직원들에게 자랑스럽고 신나게 설명하면서 좋아한다. 보건복지부 전국 요양원 자체 평가에서 치매 예방 효과가 있다며 장려하고 최우수 사례로 평가받고 있다. 그 후 영전초등학교에서 보관 중인 조선자기, 고려자기를 기증하여 더욱 빛이 나고 있다. 이제 50여 평의 건물을 지어 박물관으로 영원히 보존하고 싶다.

계화면장

① 사거리 반공탑 철거

계화면 창북리 사거리는 면사무소, 농협, 우체국, 파출소 등 주요 기관이 위치한 계화면의 심장부이다. 그런데 당시 그곳 한복판에는 "간첩신고 119, 공산당 분쇄하자"라는 표어가 빨간색 페인트로 새겨진 반공탑이 서 있었다. 이는 5.16 군사 혁명의 공약 중 제1조인 '반공을 국시의 제1로 삼고'에 기반한 군사 문화의 잔재였다.

당시 혁명 주체인 박정희 소장은 과거 소령 시절 남로당에 연루된 일로 인해 공산주의자라는 의심을 받았던 적이 있다. 당시 주한 미군사령관 '맥그루더'는 이를 문제 삼아 박정희 소장의 예편을 한국 정부에 요청할 정도였다. 이런 과거가 있었기에 5.16 군사혁명을 기획했던 김종필JP 씨는 이를 의식하여 혁명 공약 제1조에서 반공을 제일의 국시로 삼는다는 것을 선언하였으며 초·중고등학생들의 반공 교육을 강화시켰다.

그 후 제3공화국이 출범하면서 '잘살아보세'라는 구호 아래 새마을 운동이 전국적으로 확산되었다. 새마을 운동과 국가 안보를 최우선으로 한 반공주의는 당시 모든 국가정책의 핵심으로서 반공 웅변대회, 반공 글짓기, 포스터 그리기 등의 대회가 연중 수시로 개최되었고 반공탑 역시 이 무렵 주요 가로변과 학교 등에 세워진 것이다.

이데올로기(이념)는 정치가나 사상가 같은 기득권 세력에 의해 만들어진 것이기에 이해관계나 그 시대의 상황, 또는 가치관에 따라 언제라도 변화될 수 있는 것이라고 생각한다. 과거의 이데올로기가 한반도 통일에 장애가 된다면 극복해야 할 것이고, 이런 노력을 통해 남북한이 이념적으로 하나가 되어야 한다는 생각이 나의 소신이다. 그런 의미에서 반공탑은 구시대적 산물이자 하루가 다르게 변화하는 글로벌 시대와는 더 이상 어울리지 않는다는 판단으로 과감하게 철거했다.

② 계화의 상징물 조각상 건립(계화의 향기)

계화면은 쌀 생산 확대를 통해 식량 자급을 달성하려는 정부 정책에 따라서 정읍시 칠보댐 건설로 방류된 물을 끌어올려 만든 청호저수지를 기반으로 바다를 매립해 조성된 농경지 때문에 태어난 신생 면이다. 처음엔 계화출장소가 개설되었다가 계화면으로 승격되면서 군내에서는 부안읍과 변산면 다음으로 큰 면이다. 내가 계화면장으로 재직할 때에는 부안읍에 이어 두 번째 규모였지만 지금은 새만금 사업으로 어업 소득이 줄고 격포가 관광지로 각광받으면서 변산면에 뒤지게 되었다.

계화면의 핵심이자 자랑거리는 바다를 매립해서 조성된 2,400ha의 농경지이다. 이곳에서 생산되는 좋은 품질의 쌀은 계화면의 농민들이 잘살 수 있게 돕는 밑바탕이 되었고 면 소재지인 창북리는 전국 어디에도 뒤지지 않는 활기찬 곳으로 발전하였다.

계화의 상징물, '계화의 향기'

그래서 나는 쌀 생산의 중심지인 계화면의 특성을 잘 드러내기 위해서 반공탑을 철거한 자리에 여인이 볏단을 안고 있는 모습의 조각상을 세우고 '계화의 향기'라고 이름을 붙여 계화면의 상징으로 삼았다. '계화의 향기' 동상을 세우기 위해 단체장, 이장, 새마을지도자로 건립추진위원회를 구성하여 면민의 의견을 세심하게 수렴했고 최종적으로 금구원 김오성 작가의 자문을 받아 완성도를 높였다. 그렇게 세워진 '계화의 향기'는 예술계 인사들에게까지도 농촌의 작은 마을에서 쉽게 볼 수 없는 격조 있고 예술성이 뛰어난 작품이라는 평가를 받았다.

이렇게 마을의 특성을 잘 살린 예술성 있는 작품들이 비단 계화면뿐 아니라 우리 군 곳곳에 세워져 부안이 예술의 향기로 가득 채워지기를 바라는 마음이다.

③ 제방 넝쿨장미 가로 조성(계화~돈지 간)

계화에서 돈지에 이르는 제방은 계화간척지 제방 축조 공사 당시 최대 난공사 구역이었다. 2km의 공사 구간을 수작업으로 어렵게 축조한 이 제방은 2,400ha에 이르는 간척 영농 단지가 바닷물이 드나드는 과정에서 조성된 조류지와 맞닿아 있어 주민들과 관광객들이 많이 찾는 곳이다.

역사적으로나 관광 차원에서나 기념할 만한 가치가 있는 이곳에 넝쿨장미를 심는 계획을 세웠다. 일부에서는 느티나무나 이팝나무, 혹은 벚나무를 심자는 의견도 있었으나 현지의 토양을 자세히 살펴보니 바닥이 암반으로 되어 있어 큰 나무는 제대로 자랄 수가 없으며, 찔레꽃이 곳곳에 자생하는 것이 보이니만큼 빨간 넝쿨장미가 적당하다는 생각이 들었다.

지표층에서 20cm 밑이 콘크리트 구조물이어서 먼저 굴삭기로 구멍을 내고 흙을 채워 넝쿨장미를 심었다. 구조물 아래로는 흙이 있기 때문에 구조물에 구멍만 내면 장미가 뿌리를 내리는 데 어려움이 없을 것으로 판단했다. 다행히 2년이 지나면서 꽃이 피기 시작하였고 특히 5년째부터는 완연하게 뿌리를 내린 빨간 장미꽃이 활짝 피어서 마을 주민들이 산책로로 애용했거니와 이 꽃을 구경하려고 멀리서 찾아오는 관광객들도 많아졌다.

④ 영화 '실미도' 유치

2003년 어느 날 영화 '실미도' 제작팀이 계화면을 방문하였다. 제작팀은 계화면 일대가 영화 속에서 묘사되는 당시 영등포 유한양행 앞 사거리와 환경이 비슷하다며 이곳에서 영화를 촬영할 수 있도록 협조를 요청했다. 나는 주저 없이 촬영에 협조하겠다고 약속했다. 촬영 기간 동안 주민들의 불편이 예상되기도 했지만 금전적인 보상 제안도 있었고 수준 높은 문화 콘텐츠를 즐기기 어려웠던 농 촌지역 주민들에게 영화가 실제 만들어지는 과정을 보여줄 수 있을 뿐만 아니라 주연배우인 안성기, 허준호, 설경구 같은 당대 최고의 인기 스타들을 가까이서 보며 팬 사인회도 열 수 있으리라 생각했다. 무엇보다도 나중에 관광자원으로 활용하여 계화면을 전국에 알리는 홍보 효과가 있을 것이라고 생각했다. 일부 단체에서 농사철에 농기계 왕래가 불편하다는 이유로 영화 촬영에 반대하기도 했지만 여러 차례 그들을 만나 설득한 끝에 동의를 얻어 영화 촬영이 순조롭게 진행될 수 있었다.

영화 촬영 기간 동안 면사무소는 동부극장으로, 농협 건물은 유한양행 사옥으로 변신했고, 우체국과 파출소 앞에는 육교가 가설되었으며, 가로변은 합판으로 가려 페인트를 칠하는 등 계화면 소재지는 당시 영등포 유한양행 앞 시가지로 탈바꿈했다.

영화가 촬영되는 동안 수백여 명의 제작진이 계화면에서 식사를 하고 세트장 제작에 필요한 자재를 부안에서 구입하기로 하여 지역 경제에도 큰 도움이 되었다. 창북리는 북적거렸고 식당은 호황을 누렸으며 촬영하는 날은 어떻게 알고 찾아왔는지 관광객들도 몰려들었다. 면민들이 스스럼없이 인기스타들과 기념 촬영을 하며 즐거워하는 모습을 보면서 보람을 느꼈고 촬영 보상금으로 받은 4천만 원은 창북동산을 휴식 공간으로 바꾸는 데 사용했다. 지금도 많은 주민들이 그 공원을 휴식 공간으로 애용하고 있어 보람을 느낀다.

동부극장으로 변신한 면사무소 앞에서
인기스타 안성기, 허준호, 설경구와 계화기관장 직원들과 함께

⑤ 면사무소 환경 개선

계화면사무소는 투시형 담장이 외곽을 둘러싸고 있었는데 미관이 좋지 않아 담장을 철거하고 철쭉을 심었다. 사무실 내부는 동진면사무소와 같이 전통 문양으로 된 한옥 창문으로 교체하였고, 문서 캐비닛은 장롱 모양으로 바꾸는 등 벽에서 전등에 이르기까지 사무실 내부 전체를 한옥 분위기로 바꾸었다.

그 결과 딱딱한 관공서가 은은하고 아늑한 전통 한옥의 사랑방처럼 바뀌게 되었다. 그런 소문을 들은 서울의 한 구청에서 계화면사무소를 벤치마킹하여 이와 비슷하게 바꾸는 등 당시 계화면의 사무실 구조 개선 사업에 대한 주변의 반응이 매우 좋았다. 한국의 전통 양식이야말로 고루하지 않고 멋스러움이 있으며 많은 돈도 들지 않아서 환경 개선에 효과적이라는 생각은 예나 지금이나 변함이 없다.

위도면장

① 위도해수욕장 숲 가꾸기

위도해수욕장은 위도 주민뿐만 아니라 외지 사람들에게도 여름철 피서지로 각광받는 곳이다. 아름다운 섬 위도는 물도 맑고 공기도 좋아 발길 닿는 곳과 눈길 가는 곳마다 사진 촬영의 명소라고 해도 지나치지 않을 정도다. 특히 위도해수욕장은 청량한 바닷물과 부드러운 백사장이 어우러진 숨은 명소로 해변을 걸으며 힐링할 수 있는 곳이다. 더욱이 취사, 샤워장 등 편의시설이 잘 돼 있어서 이용하는 데 불편함이 거의 없다.

그러나 백사장 위쪽으로 나무 그늘이 없는 게 옥의 티였다. 군에서 많은 예산을 들여 느티나무와 단풍나무, 철쭉 등을 심었고 보도와 차도의 경계를 만들어 보기 좋게 꾸며 놓았지만 심은 나무가 말라 죽고 백사장 모래마저 자꾸 유실돼 해수욕장 본연의 모습을 잃어가고 있었다. 특히 해일이 일어나면 바닷물이 안개처럼 뿜어져 나무가 염해를 입고 말라 죽는 것이 큰 문제였다. 따라서 염해에 강한 해송이나 해당화, 동백 등을 심을 것을 건의하였으나 군으로부터 예산을 지원받지 못했기에 면사무소 사업비를 최대한 절약해서 수종 교체 사업을 시작하였다.

우선 흰색 상사화를 해수욕장 언덕에 심어 주민들의 반응을 보고, 계속해서 섬 곳곳에 집단으로 식재하여 이를 위도의 상징으로 삼으면 좋겠다는 계획을 세운 후 그대로 시행했다. 그 후 그곳을 떠나 군청으로 복귀할 때 단체장과 이장들에게 이런 경험을 토대로 위도 바닷가 근처에는 해송과 해당화, 동백나무 등을 심도록 당부했는데 그렇게 함으로써 현재 위도 해수욕장 주변에는 해송 숲이 이루어져 가고 있다.

유실되는 모래의 경우 빗물에 쓸려가는 토사의 자연적 흐름을 막아서는 안 된다는 환경공학과 교수의 자문을 받아 콘크리트 블록 철거를 군청에 건의하였으나 여러 문제로 받아들여지지 않았는데, 이후 군 의원이 된 후에 문제점을 지적하고 개선을 촉구하여 올해부터 부분적으로 철거 작업이 시작되어 늦었지만 다행이라고 여겨진다.

② 위도의 상징꽃 상사화 브랜드화

흰색 상사화는 그동안 다른 곳에서는 잘 알려지지 않고 위도에서만 서식하는 야생화라는 점에 착안하여 위도를 상징하는 꽃으로 브랜드화하면 좋겠다는 생각을 갖게 되었다. 이에 흰 상사화를 포기 나눔 방식으로 채취하여 해수욕장 언덕 500여 평에 심었는데 지금은 언론에서도 취재를 할 정도로 위도의 명물로 자리 잡아 가고 있다. 위도면사무소 준공식과 면민의 날 행사장에서 최종기 재경위도향우회장과 당시 서향님 부녀회장으로부터 "위도 상사화가 알려지게 된 것은 다 홍 면장님 덕분이다."라는 말을 들었는데 흐뭇하게 생각하며 보람을 느낀다.

설쳐대는 공무원

"공무원이 돈을 알면 나라가 망하고, 공무원이 설쳐대면 나라가 발전한다."라는 말이 있다. 일선 공무원이라는 위치가 나라 운영에 얼마나 중요한 역할을 담당하고 있는지 새삼 알게 되는 부분이다.

사실 '설쳐대는' 공무원이 되는 것은 어려운 일이다. 일선 공무원의 경우, 행동 하나하나가 지역 주민들의 생활에 깊은 영향을 끼칠 수 있을뿐더러 주민들의 자유권이나 행복권, 재산권등을 침해할 수도 있기 때문에 철저한 법령과 민원 시스템에 의한 제약을 받고 있다. 또한 공무원들 개개인 역시 지역과 주민들을 위해 시도한 일이 결과적으로 주민들에게 부정적인 영향을 끼칠 가능성이 있는지를 시시각각 타진하고 걱정하며, 그러한 부분이 공무원들의 행동을 소극적으로 만드는 데에 일조하기도 한다. '무사안일, 복지부동, 철밥통' 등의 상징으로 여겨지며 때론 조롱의 대상이 되기도 하는 공무원이지만, 어떻게 보면 나름의 이유가 있는 모습이라고도 할 수 있겠다.

하지만 그렇기 때문에 '공무원이 설쳐대야 나라가 발전한다'는 생각을 가진 공무원은 반드시 필요하다는 것이 동진면, 계화면, 위도면의 면장을 거치면서 공직자로서 항상 품어왔던 생각이다. "부지런한 사람이 그릇을 깬다."는 옛말이 있다. 실패할 가능성이 있다고 해서 아무것도 하지 않는다면, 아무런 변화나혁신도 이룰 수 없는 것이 우리 삶의 진리다. 세 개 면의 면장으로 일하는 동안, 계속해서 이 격언을 가슴에 품고 비록 완벽할 수는 없지만 어떻게 해야 지역 주민들의 생활 터전을 더욱안전하고 편하고 행복한 공간으로 만들어 나갈 수 있을까에 대해 끊임없이 고민하고 실행해 나갔다.

여기에 더해 '면장'이라는 위치의 중요성 역시 강조하고 싶다. 현대 사회는 다양하고 많은 사람들이 얽히고설켜서 살아가고 있고, 그만큼 사회 역시 복잡다기하기 때문에 현장에서 직접 주민들의 생활을 지켜보고, 주민들과 소통하며 부딪치지 않고는 주민들의 행복을 증진시키는 행정을 할 수가 없다. 일선 공무원으로서 현장에서 주민들과 소통하는 동시에 상위 기관에 일선 현장의 상황을 전달함으로써 소통의 가교 역할을 할 수 있는 면장의 위치가 지방행정에서 특히나 중요한 이유다. 마치 전쟁의 승패는 중대장의 능력에 달려 있다는 격언과도 일맥상통하는 부분이 있다.

또한 면장은 그 특성상 위로부터 예산 및 지시를 받지 않고도 자체적으로 처리하여 이루어낼 수 있는 일이 많다. 동진감자 육성, 영·호남 주민 한마음 잔치, '계화의 향기' 건립, 위도 해수욕장 숲 가꾸기, 가정 형편 어려운 학생 대학 졸업, 전국 최초 3기작 등 다양한 사업 성공은 면장이야말로 지역 행정의 꽃이자 주민들의 생활에 직접적인 도움을 주며 보람을 느낄 수 있는 위치라는 자부심과 사명 의식이 있었기에 가능했던 일이라고 생각된다.

저출산과 지방 공동화 현상 등으로 활력이 예전같지 않은 것이 지방행정의 현실이다. 하지만 지금도 지역 곳곳에서 자부심과 사명 의식으로 일하고 있는 면장들이야말로 대한민국의 튼튼한 기반을 다져 나가는 일등 공신이라고 할 수 있을 것이다.

제4부

공무원 나래 접고

의정 활동

제5대 군 의원 당선(초선) - 자치행정위원장

고뇌 끝에 내린 출마 결단

나의 공직 생활 30년(1976년~2006년)은 매 순간 대부분이 수긍하는 적절한 판단과 결정으로 주민과 함께하며 공공의 이익을 먼저 생각하고 살아온 세월이었다. 메모지 한 장도 이면지를 알뜰하게 사용했고, 한여름 사무실 내부 온도는 26~28℃로, 한겨울 난방은 겨우 한기만 면할 정도인 18℃ 이하로 조절하여 에너지를 아끼려고 노력했으며 각종 시상금도 허투루 여기지 않고 사무실 환경 개선에 사용했다. 또한 실질적인 의미가 약했던 공공 근로 사업을 가로변에 철쭉을 심고 꽃밭을 가꾸는 등의 실질적 사업으로 바꾸었으며, 주민불편 해소사업의 현장에서는 최소 경비로 최대의 사업 효과를 거두고자 했다.

이 모든 알뜰한 노력이 한편으로는 다른 사람들에게 융통성 없는 고지식한 공직자로 비쳤을 수도 있다. 그러나 고통 없이는 변화를 이룰 수 없으며, 기존의 방식만으로는 발전이 없다는 생각과 함께 과감한 개혁만이 우리 지역은 물론 나아가 우리나라가 발전하고 번영할 수 있도록 할 것이라는 소신이 있었다. 이러한 소신으로 이제까지 살아온 30년 공직 생활을 과감하게 명예퇴직으로 마무리하고 조금이라도 더 지역사회에 이바지하고자 하는 마음으로 깊은 고민 끝에 제5대 부안군 의원 선거에 출마하게 되었다.

평소 선출직에 도전하겠다는 생각은 한번도 해본 적이 없었다. 꿈 많던 고등학교 시절에 국회의원이 희망이라고 한두 번 말한 적은 있으나 정치라는 게 공무원과는 달라서 적응하기 쉽지 않을 뿐 아니라 더욱이 융통성이 없는 고지식한 나의 성격이 정치와는 어울리지 않는다는 사실을 잘 알고 있었다. 또한 30여 년을 공직에 몸담은 동안 주민들의 시선을 의식하고 동료와 상사의 눈치를 살피며 힘든 세월을 보냈기에 이제는 모든 것을 훌훌 털어버리고 자유롭게 남은 인생을 살아가고 싶은 마음도 있었거니와 당시에는 공무원 출신이 군의원에 출마하는 것에 대한 주민들의 반응도 그리 좋지 않았다. 게다가 나는 경제력과 인적자원도 빈약했던 반면 다른 군 의원 출마 예상자들은 짧게는 4년에서 길게는 8년 전부터 선거를 준비해온 저력을 갖춘 사람들이어서 현실적으로 나의 출마는 언감생심 생각할 수도 없는 상황이었다.

그런데 동진면 선후배들과 동진면장 재직 당시 함께 일했던 다수의 마을 이장들, 새마을 지도자, 부녀회장들이 우리 면의 발전을 위해서 출마를 고려해 달라는 의견을 전달해오고, 심지어 마을 회관에서 만나는 아주머니들은 "홍 면장님, 군 의원 나온다며~"라며 강한 관심을 표했다. 결정적으로 지비마을에 사는 '양천' 후배가 적극적으로 출마를 권유했기에 용기를 낼 수 있었다. "내가 판단하기로는 홍 면장님처럼 자질과 능력을 갖춘 분이 없으며, 지금은 돈으로 선거를 치르는 시대가 아니기 때문에 출마만 하면 당선은 확실하니 동진면의 자부심을 한번 살려보자."라며 나를 설득한 것이었다. 그날 밤 집에 와서 아내와 처음으로 출마 문제를 의논했다. 처음에는 반대할 줄 알았다. 하지만 아내의 입에서 나온 말은 전혀 뜻밖이었다.

"정년 후에도 할 일이 있어야 활기차고 건강하게 살 수 있다고들 말하던데 뭐라도 하는 것은 좋은 일이 아니겠느냐."

노후는 넉넉하지는 않더라도 공무원 연금으로 생활할 수 있고 보험 설계사를 했던 아내 덕분에 보장성 보험도 몇 개 들어놓았으며, 세 아들은 모두 나름대로 자기 일들을 충실하게 하며 살아가고 있었기에 가정적으로도 별 문제가 없다는 생각이 들었다.

그동안 아내가 자녀들 교육과 취업 그리고 결혼까지 다 알아서 하였으며, 박봉의 공무원 월급으로도 빚을 지지 않고 생활할 수 있었던 것은 대한생명 보험 설계사로 28년(1988년~2016년) 동안 열심히 일하면서 수입이 나보다 많았기 때문에 가능했다.

아내는 그 이전에도 전자 제품 조립은 물론 시장에서 음식을 만들거나 결혼식 폐백 음식을 만드는 등 여러 가지 힘든 일들을 쉴 새 없이 해왔고, 신선마을 단독주택에 살 때는 앞마당 80여 평 텃밭에 상추, 아욱, 쑥갓, 오이 등을 재배하여 따로 반찬거리를 사 먹지 않아도 될 정도로 알뜰하게 살아왔다. 또한 새벽에 식당에서 음식물 찌꺼기를 수거해 돼지를 길렀고, 퇴근 후에는 손수레를 끌고 풀을 베어 소를 키우기도 했다. 한번은 아내와 함께 돼지 새끼 아홉 마리를 길러서 시장에 내다 판 돈을 은행에 저금하고 흐뭇한 마음으로 돌아오던 기억도 난다.

또한 나는 1976년 공직 생활을 시작하여 1990년 12월 30일까지 대중목욕탕에 가본 일이 거의 없으며, 이발도 1년에 4번 정도밖에 하지 않았고, 양복이 없어 작업복에 군화를 신고 출퇴근하는 경우도 많았다. 한 푼이라도 아끼려고 어린 자식들 데리고 외식 한번 제대로 해본 적도 없었다. 평소 다른 데 관심을 갖지 않고 사무실과 집만 오갔으며, 퇴근 후에는 소 먹일 풀을 베려고 2km 남짓한 곳으로 나가 풀을 손수레에 가득 싣고 돌아오곤 했다. 가을걷이가 끝난 들에서는 고구마 넝쿨을 거두고, 야산 풀 속에 숨어 있는 누렇게 익은 호박을 따서 가득 싣고 집으로 돌아오는 날은 기분마저 좋았다. 퇴근 후 동료나 주민들과 어울려 식사를 하거나 술 한 잔 기울이며 우정을 쌓고 세상 돌아가는 이야기도 나누는 평범한 공직자의 일상은 생각할 수도 없었으며 시간이 나는 대로 돼지 먹일 잔반 나르기, 소 먹일 꼴 베기, 텃밭에서 채소를 가꾸는 게 내 생활의 전부였다.

이렇게 매일 일밖에 모르며 외롭게 다람쥐 쳇바퀴 돌듯 살아왔던 내가 주민이 선출하는 선거에 출마하느냐 마느냐를 결정해야 할 엄중한 선택의 기로에 서게 된 것이다. 그 기로에서 마치 천군만마와 같은 아내의 흔쾌한 동의에 용기를 얻어 '양천' 후배를 다시 만나 모든 상황에 의해 출마를 거부할 수 없게 된 나의 입장을 이야기하며 제5대 군 의원 선거에 출사표를 던지게 되었다.

90일간의 선거운동

군 의원 선거사무소 전경 및 홍보트럭

그렇게 2월 28일자로 명예퇴직을 하고 다음 날인 3월 1일부터 바로 선거 채비를 시작하여 5월 31일 제5대 군 의원 선거에 입후보했다. 내가 출마한 부안군 '나 선거구'는 동진, 주산, 백산 3개면이 속했다.

모든 선거가 마찬가지지만 특히 군 의원 선거에서는 자기 지역 후보를 당선시켜야 한다는 애향심을 가장한 소지역이기주의가 작용하고 있었기 때문에 자기 출신 지역에서 다수를 득표하지 못하면 당선이 불가능하다. 동진면과 백산면은 유권자 수가 비슷한데 백산면의 B후보는 민주당 공천 후보로서 젊고 신선한 이미지를 가지고 있어 당선을 확신하고 있었으며, 주산면에서 출마한 후보는 군 의회 부의장 경력과 온화하고 따뜻한 성품의 소유자로서 더욱이 부안 제1의 대 씨족 출신이라는 점을 내세워 당선이 유력하다고 예상되는 상황이었다.

내 고향 동진면의 경우는 짧게는 4년, 길게는 8년 전부터 준비하며 이전에 선거를 치른 경험을 갖고 있는 후보가 2명이나 있을 정도로 불리한 상황에서 3월 1일부터 선거전에 뛰어들었다. 겨우 3개월의 짧은 기간 속 '홍춘기'라는 이름 석 자 알리기도 빠듯한 여건에서 선거운동을 하게 된 셈이다.

의회에 진출하면 면장 재직 시절에 하고자 했던 사업을 군정에 반영하여 우리 지역을 변화시킬 것을 다짐하며, 제일 먼저 시작한 일은 매일 새벽 4시에 '100일 작정 새벽 기도회'에 참석하여 하나님께 간절히 기도하는 일이었다. 우리 군의 발전을 위해 농촌에 활력을 불어넣는 일에 앞장서고, 우리 사회에 기독교 문화가 활성화하는 데 최선을 다하며, 내 고향 동진면의 숙원 사업인 고마제 호수공원 개발, 동진면 소재지 가꾸기 사업, 봉황배수로 개선사업 등의 시행을 위해 간절히 기도했다.

기도회를 마친 다음 밀짚모자를 쓰고 운동화 차림으로 마을을 찾아다니며 관광버스에 올라 인사를 하고, 논밭은 물론 장례식장까지도 방문하여 '30년 공직 생활 경험으로 농업 현장에서 농업인의 대변인이 되겠습니다.'라고 새긴 명함을 돌렸으며, 늦은 밤 자정이 다 될 때쯤 귀가하여 4시간 정도 쪽잠을 자고 다시 논밭으로 나가는 90일간의 선거운동은 말 그대로 전쟁이었다.

다리가 퉁퉁 부어 걷기조차 불편할 때는 한방 침으로 응급처치를 한 후 따뜻한 물에 30분 정도 담그고 링거도 맞아가며 최선을 다한 결과 7명의 경쟁 후보들 중에서 가장 뒤늦게 선거전에 뛰어들었지만 결국 제5대 군의원(2006년)에 당선되는 영광을 누릴 수 있었다. 논밭에서 따뜻한 손길로 "밥은 먹고 다니느냐?"라고 물으며 음료수나 물을 따라주던 할머니 같은 지지자들이 없었으면 내가 어떻게 당선될 수 있었겠는가라는 생각에 눈시울이 붉어진다.

제5대 의원 선거 전까지만 해도 우리 군에서 공무원 출신 후보가 당선된 사례가 없었으며 공직자에 대한 거부 반응이 강했다. 이러한 주민 정서를 깨뜨리고 공무원 출신이 당선자가 된 것은 전라북도 내에서도 처음 있는 일이라는 말을 전해 들었다. 그 후로 6대 의회에 후배 공무원이 진출했으며, 도내 여기저기에서 공무원 출신이 기초의원에 당선돼 나의 경우가 공직자 출신 의원의 선구자적 사례로 회자되기도 하였다.

부안군 제5대 의회 개원

열두 식구의 가장으로서 자녀 양육과 교육은 물론 집안 살림살이에 몰두하며 앞만 보고 살아오면서 인적 교류가 미흡했으며 경제력 등 어느 것 하나 갖춰지지 않은 상황 속에서 기초의원에 당선된 것은 출마 권유에서부터 5월 31일 당선 확정 순간까지 헌신적인 후원을 아끼지 않은 '양천' 후배의 역할이 절대적이었다. 부족한 나의 소신과 삶을 좋게 평가해주고 동진면의 발전과 농촌의 변화를 이끌 수 있는 적임자라고 인정하며 적극적으로 도와주었기에 당선 후에도 초심을 잃지 않고 그를 비롯한 모든 지지자들의 기대에 부응하기 위해 항상 공부하며 농업 현장에서 농민과 함께 고통을 나누려 노력해왔음을 자부한다.

농업의 일선 현장에 서다

군 의회에 진출한 후에는 군정질문, 행정사무감사, 의회업무 보고, 군수 및 부군수와의 간담회 등 군정 전반에 걸쳐 참여할 수 있는 기회가 많아졌는데 나는 항상 대안을 가지고 문제점들을 지적하며 개선해갈 수 있는 방안을 제시하였다.

개인적으로 횡성한우, 장수사과의 생산지와 남해, 창녕의 논 마늘 생산지, 제주 친환경 양돈 농가, 가락동 농산물집하장, 동부산업 등 선진 농업 지역을 열심히 방문하며 공부하고 우리 군에서도 도입이 가능한 분야를 찾기 위해서 노력했다. 그중 논 마늘 재배를 우리 지역 마늘 농사에 접목시켜 3년의 시험 재배 기간에 여러 가지 시행착오를 거치면서 성공적으로 정착시켰다.

처음 동진면에서 시작하여 백산면과 계화면으로 재배 지역과 참여 농가를 점차 확산시켰다. 논 마늘 재배가 정착되기까지 3년 동안은 '양천' 농가의 도움이 컸다. 당시 동전 들판에 있는 '양천' 농가가 실패하면 막대한 손해가 예상됨에도 불구하고 기꺼이 3천여 평에 시험 재배를 시도해 주었을 뿐만 아니라 괄목할 만한 성공을 거둠으로써 '양천' 씨는 마늘 작목에 대해서는 누구와도 토론할 수 있고 더 나아가서 강의까지 할 수 있을 정도의 전문 지식을 갖추게 되었다. 이를 통해 '양천' 농가는 우리 군에서는 처음으로 6차 산업을 성공적으로 이끈 인물로서 맨주먹으로 시작해서 곰보배추, 작두콩, 모링가, 마늘 등 20여 종의 농산물을 생산하여 가공은 물론 판로까지 확보함으로써 연간 10억 원의 고소득을 올리고 있으며 현재 논 마늘 재배는 농업기술센터에서 특화 지역 정책으로 추진하여 지속적이고 안정적으로 확산되어 가고 있다.

이렇듯 양천 농가와 같은 개척자의 정신과 자세로 임하는 농가가 많아야 낙후된 현실에 안주하는 부안 지역의 농업을 발전시킬 수 있다. 실패를 각오하고 경제적 손실도 감수하면서 우리 기후와 토양에 맞는 농법을 개발해 나가려는 마음과 노력이 필요하다.

한편 요즘처럼 쌀 소비가 줄어 쌀이 남아도는 때에는 벼 재배 면적을 1만 3천ha에서 1만ha로 줄임으로써 생산량을 조절하고 쌀보다 더 높은 소득을 올릴 수 있는 밭작물 재배를 권장하여 농가 소득을 높이는 정책 개발과 시행이 시급하다고 생각했다. 논 1필지(1,200평)에서 벼 재배로 올릴 수 있는 소득은 대략 300만 원 정도지만 콩, 참깨, 조, 수수, 마늘 등 밭작물을 재배하면 벼를 재배하는 것보다 두 배 이상의 소득을 올릴 수 있다.

이러한 생각에 기반하여 우리 군 동북부(백산, 동진, 계화, 하서)의 갯벌 땅과 남부(상서, 보안, 주산, 줄포)의 황토밭에 적합한 작목 개발에 힘을 써서 부가가치를 높이자는 제안을 했지만 채택되지 않아서 안타깝고 아쉬운 마음을 금할 수가 없었다. 하지만 내가 이런 정책을 제안했던 때로부터 무려 10여 년이 지난 2016년 10월에 중앙정부(농림식품부)에서 쌀 생산 면적 4.5% 줄이기와 쌀 생산량 조정 등을 계획하고 있어서 늦었지만 그나마 다행이라고 생각한다. 또한 농가소득 증대방안의 하나로서 논 마늘, 서리태, 참깨단지 등이 계화들녘을 중심으로 확대되어 가고 있는데, 이런 모습을 바라보면 부안 농업의 희망을 보는 것 같아서 기분이 좋아진다.

주산면 돈계리에 정착한 귀농자와 부추재배 현장에서 토론장면

농산물 수출 길 열어가야 한다

"우리 군의 농산물을 중국에 수출하자."라고 제안했을 때 "값싼 중국 농산물이 범람하는데 어떻게 중국으로 수출을 하느냐"라며 핀잔을 들었다. 이렇게 '한국 농산물을 중국으로 수출한다.'는 생각은 언뜻 말도 안 되는 생각 같아 보인다. 그러나 중국에는 상위 30%에 속하는 3만 불이 넘는 고소득자만 3억 명이 넘는다. 이런 부유층의 대부분은 상하이 시에 살고 있는데 그곳은 대한민국 임시정부가 있던 곳으로서 우리와는 친숙한 도시이기도 하다. 또한 이들은 선진 농업 기술로 재배한 친환경 농산물을 선호하여 연간 100조 원 상당의 농산물을 수입하기 때문에 그중 0.1%만 우리가 확보해도 1천억 원의 농산물을 수출할 수 있는 셈이다.

이런 내용을 내가 처음 제안한 후로부터 10여 년이 지나 민선 6기 김종규 군수 재임 때에 비로소 중국 특구를 만들어 교류를 구상하고 농산물 수출 길을 열겠다는 시도를 한 일은 만시지탄이지만 다행으로 여겨진다. 좋은 아이디어와 이를 시행하려는 의지만 있다면 얼마든지 성공할 수 있는 길도 열린다는 사실을 재삼 강조하고 싶다.

농업마인드 갖춘 공직자(지휘부서)가 아쉽다

한번은 모 간부와 한 시간여 동안 부안의 농업 전반에 대해 대화할 기회가 있었다. 6차 산업부터 소득개발 전략 작목까지 하나하나 의논해 보자는 의도였는데, 그는 농업의 발전에는 왕도가 없다며 전반적으로 부정적인 시각을 갖고 있는 것 같았다. 나는 공직자의 그런 태도에 크게 실망했으며 그 후 더욱 강도를 높여 대안을 제시하며 비판과 더불어 정책 제안을 꾸준히 했다. 본회의의 군정질문을 비롯하여 특별위원회, 행정사무감사, 업무보고 등의 자리에서 비중 있게 농업 문제를 제기해 나갔다.

이후 그 간부는 무사안일과 복지부동의 자세로 일관하다가 다른 곳으로 전보되었으며 그의 후임으로 부임한 간부와도 한 차례 농업 발전이라는 같은 주제로 의견을 교환했는데 그는 전임자와는 달리 내 의견에 적극적으로 공감을 표했다. 특히 군정의 기본 목표를 지역 경제 살리기에 두고 그 방향은 농업의 활로부터 열어가는 일에 집중하자는 데 관해서는 이견이 없었다.

이후 나의 이런 시도가 긍정적인 효과를 거두어 부안군의 농업 관련 예산이 전년 대비 100억 원 이상 늘어나는 결실을 거둔 바 있다.

감자 재배에 적합한 토양을 설명하는 모습

농가 소득은 한우 사육부터 활성화시켜야 한다

군 의원 활동을 하면서 우리 군의 주산업인 농업 문제에 관해서 많은 고민을 하고 정책을 개발하는 데 최선을 다했다고 자부한다. 새만금 방조제 완공 이후 약 1,400억 원 가량의 어민 소득이 감소돼 지역 경제가 큰 타격을 입는 상황에서 농업 소득 증대로 이를 만회해야 한다는 소신을 갖고 있었기 때문이다.

이에 군청에 축산과를 신설하고 축산 진흥으로 농가 소득을 올려나가야 한다고 제안했다. 농업 소득의 50%에 달하는 축산 분야는 소득 증대에 적합한 품목이기에 계화면 분뇨처리장 인근 지역에 50마리, 100마리, 200마리 규모의 대규모 한우단지를 조성하여 사육 희망 농가에 분양하자는 정책을 제시했다. 당시 이런 제안이 수용돼 꾸준히 추진되었다면 정읍 수준의 한우 사육 단지로 발전했을 것이며 올해(2016년) 우리 군 쌀 생산액인 928억 원보다 278억 원이 더 늘어난 1,206억 원의 농가 소득을 올렸을 것이다. (2016년도 군정질문 참조)

제6대 군 의원(재선)

전라북도 기초의원 득표율 1위로 당선(47.3%) – 부안군 의회 의장

그렇게 5대 군 의원으로서 비교적 성공적인 의정 활동을 마친 후 2010년 6월 2일 6대 전국 동시 지방선거에 다시 출마해서 득표율 47.3%로 전라북도 기초의원 중 1위를 차지하며 재선에 성공했다. 우리 군에서 유권자가 가장 많은 가선거구(부안읍 행안면) 후보를 제치고 부안군 최다 득표와 최고 득표율을 기록함으로써 전반기 의장에 만장일치로 추대되기도 했다.

공직자에 대한 불신이 깔려 있는 환경에서 공직자 출신으로는 처음으로 5대 군 의원에 당선되었고, 이어서 6대 군 의장이 된 일 또한 최초였기에 700여 후배 공무원들에게 좋은 선례를 남겼다는 자부심을 갖는다. 그 후로 7대에서도 공직자 출신 의원이 의장이 되는 기록이 계속 이어졌다. 또한 내 고향 동진면 출신으로 처음 의장이 되었기에 고향 후배들에게도 자신감을 갖게 해주었다는 긍지 또한 없지 않다.

의원 당선증 교부식 후 며느리들의 축하

전국 농업소득 개발 성공사례 접목

6대 군 의장 재임 시절에는 당시 관행적으로 흘러가던 행정에 조금이라도 긍정적인 변화를 주기 위해 노력했다.

전국적으로 농업소득 성공사례 100여 건을 연구 분석하고 선정하여 우리 군에서 도입할 수 있는 부분을 의원과 직원과의 합동 토론회를 거쳐 시행하도록 했다. 그중에서 갯벌 논 마늘은 현장을 직접 지휘하여 3년 동안 시험 재배를 하면서 여러 가지 시행착오를 거쳐 성공시켰는데, 이렇게 성공한 논 마늘은 동진에서 시작되어 계화, 백산, 보안 등에서 72농가 54㏊의 규모까지 확대되어 갔다. 하지만 갯벌 논 마늘 재배는 모심기, 보리 베기, 오디 따기 등 가장 일이 많은 농번기와 겹쳐 그렇잖아도 일손이 부족한 농업 현장에서 노동력 확보가 시급한 과제가 되었다.

농촌 인력 확보는 최우선적으로 해결해야 할 과제다. 그러기 위해서는 도시 근로자들을 유인할 수 있는 맞춤형 귀농 귀촌 정책을 수립해야 하며, 다문화가족과 외국인 임시 체류 허용 등에 대한 제도적인 개선도 뒷받침되어야 한다. 특히 주거 환경 개선과 소득 개발 등으로 이들이 쉽게 농촌 생활에 적응할 수 있는 여건을 조성해야 한다. 인력이 확보된 후에는 간단한 교육과 실습으로 전문작업단을 만들어 오디 수확이나 마늘 캐기 현장에 공급하는 체계도 갖추어야 한다.

제6대 부안군 의회 개원 및 전반기 의장 당선

농업소득 개발분야 예산 대폭 증액

다른 농촌 지역도 마찬가지겠지만 우리 군도 농업 소득이 늘어나야 모든 면에서 지역이 활성화될 수 있다. 이런 취지에서 농업 소득원 개발에 꾸준히 투자해야 한다는 생각을 갖고 전년 대비 100억 원 이상의 농업 부분 예산을 증액시켜 농업의 활로를 열어나가기 위해서 최선을 다했다.

예산 증액과 함께 오디 농업용 친환경 비료 공급, 소형농기계 확대 보급과 임대 사업, 소형 육묘장 설치, 우리밀 재배단지 지원, 농업 SOC 확대, 6차 산업 추진 등 농촌에 활력을 불어넣기 위해 의장으로서 할 수 있는 일은 다 했다.

제 162차 전라북도 시·군의회 의장단 협의회

읍·면 보고회 형식 바꾸다

해마다 연초에 군수의 읍·면 초도순시가 끝나면 곧이어 의회의 보고회가 있다. 읍·면장이 군수에게 보고한 내용을 그대로 보고하고 질의응답하는 형식이 초대 의회 때부터 20여 년 동안 계속돼 왔는데 이런 비효율적이고 형식적인 보고회에 변화가 필요하다고 생각했다. 이에 나는 기존 읍·면장 보고 대신 읍·면 전 직원과 의원 전원이 서로 마주 보고 앉아서 읍·면의 숙원 사업과 농업 소득 개발이라는 주제를 놓고 격의 없이 토론하는 형식으로 바꾸었다. 이 토론회는 1~2시간 정도 진행되었는데 공직에 처음 입문한 8~9급 새내기 공무원들이 참신한 의견들을 제시하는 등 딱딱했던 보고회가 유쾌하고 생산적인 분위기로 바뀜으로써 읍·면 직원들에게도 호응을 얻었다.

전국 처음으로 의원 전원과 일선 직원들 간 격의 없는 토론회 시도

토론회에서 새내기 공무원들의 의욕적인 모습을 볼 때 부안의 희망을 보는 것 같아 흐뭇했고, 의원들 역시 주민과 늘 접하는 일선 공직자와의 대화를 통해 주민들의 잠재적인 요구 사항을 알게 되어 모두에게 효과적이고 생산적인 보고회였다는 평가를 받았다.

이런 토론식 보고회는 우리 사회에 건전한 토론 문화가 정착되기를 바라는 마음으로 시작한 것이다. 작은 나라 이스라엘이 어느 나라도 넘볼 수 없는 강소국으로 거듭날 수 있었던 것은 하나님에게 선택받은 민족으로서의 자부심과 구약성경에 기록된 것과 같은 유구한 역사 때문이기도 하지만 활발한 토론 문화로 강한 민족정신을 키울 수 있었기 때문이다.

본국을 포함하여 전 세계에서 살고 있는 유대인은 약 1,500만 명으로서 세계 인구의 0.2%밖에 되지 않는 소수민족이지만 세계의 정치와 경제를 이끌어가고 있다. 구글의 '래리 페이지', 마이크로소프트의 '빌 게이츠' 등이 유명할 뿐 아니라 미국연방준비제도(연준) 이사회 의장은 1979년의 '폴 볼커' 이후 현 '제닛 엘런'에 이르기까지 4대째 유대인이 맡고 있다. 또한 노벨상 수상자 22%가, 노벨경제학상 수상자 40%가 유대인이다. 이러한 저력은 학교, 군대, 직장, 가정 등 언제 어디서나 짝을 지어 토론하고 결과에 적절히 대처하는 '하브루타'에서 기인한다. 어릴 때부터 부모와 자녀가 저녁을 같이하면서 질문하고 답변하는 밥상머리 교육에서 창의력과 상상력이 자라난다는 것은 교육 경제학자들의 일치된 견해이다.

우리나라도 상명하복 형태의 관료 사회 분위기보다는 좋은 정책을 놓고 고성이 오고 갈 정도로 열정이 넘치는 토론 문화로 바꾸며, 그런 과정을 통해 도출된 결과에 대해서는 이견 없이 수용하여 실천하는 유대 사회와 같은 변화가 이루어졌으면 하는 바람은 지금도 변함이 없다.

부안군 어린이의회 운영

초등학교에서 군 청사를 견학할 때 제일 인기 있는 곳이 의회 본회의장이다. 의회의 역할과 기능에 관해서 궁금한 것이 많기 때문일 것이다. 그래서 각 초등학교 대표 5~6학년생 20여 명을 의회로 초청하여 의회의 기능과 필요성, 운영 전반에 대해 운영위원회의실과 의장실에서 설명하고 조례 개정 등 주제를 놓고 토론을 하며 결론을 이끌어내는 의회의 기능을 체험하게 했다.

별도의 토론 시간도 갖도록 했는데 '학교폭력 근절대책'에 대한 방안을 주제로 열띤 공방을 벌이는 모습이 보기 좋았음은 물론 미래의 주역인 아이들에게 의회 민주주의를 직접 경험하게 함으로써 좋은 추억과 더불어 장래의 꿈을 갖게 해주었다는 생각이 든다.

그 후 2년 남짓 지난 어느 날 SKY학원 행사장에서 그때 의회 견학에 참여했던 한 학생과 학부모가 "당시 의회에서의 경험이 아주 좋았다."라며 고마움을 표시할 때에 보람도 느꼈다.

어린이의회 간담회

부안의 발전 방안에 관한 특강

부안아카데미로부터 부안의 비전에 대해 강의해 달라는 요청을 받고 처음에는 사양하였으나 거듭된 요청에 약 한 달 정도의 강의 준비를 통해 그동안 공직 생활의 경험, 의정 생활, 농업 현장에서 체험한 농민의 바람, 전국 지방자치단체 성공 사례 등을 정리하여 모두 28회 강의를 하기도 하였다.

부안아카데미는 부안에서 내로라하는 지성인들이 참여하여 부안지킴이 역할을 하는 모임으로서 연 1~2회 정도 저명한 인사들을 초청하여 강의와 토론을 가진 바 있다. 그간 강사로 초청된 인사들은 장기표 선생, 박원순 서울시장, 노회찬 의원, 심상정 의원, 김승환 교육감 등이었으며 그 뒤를 이어서 내가 강사로 초청을 받은 것이다.

강의를 하면서 우리 군의 번영과 발전에 관심과 열정을 가지고 있는 군민들이 많다는 사실을 확인할 수 있었으며, 많은 분들이 나의 강연 내용에 대해 긍정적 평가를 해준 것은 지금도 진심으로 감사하게 생각하고 있다.

이후에도 박승서 부안교육장의 요청으로 부안군 초·중등학교 교감 및 교무주임 리더십 강화 프로그램에서 특강을 한 것을 비롯해서 부안동부노인대학, 좋은교회, 창북노인대학 등에서 강의를 하였으며, 소망교회에서는 부안군기독교연합회 소속 교회의 장로와 권사 70여 명을 대상으로 그리고 동북초등학교 학생들에게는 '큰 꿈을 가져라'는 주제로 강의를 하기도 했다. 이러한 특강은 역대 부안군 의회 의장 가운데에서도 내가 처음이었다.

창북교회 노인대학에서의 부안 발전 방향 강의 모습

군수 후보 대열에 오르다

의장 재임 2년 동안 특강과 행사장에서의 축사, 토론회에서 개진한 의견 등이 훌륭하다는 소문이 나면서 "홍춘기 의장에게 군정을 맡겨 봄직하다. 군수로 손색이 없다."라는 말이 나오게 되었고 그래서 차기 군수 후보 반열에 오르기도 했다. 관내 여러 교회 목회자들과 동진, 계화, 주산, 위도면민들이 더욱 적극적이었지만 나는 누구에게도 "군수 한번 해보겠다."라는 말을 한 적이 없었다.

앞에서도 언급한 바와 같이 군 의원이 되기 전에 나는 정치적으로나 경제적인 면뿐만 아니라 인적 관계도 매우 빈약했음에도 불구하고 주민들의 전폭적인 지지를 얻어 군 의원에 당선되었기에 군수라고 못 하랴 싶었지만 거기까지는 욕심을 내지 않았다. 지금 와서 생각해보면 경제력만 조금 더 뒷받침되었다면 적극적으로 의정 활동을 함으로써 운신의 폭도 넓어지고 더 좋은 경력을 쌓을 수도 있었을 것이라는 생각이 없진 않다.

기자 간담회 장면

기회를 스스로 만들어가는 것이 정치다

나는 정치를 잘 모른다. 지금까지 오로지 맡은 일에 충실하게 최선을 다하면 좋은 결과가 맺어진다는 신념으로 살아왔기 때문에 평소 정치에 관심도 없었을 뿐 아니라 실제로 정치에 입문한 후에도 적응하기가 쉽지 않았다. 하지만 정치란 정해진 목표를 향해 꾸준하게 다가가면서 기회를 스스로 만들어가야 하는 생물과 같은 것으로서 마음만 먹는다고 저절로 정치적인 입지가 확보되는 것은 아니라는 사실을 새삼 깨닫게 되었다.

이러한 신념을 갖고 열악한 여건에서 선거운동을 할 때에도 투명하고 공정하게 하였으며 법정 경비 이외의 비용은 일체 지출하지 않았다. 선거운동 기간이 아닌 평소에도 경로당이나 장례식장을 주로 찾아다니며 인사를 했고, 마을 주민들이 나들이 갈 때면 관광버스에 먼저 올라 잘 다녀오시라는 인사를 빼놓지 않았다. 더욱이 행사장이나 주민들이 모이는 곳이면 어디든지 찾아가서 만나고 듣고 소통하며 좋은 의견들은 수첩에 메모해 두었다가 실천하기 위해서 최선을 다했다.

농한기에는 마을 경로당을 매월 2~3회 정도 정기적으로 찾아가서 그곳에 계신 분들이 소일거리로 즐기는 화투놀이를 같이 하거나 장기도 함께 두면서 허심탄회하게 대화를 나누어 마을의 애로 사항을 잘 파악해서 해결책을 찾기 위해 노력했다. 영농 현장을 방문할 때는 언제나 작업복에 운동화와 밀짚모자 차림으로 주민에게 조금이라도 더 가까이 다가가려고 애를 썼다. 노인들이 정치 현안이나 국내외 정세, 군정 등에 관해 궁금해하는 점들을 언제나 자세하게 설명했고 구체적인 자료가 필요할 때는 나중에라도 준비하여 다시 찾아가 보충 설명을 하기도 했다.

평소 최선을 다하는 이런 노력 덕분에 선거가 임박하였어도 벼락공부하듯 허둥대지 않고 늘 하던 대로 활동하였다. 지금도 경로당에 가면 70세 전후 아주머니들이 반갑게 맞으며 손을 잡아 주시는데 그 따스함은 두고두고 잊을 수 없다. 의원 임기를 마치고 평범한 군민으로 돌아가서도 변함없이 경로당을 찾아 다니며 주민들과 좋은 교제를 나누고 싶다. 팥죽을 끓여주시고 고구마나 과일 등을 아낌없이 나눠주던 훈훈한 정을 언제까지 잊을 수 없을 것 같다. 지나고 보니 그렇게 열정적으로 활동했던 5~6대 의원 시절이 가장 행복했다는 생각이 든다.

스티븐스 주한 미국 대사와의 간담회 모습

동전 들 배수개선 사업

동전 들판에 시간당 30mm정도의 비가 3시간 이상 집중적으로 내리면 배수로가 좁아 배수 기능을 제대로 하지 못하기 때문에 빗물이 논으로 역류하는 일이 자주 발생했다. 그래서 농어촌 공사를 주민들과 함께 여러 차례 방문하여 배수로 개선을 요구했지만 예산 부족으로 당장은 사업 시행이 어렵다는 대답만 수

년간 되풀이해서 들었다. 농업 기반 사업은 농민의 일손을 절감하고 농업 생산성 향상에 지대한 영향을 주는데도 개선의 의지는 없이 예산 타령만 하는 모습이 안타까웠다.

이럴 바에야 방대한 조직의 농어촌공사를 농림식품부 산하에 두고 지방 조직은 폐지하여 자치단체에 관련 업무를 위임한다면 훨씬 효율적일 것이라는 생각이 든다. 사실 농민들은 못자리와 모내기를 하는 두어 달 남짓한 기간 말고는 농어촌공사의 필요성을 느끼지 못하는 실정이다. 따라서 저수지 유지 관리나 농업용수 배수시설 관리 등을 일선 읍·면 행정조직에 위임하면 더 유기적으로 농민과 소통하며 효율적으로 운용할 수 있을 것이다.

이처럼 동전 들판 배수로 공사는 농어촌공사 부안지사의 역량으로는 해결이 어렵다고 판단돼 김호수 군수와 함께 상경하여 방법을 찾기로 하였다. 여러 고민 끝에 부안과 개인적인 인연이 있는 모 의원의 도움을 받아 만족스러운 결과를 얻을 수 있었다.

고마제 호수 공원 개발 사업

고마제 저수지는 흥덕천과 고부천에서 동진강으로 흘러들어가는 물을 퍼 올려 가두었다가 농업용수로 공급하는 저수지로서 동진면 동북부 주민들에게는 풍요의 젖줄과 같은 곳이다. 이 저수지는 자유당 정부 때 고 신규식 국회의원이 국비를 확보하여 만든 것으로 동진면을 풍요의 고장으로 바꿔놓은 역사적인 산물이다. 지금도 그의 공적비가 신농마을 입구에 초라하게 서 있는데 앞으로 고마제 호수공원지구 안으로 옮겨서 그 공적을 계속 기렸으면 한다.

나는 이곳을 군민의 휴식과 문화 공간으로 개발하는 안을 1999년 동진면장 재직 시절부터 세워 제5대 군 의원으로서 의정 활동을 할 때까지 꾸준하게 제안해 왔으나 예산 문제로 표류되어 오다가 민선 5기 제6대 전반기 의장 시절에 건설교통부 개발촉진사업(380억 원)을 유치하면서 이 사업의 시행이 확정되었다. 전국적으로 3개 농촌 지역 자치단체에 주어진 이 공모 사업에 우리 군이 선정돼 380억 원의 예산을 지원받게 된 것은 매우 고무적인 일이며 고마제 호수공원과 부안읍 신운천 생태 복원 사업을 동진강 갈대숲 자전거길과 연결하면 이 일대가 부안의 관광과 힐링 명소가 될 것으로 기대된다.

봉황로를 동진로로 바꾸다

군 의원으로서 의정 활동을 하면서 시행했던 여러 가지 사업 가운데서 가장 보람을 느끼는 일 하나만 꼽으라면 '동진로' 개명을 빼놓을 수 없다. 모든 사업은 내가 못 하면 다음 사람이 할 수 있지만 전국의 지번을 도로명 중심으로 바꾸는 주소 개선 사업은 한번 정해지면 다시는 바꿀 수 없는 사업이기 때문이다.

당시 부안군에서는 동진면사무소를 지나 동진대교로 이어지는 도로명을 '봉황로'로 결정한 후 고시만 남겨두고 있었다. 도로명 지정 절차는 동진면 지명위원회가 주민의 의견을 수렴한 후 결정한 뒤에 동진면장이 군에 보고하면 부안군 추진위원회에서 심의한 후 군수가 최종적으로 확정하여 전라북도에 보고하고, 도 심의위원회의 심의를 거쳐 도지사가 최종 결정하여 행정자치부에서 고시하는 과정이 필요했다. 즉 여러 단계를 거치는 복잡한 일이었다. 당시 행정자치부 확정 절차만 남은 상태에서 도로명을 바꾸는 것은 어렵다는 의견이 지배적이었으며 실제로 쉽지 않은 일이기도 했다.

하지만 조선 시대부터 지역의 경계는 백성들의 생활 편의를 위해서 산맥과 강이나 하천을 중심으로 정해졌다. 따라서 부안군과 김제시의 경계는 동진강으로 서쪽은 부안이고 동쪽은 김제이다. 동진강은 홍수 피해를 막아주는 배수 기능을 비롯해서 풍족한 어족 자원을 제공하고 사람과 물건의 운송을 도와주는 유용한 하천이다. 역사적으로 제주도를 포함하여 전라도를 관장하는 전라감영이 전주에 있었는데 이 감영을 오고가는 길목이 동진나루였으며, 이곳에 '동진원'이 있었고 지금 장기마을이 바로 '동진원'이 있었던 곳이다. 또한 과거에 김제에서 동진강을 차지하기 위해 전라관찰사에 제소하였던 적이 있는데 동진강東津江이라는 이름은 부안 관아의 동쪽에 나루가 있어 붙여진 것이라는 이유로 소유권이 부안에 있다고 주장하여 부안 소유가 되었다고 전해진다.

이처럼 동진강의 명칭이 부안 동쪽에서 연유되었던 역사를 이어가야 한다는 점에서 부안에서 동진강으로 이어지는 도로에 '동진'이라는 이름을 사용하지 않는다면 역사를 왜곡하는 것이기에 반드시 '봉황로'를 '동진로'로 바꾸어야 한다고 부군수에게 설명하였고, 김제 부시장과도 협의하여 도청 실무과장의 협조를 받아 행정자치부에 도로명 수정안을 제출한 끝에 '동진로'라는 이름으로 바꾸었다.

현재 부안군청에서 동진면사무소와 동진초등학교를 지나 동진대교로 이어지는 도로명은 '동진로'이다. 그래서 동진면사무소의 도로명주소는 '봉황로 89번지'가 아닌 '동진로 89번지'이다. 동진강이 부안 땅인 이상 '동진로'라는 이름 또한 영원히 존재하게 될 것이다.

독립운동 애국지사 김낙선 선생 기적비 건립

동료 의병 15명과 함께 총기 10정을 휴대하고 군수품 및 군자금 모금 활동을 하다가 발각되어 징역 15년의 옥고를 치른 선생의 업적을 기리고자 군비 4000만 원을 확보하고 많은 독지가들이 참여하여 선생이 살았던 상서면 감교리 입구에 기적비를 세워 역사교육장화할 수 있었던 것을 다행스럽게 생각한다.

김낙선 선생 기적비

의용소방대장 이희남 공적비 이설

70년대 전후 소방 업무가 체계화되지 않았던 시기에 부안읍 의용소방대를 대원 120명으로 조직하여 자율적으로 훈련하고 무보수 봉사 활동으로 부안군 전 지역의 소방 활동을 전개하여 당시 13만 군민의 생명과 재산을 보호하는 데 앞장서 헌신한 공적을 기려 군민들이 당시 의용소방대 건물 옆에 공적비를 건립했으나 2차선 도로 확장으로 인해 초라하게 방치되어 있었다. 이를 현재 부안소방서 뜰에 옮겨 영구히 보전하게 되어 흐뭇하게 생각한다.

이희남 의용소방대장 공적비

송산효도마을을 전국 최고의 요양원으로

주산면 동정리에 있는 송산효도마을은 지난 2005년 개원하여 거동이 불편한 어르신들 90여 명을 섬기며 모시는 요양 시설이다.

나도 고령의 부모를 모신 적이 있었다. 당시 노부모 봉양에 많은 시간과 비용이 소요된다는 사실을 뼈저리게 느꼈기에 국가적으로 고령의 어르신들을 편안하고 체계적으로 보살필 수 있는 시설이 반드시 필요하다는 생각을 했었다. 그런 점에서 송산효도마을은 부안의 노인복지 향상에 무척 중요한 시설이기에 앞으로도 계속 유지, 발전하면 좋겠다는 생각과 더불어 늘 관심을 가져왔다.

그러한 연유로 의정 활동을 하면서 그리 많지 않은 사업비였지만 꾸준히 이 시설에 배정을 해왔다. 비좁고 불편한 진입로를 7천여만 원을 들여 새롭게 확·포장하였고, 해당화로터리클럽의 후원으로 멋진 입간판을 세웠으며, 주변에 철쭉, 벚나무, 소나무 등을 심어 경관도 아름답게 가꾸었다. 또한 이 시설에 거주하는 부모와 가족이 편하게 만날 수 있는 접견실 겸 직원들의 휴식 공간으로 활용할 북 카페를 만들어서 고등학교 시절부터 읽고 소장해온 500여 권의 책을 기증하였으며, 여름철에 휴식을 취할 수 있는 모정도 세웠다.

또한 효녀의 상징인 '심청이 상'을 군비 5천만 원을 확보하여 현관 입구에 설치하였는데, 이 작품은 윤리의 근간인 '효'를 존중함과 아울러 부안 문화 예술의 자긍심을 높이고 예향 부안의 예술혼을 간직한 의미 있는 예술품으로 평가되고 있으며 면회 오는 가족들과 봉사자들, 여기에 계시는 어르신들이 함께 이야기하며 기념사진을 찍는 포토존이 되고 있다.

또한 동진면장 재직 시절(1998년~2002년)에 수집했던 민속자료 1천여 점을 동진초등학교에 기증하여 학생들에게 선조들의 지혜를 통한 상상력을 키워주고자 했으나 학교에서 활용하지 않아 창고에 방치되어 있던 것들을 되찾아서 송산효도마을 빈 공간에 가져다가 전시했다. 그 결과 거주하는 분들이 아주 좋아함은 물론 찾아오는 가족들의 반응이 좋아 보건복지부 전국 요양원 실무 평가에서 치매 예방 효과가 있는 최우수 사례로 선정되기도 했다. 이후 전시 공간이 너무 비좁아서 증개축비 2천 8백만 원을 확보하여 새롭게 단장하였다.

전국 요양원 중에서 '효녀 심청이 상'을 위시하여 '북 카페', '민속자료 작은 박물관' 등을 갖춘 요양원은 송산효도마을뿐이어서 명실상부하게 전국 최고의 요양 시설이 되었다. 또한 숲 가꾸기 사업을 유치하여 시설 외곽에 산책로를 만들어 나무와 꽃길을 걸을 수 있게 함으로써 심신의 치유(힐링)가 가능한 공간이 되었다.

상생공영의 한반도 통일기반조성 기여 대통령상 수상

2011년 12월 5일에는 상생공영의 한반도 통일기반조성에 기여한 공로로 대통령 표창을 받았는데 앞으로 더욱 잘하라는 격려로 받아들이고 더욱 열심히 살아갈 것을 다짐하는 계기로 삼은 바 있다.

호원대학교 경영학과 졸업(총장상 수상)

의원 재임 기간에 야간을 이용해서 늦깎이로 대학 공부도 했다. 2011년 2월 23일에 호원대학교 경영학과(4년제 야간)를 졸업하였는데 총장상을 받았다. 4년 재학 기간 동안 결석을 한번 도 하지 않았으며 항상 10분 전에 출석하여 '오늘은 무엇을 얼마나 배워갈까' 하는 마음으로 강의를 들었고 리포트 작성이나 시험 준비를 할 때면 밤을 새워가며 공부를 했다. 평소 읽고 싶었던 책도 이때 가장 많이 읽었으며 덕분에 많은 지식을 얻은 값진 배움의 기간이었다.

총장상 수상 장면

제7대 군의원(3선) - 운영위원장

전라북도 기초의원 득표율 2위로 당선(44%)

주민들의 따뜻한 성원에 힘입어 5, 6대 군 의원 선거에 이어 7대 군 의원 선거에서도 전라북도 기초의원 득표율 2위(44%)로 당선되었다. 주산면은 출신 후보자가 없어 동진, 백산면 후보 4명의 집중 공략 대상 지역이었기에 저마다 모든 역량을 다해 치열한 접전을 펼쳤다. 하지만 나를 제외한 3명의 후보가 주산에서 얻은 표보다 내가 얻은 표가 15표 더 많을 정도로 주산에서 압도적인 지지를 받았다. 그래서 주산면민들에게 깊이 감사하는 마음으로 더욱 열심히 일하는 군 의원이 되고자 다짐하였다.

그래도 세 차례의 선거 중 7대 군 의원 선거가 제일 어려웠고 고독한 선거였다. 공천 과정에서부터 입당 3개월밖에 안 되는 후보와 경쟁해야 했다. 뜻밖의 인물이 민주당의 신임을 앞세워 갑자기 출마 선언을 했는데, 주민여론조사에서 내가 1위를 차지하였음에도(61.34%) 공천자 필승 출정식에서 지역위원장이 입당 3개월밖에 안 되는 모 후보를 당선시키라는 지시를 했기 때문이다. 설상가상으로 지역신문 평생구독사건 문제로 선거관리위원회에 고발되어 조사를 받는 등 선거기간 내내 심적 고통이 이루 말할 수 없었다. 이 사건은 평생구독료 50만 원을 지급하고 영수증 처리된 것으로 군수 후보자, 도 의원 후보자, 군 의원 후보자 모두 합해서 24명이 연루된 초유의 사건이었다.

하지만 나는 평소에도 이 신문을 구독하고 있었으며 선거관리위원회의 선거법 위반 여부에 대한 유권해석을 받아 먼저 접수한 후보들과 정보교환을 통하여 문제가 되지 않을 것으로 판단하였는데 일이 이렇게 되어 7개월 동안의 재판 기간 동안 마음고생을 심하게 하였다. 평생 파출소 한번 가보지 않았기에 다른 이들보다 더 초조하고 불안한 마음이었을 뿐 아니라 더욱이 나를 지지하는 유권자들에게 실망을 안겨줄까 봐서 더 두려웠다.

당 안팎에서도 단일 사건으로는 가장 큰 규모이며 1심에서는 어렵고 2심인 고등법원재판에 대비를 하는 것이 바람직하다는 의견이었다. 결과는 불행 중 다행으로 벌금 70만 원으로 종결되어 군 의원직을 유지할 수 있었지만 내 인생 가운데서 짧았어도 무척 길었던 아픔의 시간으로 다시는 생각하기도 싫은 순간이었다.

공천 문제 역시 말이 많았다. 나는 8년 동안 당비 월 10만 원씩을 꾸준히 납부했고 군 의장 재직 2년간은 매월 20만 원을 납부하였다. 당시 민주당이 당의 명운을 걸고 투쟁했던 '미디어법' 반대 서명운동에서도 전국 지방자치단체 중 가장 열심히 노력하였다는 평가를 받아 정세균 당시 당 대표로부터 모범당원 표창도 받고, 재선에다가 의장 경력까지 갖추었는데 이런 내가 입당 3개월밖에 되지 않는 분과 공천 경쟁을 하는 것은 부당하다고 생각했다.

나중에 알고 보니 공천 6개월 전부터 당 주변에서 공천 교체설을 흘리고 있었기에 그 사람이 출마 준비를 해온 것이었다. 이러저런 어수선한 분위기 속에서 공천은 다행히 잘 마무리되었고 당 사무실에서 필승 다짐을 위한 출정식이 있었는데 비례대표 후보자에게 입당 3개월밖에 안 되는 새내기 후보 당선을 위해 당력을 집중시키라는 것이었다. 같은 지역구에서 공천자 2명을 동반 당선시키는 전략이 아니라 특정인의 당선만을 강조하는 발언을 한 것은 이해할 수 없었으며 그동안 떠돌던 공천 물갈이설이 유언비어가 아니라 사실이었다는 것을 확인하게 되었다.

농아인들과의 대화는 항상 따뜻했다

2014년도 매니페스토 지방선거 약속대상 수상

그런 어려움을 겪은 나를 위로하기라도 하듯이 제7대 군 의원 당선 후 5개월이 지난 11월 18일 '2014년 매니페스토 실천본부'에서 선정하는 '지방선거부분 약속대상'을 수상하였다. 이 상은 선출직으로는 최고의 영예이며 선거공약의 창의성, 실현 가능성, 지방자치와의 적합성, 향후 비전, 지역 여론, 당선자 의지 등을 종합 평가하여 선정하는데 광주와 전남·북 기초 광역 의원 중에서는 내가 유일하게 수상하였다.

2014 매니페스토 약속대상 수상

2014년도 전북인물대상 수상

또한 같은 해 12월 19일에는 전라북도 인물대상(의정 부분)을 수상하는 기쁨도 누렸다. 이 상은 도내 정치, 경제, 문화, 체육, 기업 활동에 기여한 사람을 발굴하여 2~3년 또는 5년 만에 한 번 시상하는 큰 상이다.

전북인물대상 수상

지방자치가 민주주의의 희망이다

　제5, 6, 7대 부안군 의원을 지내면서 약 12년간 부안의 발전을 위해서 많은 일들을 해왔다. 농산물 중국 수출 제안, 한우 사육 활성화 제안, 귀농귀촌 및 이주민 계획 혁신 제안, 읍면보고회 혁신, 부안군 어린이의회 운영, 동전들판 배수시설 개선 추진 및 고마제 호수공원 개발 추진, 송산효도마을 가꾸기, 봉황들 배수로 개선사업, 동진면 농촌 중심지 활력화 사업, 농업 예산 전년 대비 100억 원 이상 신장 등 다양한 방면에서 부안을 위해 계획하고 추진했던 일들은 성공적으로 진행되어 좋은 평가를 받은 것도 있고 여러 외부적 제반 사정, 특히 예산 등의 문제로 제안과 추진에만 그쳐야 했던 것도 있었지만 어느 쪽이든 후회 없이 일을 추진했노라고 자신 있게 이야기할 수 있다.

의원직을 수행하면서 지방자치라는 것이 본질적으로 무엇인지, 대한민국의 지방자치는 어떻게 수행되고 있는지, 지방정부와 중앙정부 간의 관계는 어떻게 정립되어야 하는지 등에 대해 생각해볼 기회가 주어졌고, 많은 고민을 해보았다.

지방자치는 근본적으로 정치와 행정이 주민의 삶에 좀 더 가까이 다가가, 주민의 삶을 직접적으로 지키고 발전시키는 것이 목적이다. 각 지역 주민들의 삶은 중앙정부에서 일괄적으로 판단할 수 있는 것이 아니며, 현장 가까이에서 지역 행정을 담당하는 공무원들과 지역 주민들의 손에 선출되어 지역 주민들의 목소리를 대변할 수 있는 의원들의 협치가 필요하다는 것이 지방자치의 골자이자 근간인 셈이다. 특히 이 과정에서 지방 의회는 지역 주민들의 목소리를 대변하는 위치로서 자치단체에 주민들의 뜻을 전달하며 때로는 날카로운 비판을 하면서도 기본적으로는 자치단체와 협치하여 주민들의 목소리를 실현시켜 나가는 중요한 역할을 맡고 있다고 할 수 있다.

하지만 대한민국의 기초 자치단체와 지방의회는 아직까지 중앙정부와 국회에 종속적이라는 분석을 피하기 어려운 게 현실이다. 기초 자치단체가 예산이나 국민 인식의 측면에서 중앙정부에 종속적일 뿐만 아니라 지방의회의 의원들 역시 국회에서 결정되는 당론을 비껴가기가 어려운 것이 사회적인 인식이자 한국 정치의 특성이기 때문이다. 여기에 더해, 기초 자치단체에 부여되는 자치 권한이 지방자치제도를 운영하고 있는 선진국들에 비해서 그리 크지 않다는 지적 역시 존재한다.

그렇기 때문에 지방자치제도 전문가들은 미국, 스위스 등 연방제를 채택하고 있는 국가의 지방자치제도를 예로 들어 연방제 수준에 준하는 기초 자치단체의 자치권을 제안하기도 한다. 이를테면 스위스의 기초 자치단체 및 지방정부는 스스로 진행할 수 없는 업무를 제외한 모든 종류의 업무에 있어서 광범위한 입법, 행정권을 행사할 수 있는 자유를 가지며, 그 자유의 근거는 지역 주민들이 지방의회 구성, 입법 과정, 공직자에 대한 통제 등 모든 부분에서 직접적인 권한을 행사할 수 있는 데서 나오는 형태를 취하고 있다.

물론 대한민국의 경우 연방제 국가가 아니며, 여러 측면에서 미국이나 스위스 등의 국가와 직접적으로 비교하기는 어려운 면이 있다. 하지만 최근 저출산의 장기화 등으로 인해 지방 소멸이 큰 문제로 대두되고 있고, 이에 대한 대안으로 지방균형발전과 지방자치 강화가 거론되고 있는 상황 속에서 이러한 제안은 많은 것을 생각해볼 수 있게 할 것이다. 또한, 주민의 단합된 의사를 통해 중앙정부의 정책을 바꾸면서 직접민주주의라는 것이 무엇인지 보여주었던 부안의 선례는 지방 정치의 중앙정부로부터의 독립이라는 과제에 큰 영감을 제공해줄 수 있을 것이다.

간절한 나의 소망들

돈 버는 농업 살맛 나는 농촌 비전

부안군의 농업 실태

예로부터 '농자천하지대본'이라는 말이 있었듯이, 농업은 지역사회의 가장 중요한 산업이었다. 특히 부안 지역은 맑은 물이 흐르는 산으로 둘러싸인 넓고 비옥한 토지 등, 농업 발전을 위한 많은 요소를 가지고 있어 오래전부터 농업이 발달하였다. 하지만 산업구조의 변화, 수도권 집약적인 산업 발전, 해외 FTA의 전개와 농산물 수입 증가, 저출산과 인구 공동화 현상 등의 복합적인 이유로 인해 농가 평균 소득은 점차 감소하고 농업은 존폐 논란이 일어날 정도로 위기를 맞이하고 있는 상황이다.

하지만 식량 주권의 수호와 지방 발전 등의 관점에서 볼 때 농업은 우리 모두가 관심을 가지고 지켜나가야 하는 소중한 산업 기반이라고 할 수 있다. 그렇기에 이 장에서는 지금까지 지속되어 온 한국 농업의 문제점과 농림식품부의 농업정책을 분석하고, 우리 농촌과 농민의 나아갈 방향을 부족하게나마 이야기해 보겠다.

대한민국 대부분의 농가는 전통적으로 벼농사 위주의 소규모 노동 집약적인 농업을 수행해 왔으며 기계화, 기업화를 통해 대량생산된 해외의 수입 농산물과의 가격경쟁에서 어려움을 맞이할 수밖에 없는 구조를 갖고 있다. 또한 시장의 흐름을 읽고 거기에 맞춰 소득을 증진할 수 있는 농산물에 투자, 생산하기보다는 전통적인 벼농사 중심의 관행 농법에 안주하거나 반짝 인기 있는 농산물에 과도하게 투자하는 레드 오션 현상이 일어나는 경우가 적지 않다. 또한 오랜 기간 동안 농업의 쇠퇴를 목도하면서 현재의 농업 현실에 대한 패배의식에 젖는 경우가 적지 않고, 경영인의 관점에서 시장을 예측하고, 효율적인 농사법을 찾아내고, 생산-가공-판매의 시스템을 구축하기가 힘든 것이 현실이다.

한편 현장의 공무원들 역시 지역의 농업 현실을 예리하게 파악하고 선진 농법을 리드해 가면서 농업 소득개발에 노력하기보다는 관행과 선례를 답습하여 안주하는 모습이 자주 지적되곤 한다. 물론 이러한 경향에는 공무원들 개개인의 도전과 프로 의식의 문제도 있을 것이나, 혁신적인 활동을 전개하기 어려운 공직 사회의 경직성 역시 그 이유가 될 수 있다고 생각된다.

하지만 농업은 결코 쇠락하는 산업이 아니며, 세계적으로 볼 때 선진 농업, 6차 산업 등의 개념을 흡수하며 변화하는 사회에 맞춰 계속해서 발전해 나가고 있다. 이러한 세계적 선진 농업의 흐름에 맞춰 시장이 요구하는 농업정책, 농업 현장의 현실에 걸맞은 농업정책을 만들어가는 것이 중요하다고 할 수 있겠다. 특히 지속 가능한 친환경 개발이 전 세계적인 화두라는 것을 생각해볼 때, 지속 가능한 사회를 위한 신 성장 동력과 생명 산업으로서 농업에 대한 재인식이 무엇보다도 선행되어야 할 것이다.

농림축산식품부의 정책 방향과 시장에 맞는 농업경영

최근 사회 변화를 반영한 농림축산식품부의 농업정책의 골자는 지방 균형 발전을 위한 농촌 재생, 식량 안보 및 농업경영 안정, 기후 위기의 시대를 고려한 탄소 중립 및 친환경, 4차 산업 혁명의 시대에 발 맞춘 스마트농업·데이터 활용 확산, 취약계층 복지 강화를 통한 농업·농촌의 포용성 제고 등으로 요약할 수 있다. 특히 여기에 농업경영 혁신을 통해 농가 소득을 안정시키고, 지역 경제를 활성화하는 것도 중요한 목표다.

부안군의 경우 산과 평야, 바다를 모두 갖추고 있으며 다양한 분야의 향토 자원을 지니고 있으나 브랜드 가치 개발을 통한 인지도 상승이 부족하여 농림식품부의 기준에 적합한 사업 발굴이 쉽지 않은 편이다. 하지만 천일염 명품화, 한우 식당촌 조성사업, 김치가공산업, 농어촌 뉴타운 조성사업, 전원마을 조성사업 등 다양한 사업의 가능성이 있기에 공직자들의 도전 정신과 면밀한 분석 및 계획이 중요하다고 할 수 있을 것이다.

그렇다면 농가 소득 활성화를 위해 부안군 농업은 어떤 방향으로 나아가야 할까? 필자는 '비전 농업'이라는 개념을 통해 '5천만 원 소득 5천 호 육성'을 슬로건으로 부안군 농업의 나아갈 방향을 제시한 바 있다.

비전 농업은 친환경 유기농업 생산으로 고부가가치 창출, 생산-유통-가공-수출을 시스템화하고, 돈 버는 농업으로 체질을 개선하며, 향토 자원을 활용한 식품 산업을 발굴 및 육성하여 브랜드화하는 것을 골자로 하고 있다. 또한 앞으로 전개될 새만금 간척지 개발과 연계하여 새만금 지역 관광객을 대상으로 하는 향토 식품 브랜드를 추진해 나가는 것 역시 포함하고 있다. 이러한 전략을 통해 농가 소득이 전반적으로 개선되고 안정적인 소득 모델을 제시할 수 있다면, 도시 젊은이들의 귀농귀촌에도 활력을 불어넣음으로써 지역 인구 증가에도 큰 도움이 될 수 있을 것이다.

이러한 비전 농업을 실천하기 위한 주요 전략에는 유기농업 확대, 벼 대체 작목 개발, 한우단지 조성, 향토음식 개발 등이 있다.

유기농업 확대

삶의 질이 전반적으로 증대되면서 단순히 싼 식재료보다는 더 안전하고, 건강에 좋은 식재료를 선택하려고 하는 움직임이 꾸준히 지속되고 있다. 특히 중국은 저렴한 식재료 생산의 대

명사로 알려져 있지만, 오히려 중국의 상위 소득자들의 경우 좀 더 안전하고 건강에 좋은 식재료를 해외에서 수입하여 소비하고 있으며, 이러한 시장을 선점할 수 있다면 엄청난 규모의 시장을 손에 넣는 것과 같다고 여러 번 이야기한 바 있다.

이렇게 안전하고 건강에 좋은 유기농 식자재를 생산하기 위해 미생물 친환경 농약, 친환경 액비 등 최저 비용 유기농 생산 자재를 지원하고, 유기 농산물 직접 지불제를 시행하는 등의 전략을 전개할 수 있다. 또한 새만금 간척지 개발을 통한 관광객 유치와 연계하여 부안만의 유기농산물 홍보관을 개설하고 적극 홍보하는 것 또한 하나의 방안이 될 수 있을 것이다.

벼 대체 특화산업 개발

전통적으로 대한민국의 농업은 노동 집약적인 벼농사 중심으로 전개되었다. 하지만 농업기술이 개선되면서 벼의 생산량이 늘어나는 데 반해 국민의 식생활은 서구화, 다양화되면서 쌀 소비량은 꾸준히 줄어드는 것이 현실이다. 이에 각 농업 담당 부서에서는 벼 생산량을 줄이고, 벼 대체 특화산업을 개발하여 농업 생산성을 높이는 방향으로 농업정책을 해나가야 한다.

이러한 근거하에 필자는 다양한 노력을 통해 부안의 가능성 높은 특화 산업을 해풍 토종마늘과 논콩, 우리 밀 재배, 곰소 천일염 브랜드화 및 이와 연계된 김치와 장류식품 개발 세 가지로 정리하고, 여기에 한우단지 조성과 향토음식 먹거리 산업 육성을 결합하여 새만금 간척지 관광지 산업과 연계된 소득 모델을 제시하였다.

향토음식 개발(먹거리 산업 육성)

6차 산업 시대의 농업은 가공, 상품화, 브랜드화의 융합 과정을 거치지 않으면 힘을 발휘할 수 없다고 해도 무방하다. 넓은 서해바다가 제공하는 천일염과 젓갈류를 통한 발효 식품, 우리밀 식품, 부안 뽕잎 한우를 집중 지원, 브랜드화하여 새만금 관광산업과 연계하고 향토음식을 개발하며 브랜드 인지도를 높이는 전략을 제시한 바 있다.

변산반도의 백합과 바지락은 그 품질이 뛰어나기로 유명한데 조선 시대 궁중 연회에도 사용되었으며 바지락죽을 파는 바지락죽촌 인근의 진입로를 확장하고 주변을 정비하여 브랜드화할 수 있다.

한편 밀 음식은 쌀에 뒤지지 않게 우리의 식생활에서 높은 비중을 차지하고 있으나 대다수가 수입산으로서 운송 중의 안전 등에 대한 소비자의 걱정이 어느 정도 존재한다. 이러한 틈새를 활용하여 안전하고 건강에 좋은 우리 밀 음식을 개발하고, 특히 부안의 대표 식재료라고 할 수 있는 백합 및 바지락과 연계된 칼국수, 혹은 부안 뽕잎과 연계된 짜장면 및 찐빵 등 향토음식을 개발 및 브랜드화할 수 있다.

우리 농업이 나아가야 할 길

4차 산업혁명의 시대, 농업 등의 1차 산업은 일견 구닥다리로 여겨질 수 있으나 식량 안보 등 우리 삶의 가장 기본적인 부분을 좌지우지할 수 있다는 점에서 결코 소홀히 할 수 없는 부분이다. 하지만 눈코 뜰 새 없이 빠르게 변화하는 현대사회에서 과거의 방식에 의존한 농업은 더 이상 생존 경쟁력을 가질 수 없는 것 역시 사실이다. 특히 전통적인 농업은 노동 집약적이며 인건비 대비 소득이 낮을 수밖에 없기에 혁신으로 활로를 뚫지 못하면 농업 소득의 미래는 어둡다.

'6차 산업' 등으로 정의되는 새 시대의 농업은 시장 및 소비자 분석과 변화, 타 산업과의 융합이 핵심으로 농산물, 식재료 시장에서의 소비자의 니즈Needs와 원츠Wants를 파악하고 거기에 맞추어 농작물 선정에서부터 가공, 상품화, 브랜딩까지 이룰 수 있는 시스템이 있어야 한다. 또한 관광산업, 문화산업 등 고부가가치 산업과 융합하여 새로운 고부가가치를 창출하고, 백 스토리Back Story와 전통문화를 배경으로 하여 장기적으로 차별화된 브랜딩을 완성해 나가는 것이 미래의 농업이 생존할 수 있는 방법이 될 것이다.

이를 위해 지자체의 공무원과 농, 축, 어민들이 힘을 합하여 미래를 내다보는 정신으로 브랜딩 창출을 해나가야 할 것이며, 특히 지자체는 다양한 방법으로 관련 예산을 확보하는 한편 농업 체질 전환을 통한 신성장 동력으로 생명농업 집중 지원, 친환경 녹색산업 활성화로 저투입·고효율 구조로 전환, 특색사업 적극 발굴 지원대책 강구, 브랜드 사업 발굴 등의 자구책에 진행해 나가야 할 것이다.

우리의 충과 효(부안동부교회 특강, 2006년 9월 5일)

인사말

제가 여러 어른들 앞에서 이런 말씀을 드릴 수 있는 소양을 갖춘 사람이 아니며, 또 그럴 만한 능력을 갖고 있는 사람도 아닙니다. 목사님의 연락을 받고 먼저 순종하는 마음으로, 그리고 여러 어른들을 뵙고 싶은 마음이 앞서 이 자리에 서게 됐습니다. 오늘의 주제가 '우리 고장의 忠과 孝'입니다만, 이 분야에도 전문적인 지식이 없습니다. 그러나 평소 느끼고 생각하면서 아쉬워했던 점들을 말씀드리고자 합니다.

오늘의 주제 '충'과 '효'는 근본적으로 '선비 정신'에 맞닿아 있다고 할 수 있을 것입니다. 선비 정신이란 나라를 이끌어가는 지도계층을 차지하고 있었던 선비들이 목숨을 던져서라도 지켰던 신념이자 정신적 유산이라고 할 수 있습니다. 이 선비 정신을 굳건히 지키고, 만백성과 후세에 전달할 수 있었는지의 여부야말로 나라의 존폐를 가를 수 있는 요소였습니다.

재미있는 사실 하나, 동방의 작은 나라 '조선'이 어떻게 해서 500년을 지탱해 왔을까요? 중국, 러시아, 일본, 태평양 건너 미국 등 열강의 틈바구니에서 936여 회의 외침을 받아오면서 5천 년의 역사를 지켜온 나라 한국, 부존자원이라고는 하나도 없는 나라로 석유 수입액만 연간 8백억 달러나 되는 나라(2006년 가정), 그것도 남과 북으로 갈라져 경쟁하는 나라가 국민소득 1만 달러를 달성하는 데 30년밖에 걸리지 않았습니다(일본 100년, 미국 180년, 영국 200년). 삼성전자 하나의 1년 매출액이 719억 달러(2005년도)로서 2015년에는 국민소득 3만 달러이자 경제 10대 대국의 전망을 갖는 나라가 대한민국입니다.

이렇게 많은 지정학적, 역사적 어려움을 안고 있고, 식민지 역사와 전쟁 등으로 아무것도 없는 잿더미 위에서 새로운 역사를 시작해야만 했던 극동(동북아시아)의 작은 나라 한국이 어떻게 세계 10대 경제 대국의 꿈을 실현했는가에 대한 것은 세계의 학자들에게 연구의 대상이 되었습니다. 그리고 많은 학자들은 조선의 '충'과 '효' 그리고 이 두 가지를 아우르는 '선비 정신'이 잿더미 위에서도 대한민국이 다시 일어날 수 있게 해준 정신적 요소라는 점에 뜻을 함께하고 있습니다.

5000년의 유구한 역사와 우리 고유의 문화 속에 흐르고 있는 한국 특유의 충과 효 그리고 선비 정신과 예절 및 윤리. 비록 국토가 잿더미가 되고 자본도, 지하자원도 아무것도 없는 상황이었지만 사람들의 마음속에 선비 정신이라는 신념과 윤리가 있었기에 빠르게 격동하는 현대사회에 적응하고 뼈를 깎는 자구의 노력과 함께 상부상조하여 잘살아 보자는 새마을 운동, 다음 세대만큼은 교육시켜 지금보다 나은 삶을 살게 하겠다는 교육 열정 등이 일어나 '한강의 기적'을 만들어 냈다는 것이 여러 서양 학자들이 내린 결론인 셈입니다.

하지만 대한민국이 경제적으로 크게 발전하면서 오히려 이러한 전통의 가치는 약화되고 있는 것이 현실입니다. 현대의 글로벌 윤리에 맞추어 가치관이 새롭게 정립된 부분도 있지만 상대적으로 개인주의의 가치가 보편화되면서 충, 효와 같은 공동체적 가치관은 약화되었습니다. 이러한 공동체적 가치관과 수신제가修身齊家의 약화는 사회와 타인에 대한 증오 및 혐오 범죄로 이어지기도 하고, 자신의 이익을 위해 범죄를 저지르는 것에 죄책감을 갖지 않는 태도를 낳아 사회의 신뢰 자본을 약화시키기도 합니다. 어쩌다가 이 지경이 되었을까요? 이것을 바로 잡고 사람답게 살아가는 사회를 만들어 가려면 우리의 '충효사상'과 '선비 정신'을 올바르게 인식하고 현대적인 글로벌 가치관과 조화시켜 온고지신溫故知新의 정신으로 갈고 닦는 한편, '선비 정신'이 우리 고유의 자랑스러운 문화유산이자 한민족 정신의 뿌리라는 사실에 자부심을 가져야 할 것입니다.

충忠과 효孝

충과 효는 서로 다른 느낌이지만 사실 그 근본에 있어서는 같은 단어라고 할 수 있습니다. 충은 가운데 중中과 마음 심心을 합해서 만들어진 글자로 사람이 가지고 있는 한가운데의 마음입니다. 이 한가운데의 마음이란 유학의 성선설性善說에 근거하여 인간이 본래 가지고 태어나는 순수하고 착한 마음, 속세의 이득이나 욕망에 더럽혀지지 않은 마음을 의미합니다. 또한 이 한가운데의 마음은 '진심을 다한다'는 의미를 지니고 있기도 한데요. 자기가 타고난 참된 마음을 진심을 다해 부모에게 실현하면 효가 되고, 나라에 실현하면 충성(애국)이 되고, 이웃과 인류를 위해 실현하면 인류애가 되고, 사물에 실현하면 자연 사랑 및 환경보호가 되는 것입니다.

그렇다면 충효, 즉 '순수한 마음으로 진심을 다하는 것'이란 실제로 어떤 방법으로 나타날까요? 후한 시대 마융馬融의 저작이라고 전해지는 『충경忠經』이라는 책에서 이에 대한 답을 구할 수 있습니다. 『충경』에서는 세상의 모든 사람들이 각자 주어진 위치에서 자신과 연결된 모든 이들에게 최선을 다하는 것이 충忠의 마음이라고 설명하고 있습니다. 즉 각자의 위치에서 해야 할 충의 도리로서, 백성에게 신망을 얻는 것이 위정자의 충이요, 진실로 국가를 위해 희생적으로 직분을 다하는 관리가 되는 것이 공직자의 충이요, 국법을 준수하고 효도와 우애를 다하며 생업에 충실하는 것이 백성의 충이라는 것입니다.

또한 유학 사상은 부모에 대한 효도야말로 모든 윤리와 도덕의 뿌리라고 말하고 있습니다. 한 가정은 작은 국가나 다름없으며, 모든 인간 사회조직의 시작이 되기 때문입니다. 효는 신분 계층을 떠나 모든 이들에게 적용되고 덕의 근원이 되며 정치의 근간이 되며, 『효경』에서도 "효는 덕의 근본이다."라고 말하고 있습니다.

이렇게 '효'와 '충'은 중국의 유학 사상에서 전래된 것으로 여겨지나 우리 한민족은 단군 시대로부터 알려진 '홍익인간弘益人間' 정신에 따라 순수한 마음으로 진심을 다해서 널리 사람을 이롭게 한다는 충과 효의 근본 자세를 오래전부터 이야기하고 있었으며, 유학 사상을 받아들인 후에는 모든 덕의 근원이 되는 효의 중요성을 강조하며 특히 조선은 '효의 국가'로 불릴 정도로 효의 중요성을 전 국토에 뿌리내리는 데에 많은 노력을 기울였고 주변 국가들과는 차별성을 가진 충효의 이론을 체득한 선비들을 길러내는 데에 성공했습니다. 효도를 하는 것이 가정 윤리의 특징으로 끝나는 것이 아니라 사회윤리와 국가 윤리, 나아가서 세계 윤리로 이어진다는 사실을 우리 조상님들은 이미 알고 있었던 것입니다.

선비 정신

선비란 어원적으로 보면 어질고 지식이 있는 사람을 뜻합니다. 동시에 선비는 조선 사회를 이끌어가는 지도층이었으며, 조선은 진정한 선비 정신을 가진 선비만이 사회 지도층이 될 자격을 가지고 있다는 사회적 인식을 가진 국가였습니다. 부모님께 진심을 다해서 효도하고, 나라의 번영과 유지를 위해 진심을 다해 몸을 바칠 준비가 되어 있으며, 백성들에게는 진심을 다한 솔선수범과 교육으로 충효의 정신을 끊기지 않고 이어지게 만드는 것이 선비 정신의 근본입니다. 또한 세속적 가치가 아닌 인간의 바른 성품에 내재된 '의義'를 추구하며 의를 위해서는 목숨도 기꺼이 바칠 준비가 되어 있는 사람이어야 선비로 불릴 수 있었습니다. 선비의 삶은 끊임없는 학문 연구와 수련이며 자질을 갖춘 선비는 인간의 마땅한 도리를 체득, 실천함을 본연의 모습으로 삼고 인격적 성취에 목표를 두고 살아갑니다.

이러한 선비 정신은 현재의 대한민국을 만드는 데 초석이 되었으며, 끊임없이 공부와 인격 수양을 통해 충효의 정신을 중국 유학에서 전래된 외래의 정신이 아닌, 우리 민족만의 독창적이고 아름다운 개념으로 승화시키는 데에 큰 역할을 하였습니다. 우리는 이렇게 충효의 선비 정신이 우리 민족 특유의 자랑스러운 문화유산이라는 사실을 깨닫고 이러한 선비 정신이 희석되지 않고 우리의 역사에 면면이 이어져 내리도록 노력해야 할 것입니다.

한국의 충과 효의 상징이자 선비였던 면암 최익현 선생

면암勉庵 최익현崔益鉉(1833~1907) 선생께서 1873년 대원군에 맞서 서원 철폐를 비판한 '계유상소'는 '의'를 위해서 목숨을 걸고 불의와 맞섰던 일입니다. 만일 권력과 적당히 타협하기만 하면 명예, 권력, 부귀영화를 누릴 수 있었지만 면암은 그렇게 하지 않았습니다. 또한 면암은 1876년 일본과의 수호조약 체결에 결사반대하는 '병자지부소'를 올렸습니다. 일본은 서양 오랑캐에 편승하는 나라로 청나라보다 더욱 위험한 존재라고 주장하다가 흑산도로 유배되었습니다. 이후 면암은 1895년 국모인 '명성황후' 시해사건인 을미사변이 일어나자 1906년 74세의 고령에도 전북 태인에서 의병을 일으켜 항쟁하다가 체포되어 쓰시마 섬에 유배되고, 그곳 감옥에서 단식으로 저항하다 순국했습니다. 그의 항일 의병 운동이 일제하 독립운동의 원천이 되었습니다.

이제 우리는 일제시대에 민족정기를 말살하고 폄하하기 위해 만들어진 명칭들을 우리 고유말로 바꾸어 사용해야 합니다. 예컨대 민비는 명성황후로, 이조는 조선으로, 부락은 마을로 바꿔야 합니다. 본인은 1999년도 동진면장 재직 시에 '부락' 표석 7개를 철거하기도 했습니다.

면암은 국가적 위기를 당하였을 때, 선비의 마지막 선택인 무력 항쟁으로 애국애족을 몸소 행동으로 실천했습니다. 그는 타협과 굴종을 외면하고 망국의 고통을 구국 항쟁으로 승화시킨 '조선 선비'의 전형이 되는 인물입니다. 행동하는 지성으로서 저항과 투쟁으로 점철된 그의 치열한 생애는 오늘날에 시사하는 바가 큽니다.

그가 1906년 12월 20일에 순국했을 때에 15일 지나 동래항(부산항)에 도착했으며 1만 조문 행렬이 뒤를 따랐습니다. 참으로 멋지고 아름다운 죽음입니다. 충남 예산에 그를 기리기 위한 '춘추대의 비'가 있습니다.

강재구 소령

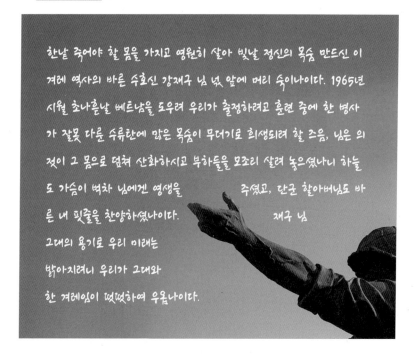

한낱 죽어야 할 몸을 가지고 영원히 살아 빛날 정신의 목숨 만드신 이 겨레 역사의 바른 수호신 강재구 님 넋 앞에 머리 숙이나이다. 1965년 시월 초나흗날 베트남을 도우려 우리가 출정하려고 훈련 중에 한 병사가 잘못 다룬 수류탄에 많은 목숨이 무더기로 희생되려 할 즈음, 님은 의젓이 그 몸으로 덮쳐 산화하시고 부하들을 모조리 살려 놓으셨나니 하늘도 가슴이 벅차 님에겐 영생을 주셨고, 단군 할아버님도 바른 내 핏줄을 찬양하셨나이다. 재구 님

그대의 용기로 우리 미래는 밝아지려니 우리가 그대와 한 겨레임이 떳떳하여 우옵나이다.

강재구 소령 기념비문

강원도 홍천군 북방면 성동 2리에 세워진 그의 기념비의 내용입니다. 강재구 소령은 1965년 맹호부대 제1연대 제10중대장으로 월남 파병 훈련 중 산화했는데, 부하가 실수한 수류탄으로 인해 부대원이 크게 살상당할 절체절명의 위기에서 한순간의 망설임도 없이 자신의 생명을 희생하면서 많은 부대원들을 살린 살신성인의 표상입니다.

반계 유형원

　부와 명예를 버리고 농촌으로 간 실학 지식인이었던 반계 유형원은 별로 하는 일도 없으면서 양반이기에 누리는 자신의 생활을 반성하고 권세를 지키기에 급급한 벼슬아치들이나 농민의 처지를 이해 못 하는 유식자들도 비판하면서 과거 공부를 그만두고 당대의 권세가가 권유하는 벼슬도 사양했습니다.

　과거 급제해서 벼슬하지 않으면 사람다운 대접을 못 받고 생활 수단도 마련하기 어려운 시대에 그의 결단은 비장했습니다. 벼슬만 그만둔 게 아니라 서울 생활을 그만두고 온 가족을 이끌고 부안으로 낙향하여 피폐한 농업과 농민 현실을 직접 체험한 것입니다. 그는 진정한 선비의 길을 찾기 위해서 무능한 양반 제도를 비판하면서 진정한 선비의 책무를 다하기 위해 노력했습니다. 이를 위해 객관적, 실제적인 학문 터득을 강조하면서 잘못된 국가 법제를 전면 개혁할『국가 재조론』을 저술했습니다.

　책의 핵심은 토지제도의 개혁인데, 그는 경제의 원천인 토지가 직접 농사짓는 농민에게 돌아가도록 하는 '공전제' 실시를 주장했습니다. 많은 농지를 소유한 채 놀고먹는 지주가 없도록 하며 부지런히 농사짓는 농민이 굶주리는 일이 없도록 하는 방안으로, 농민의 생업을 보장하기 위해서 서민들도 교육의 혜택과 관리로 진출할 기회를 주는 '관락제도'와 '공거제' 실시도 주창했습니다. 아울러 노비 신분세습 폐지, 농업증진 유통질서와 화폐제도 확립 방안도 마련했습니다.

백제 부흥 운동의 마지막 항전지 부안

백제는 건국 이래 온조왕부터 31대 의자왕까지 678년의 역사를 가진 국가이지만 660년 9월 20일 당나라 소정방이 이끄는 군사에 사비성(충남 부여 지방)이 함락되어 멸망하게 됩니다. 의자왕은 당나라에 항복하고 태자 융, 왕자 연을 포함한 대신, 장수 등 88명과 백성 12,807명이 당나라 장안에 끌려가는 굴욕을 맞이합니다. 당나라 소정방이 13만 대군으로 백제 정벌을 위해 첫발을 디딘 땅이 부안이었으며 백제 멸망 이후 3년에 걸친 부흥 운동이 지금 개암사가 있는 주변 일대에서 전개되었으며 장패들이란 지명 역시 멸망한 백제 재건을 위해 수많은 이들이 쓰러진 들판이라는 데서 온 이름입니다.

피 어린 정유 호벌치 싸움

1592년 임진란이 일어난 5년 뒤 일본이 재침해온 것을 정유재란이라고 합니다. 정유년 4월 4일 우동리에 일본군이 쳐들어왔으며 이때 채홍국 의사 외 일가족 16명이 맞서 싸우다 순절한 곳에 호벌치 전적기념비가 세워졌습니다.

동학혁명 운동의 아성

민중혁명으로서의 동학민중봉기를 평가하는 사람은 전제의 압정에서 벗어나 민중이 역사의 주체가 되어 민중의 정치적 의식이 자각되었다는 데 바탕을 두게 됩니다. 동학농민운동이 성공했을 경우, 봉건 질서나 전제 폐정이 일찍 개혁되었을 것이고, 민중 본위의 정치가 시행돼 개화나 근대화가 앞당겨졌을 것입니다.

당시 수천 명의 농민은 3일 만에 백산에서 전봉준을 지휘자로 삼는 결의를 하고 보국안민이라는 깃발 아래 모였습니다. 이때 모인 민중은 수만을 헤아려 백산 천지가 인산인해를 이루었다고 합니다. 2천여 명의 관군이 화호 쪽에서 신식 무기 정총으로 무장하고 백산의 농민군과 대치했던 곳이 부안입니다.

충·효열비: 60개소 정비(쓰레기와 풀 속에 방치되어 있음)

읍	부안	주산	동진	행안	보안	변산	백산	상서	하서	줄포	위도
개소	10	6	15	4	4	4	5	3	5	3	1

효열비 내용: 얼음을 깨고 잉어를 잡아 부모님 봉양, 병든 부모님 종기의 고름을 입으로 빨아 치료, 부모님의 이부자리를 깔고 먼저 들어가 온기 채움 등

이렇게 부안에 남아 있는 충·효의 전통을 이어받아 충·효의 고장으로 발전시켜 나아가야 할 것입니다.

지방자치 발전을 위한 방향(부안기독교 지도자 특강: 소망교회)

부안의 위기

'지방 소멸의 위기'라는 말이 대두될 정도로 대한민국의 지방사회는 위기에 빠져 있다. 수도권 위주의 개발 정책이 거듭되면서 지방의 인프라가 부족해지고, 최근 들어 저출산과 인구절벽 문제가 심화되면서 지방에 어린이와 청년이 사라지고 활력을 잃어가고 있는 것이다.

이는 부안 역시 예외가 아니어서 1966년 인구 17만 5천 명을 정점으로 매년 1500여 명씩 감소하는 추세이며 현재는 6만명이 채 되지 않는 인구수로 1966년의 절반도 되지 않는다. 여기에 65세 인구가 24.6%로 지표상 초고령사회라고 볼 수 있다. 이러한 인구 감소 및 고령화는 부안 지방의 노동 잠재력을 떨어뜨리고 있을 뿐만 아니라 지역의 활력을 떨어뜨림으로써 지역 발전은 물론 생존까지 위협하고 있는 것이 현실이다.

또한 부안 산업의 중심이라고 할 수 있는 농업은 칠레, 싱가포르, 미국, EU, 중국, 일본 등 다양한 국가와 FTA를 거치고 농산물 수입 개방이 가속화되면서 약화 일로를 걷고 있다. 이제까지 해온 노동 집약적, 비기업적 저부가가치 농업은 해외의 대형 기업 농업, 저인건비의 대형 농업 앞에 맥을 출 수 없었기 때문이다. 이에 따라 농가 소득 구조는 계속해서 악화되어 가고 있으며, 많은 농민들은 국가의 소득 보전을 기다리는 것 외에 다른 시도를 하지 못하고 있는 것이 현실이다.

여기에 새만금 개발로 인해 잃는 것 역시 존재한다. 새만금 개발 이전에는 부안군의 동진, 계화, 하서, 변산 지역의 지역민 5000여 명이 새만금 지역에서 어업 활동을 진행하여 연간 400억 원가량의 소득을 창출할 수 있었으나 새만금 개발로 어장이 사라지면서 지역민들의 소득 감소와 지역 경제 침체가 발생하고 있다.

부안군 지방자치의 문제점

2003년 방폐장 유치 사건으로 인해 부안군의 정서는 크게 두 가지로 갈라지고 말았다. 그 후 여러 번의 지자체 선거가 있었지만 주민들의 마음을 단합시키지 못하고 부안의 발전을 위한 효과적인 의사 결정을 하지 못하여 기회를 놓친 경우가 많았다. 민선 4기 이후 주민 화합을 이루는 데에 모든 군정을 집중하여 갈등의 골을 일정 수준 완화하는 데 성공하였으나 지자체장의 임기 내 잦은 교체가 적지 않은 악영향을 끼친 경우다.

여기에 더해 2009년 정부의 4대 강 사업 추진으로 인한 교부세의 대폭 삭감, 2010년 제1회 추경 이후 국·도비 사업에 대한 군비 미부담액 증가 등으로 미래성장 동력산업에 투자할 수 있는 여유가 사실상 없는 상태다. 이러한 지역의 의사 결정 실패와 예산 부족 때문에 새만금 방조제 개통 이후 하루 4만 명 꼴로 부안을 방문했음에도 숙박, 체험 시설의 부족으로 부안에서의 소비를 유도하지 못했다. 또한 LH공사의 변산해수욕장 개발 포기, 부안골프장 유치 실패, 국립공원 축소 등으로 개발 계획이 미루어짐에 따라 관광 기반시설 구축과 관광서비스사업 활성화가 진행되지 못하고 있는 것도 문제 사항이다.

부안군의 지방자치에 이러한 혼란과 균열이 생긴 것은 여러 이유가 있겠으나 지방자치라는 것은 근본적으로 지자체와 군의회가 민의를 받들어 실현하는 데에 그 의미가 있을 것인데 비록 부안의 발전을 위해서라지만 민의를 파악하지 않고 사업을 진행함으로써 부작용을 일으킨 것이 첫 번째 이유라 할 수 있을 것이며, 새만금 개발, 4대 강 정책, 국립공원 축소 등 중앙정부의 정책에 따라서 지방자치가 무색하게 맞춰가야 하는 대한민국 지방자치의 모순이 두 번째 이유라고 할 수 있을 것이다. 한편 마지막 이유는 지자체의 예산이 많은 부분 중앙정부에 종속되어 있다는 부분인데 계속되는 지방 경제의 약화로 인해 심화될 가능성이 큰 부분이다.

이러한 문제점을 극복하기 위해서는 진정한 지방자치가 무엇인지에 대해 중앙정부, 지자체, 주민들 간의 진지한 고민과 결단이 있어야 할 것이며, 이를 통해 주민들이 실질적으로 자치의 효용을 느낄 수 있으려면 어느 정도의 자유와 권한을 지방자치단체에 부여해야 하는지에 대한 논의가 진행되어야 할 것이다.

부안의 새로운 기회와 나아가야 할 방향

이렇게 부안 지역은 인구 절벽과 지방 공동화 현상 등으로 전례 없는 인구 위기를 맞이하고 있으며 여러 이유로 지방자치가 주춤하면서 중요한 기회를 놓쳐 다소 느리게 새출발을 시작하는 경향도 없지 않다. 하지만 새만금 방조제 본격 개통 및 개발, 고급 농업에 대한 부가가치 증대, 관광과 레저에 대한 내수 시장의 꾸준한 성장 등은 부안의 또 다른 기회이자 새로운 성장의 발판이 되어줄 수 있을 것이다. 실제로 정부는 새만금 게이트웨이 관광단지(30만 평) 구축에 1,300억 원을 투입할 계획이며 변산반도국립공원 154,644㎢ 중 8.0㎢를 해제 검토 중으로 24개 자연마을 지구와 새만금 전시관, 변산해수욕장, 격포해수욕장 인근의 집단시설지구가 포함될 전망이다.

새만금 간척을 막 시작할 당시는 아직 대한민국이 1, 2차 산업에 머물러 있을 시대로서 관광, 서비스, 문화 사업의 중요성에 대해 연구하고 발전시킬 여유가 없었다. 하지만 대한민국이 국민소득 2만 달러를 넘는 국가가 되고, 그 후로도 계속 발전하면서 과거 새만금 갯벌의 어장에 크게 의존하고 있던 부안의 이득원을 다방면화할 필요가 있다고 할 수 있겠다. 실제로 새만금 방조제 개통으로 연간 1천만 명 관광객이 예상된 바 있으며, 자연 친화적 여가 생활의 중요성이 확대되면서 펜션단지, 향토 먹거리촌, 로컬푸드 쇼핑점 등 관광시설지구를 조성하여 부안의 긴 역사와 풍성한 문화적 유산과 결합하여 홍보할 수 있어야 할 것이다.

또한 농산물에서의 농약 검출, 축산물에서의 호르몬 제제 검출, 전국을 발칵 뒤집어 놓았던 '농약 계란' 등의 사건이 일어나면서 '안전한 먹거리'에 대한 관심은 꾸준히 증대되어 왔다. 이러한 분위기에 발맞추어 친환경 농업 비중을 꾸준히 확대하여 경쟁력을 증대시키고 친환경 농업을 광역화하여 관광산업 육성, 향토 상품 관광상품화와 연계하여 부가가치를 증대하고 주민 소득을 향상시켜야 할 것이다.

이러한 전략으로 소비자가 원하는 자연 친화형, 땅을 살리는 농법에 의한 유기농산물 생산으로 국제적 경쟁력을 갖춘 농업을 육성하고, 국제 곡물가격 급등으로 인한 사료 자급과 축산폐수 문제 해결을 위해 지역 농업부산물을 활용한 소규모 유기축산을 육성하며, 화학 농약을 대체하는 자연 순환 농업, 미생물 농법에 의한 최저투입 농법을 보급하는 전략 등을 들 수 있다. 즉 몇십 년 동안 현명해진 소비자들은 최근 급격히 대두되고 있는 기후위기, 환경오염, 공장식 축산산업이 환경에 끼치는 문제점 등에 대해 민감하게 반응하는 '건강한 소비' 및 '윤리적 소비'를 선호하고 있으며, 이를 의식한 농축산업을 전개하는 것이야말로 농축산업의 부가가치를 높이는 데도 크게 기여할 수 있다는 점이다. 또한 부안 참뽕의 높은 인지도를 활용해 오디 연구소 설립 등 뽕의 다양한 기능을 활용한 상품 개발로 식품, 건강 기능성 상품을 수출하는 전략도 생각해볼 수 있을 것이다.

이를 위해 지역주민, 공무원, 전문가 등이 참여하는 마을 만들기 사업을 추진하고, 이를 통해 생활형 일자리 창출 및 마을 단위 경영체를 활성화하며 마을별 선도 산업의 유망상품 개발을 거점화하고 노인 복지 회관, 지역공동체를 사회적 기업으로 육성하여 일자리를 창출하는 것이 필요하다.

이렇게 새롭게 주어진 새만금 시대와 변화하는 글로벌 기준에 발맞추어 부안군이 발전하기 위해서는 기민하게 현재 상황을 파악하고 과감하고 혁신적인 방법으로 예산을 절감하여 적재적소에 활용하는 것이 중요하다. 그리고 이러한 행정을 위해서는 중앙정부의 간섭을 최대한 줄이고 주민과 소통하고 주민이 참여하는 생활 밀착형 지방자치야말로 지역 발전을 위한 열망을 군민화합으로 승화시킬 수 있는 중요한 방법일 것이다. 즉 주요 사업 선정, 예산 편성 등에 있어 주민참여예산제 내실화 및 공청회 등의 주민 참여 확대방안을 강구하고 주민참여형 지방자치의 중요성을 이해하는 분위기를 만들어 나가야 할 것이다.

주민참여형 지방자치 발전 방향

그렇다면 주민 생활과 밀착된 주민참여형 지방자치의 기반을 닦아 발전시켜 나가려면 어떤 요소들이 필요할까? 지방자치는 지역민, 지방의회, 지방행정조직(기초자치단체)의 세 가지 축으로 이루어져 있다. 이 세 축이 각자의 역할에 따라 상생과 공존, 발전과 혁신의 마음으로 지방자치를 추진해 나간다면 주민참여형 지방자치를 발전시킬 수 있을 것이다.

먼저 지역민은 주민참여형 지방자치의 실질적인 중심이자 직접적으로 영향을 받는 위치에 있는 존재다. 지역민은 그 특성상 단일한 집단이 될 수 없으며, 법과 질서에 대한 믿음 그리고 이웃과 고향에 대한 애정 등으로 느슨하게 연결되어 있기는 하나 기본적으로는 복잡다기한 각자의 상황 속에서 서로 다른 이득을 추구하는 모습을 보인다. 그렇기 때문에 이득을 둘러싸고 대립과 갈등이 일어나기 쉬우며, 화합하고 협력하여 문제 해결을 위한 토의 및 합의 문화를 조성하는 모습을 자발적으로 보이는 것이 중요한 역할이라고 할 수 있을 것이다.

한편 의회는 주민 대표 기관이자 입법기관, 의결기관, 행정 감사기관으로서의 지위를 갖는 지방자치의 대표 조직이다. 지역민의 의견을 수렴하고 그에 따라 입법, 의결, 감사를 행하는 기관인 만큼 주민의 애로 사항 청취, 주민과의 대화, 주민 생활 현장 방문, 주민과의 토론 등의 소통에 가장 큰 노력을 기울여야 할 의무가 있다. 또한 위원회별 전문성 강화를 위해 의원 연수를 강화하고, 지역 주요 사업과 민원에 대한 활발한 대안 제시를 할 수 있어야 할 것이다.

마지막으로 행정조직은 정부 기관으로서 실질적으로 지역의 생활 곳곳에 영향력을 끼치는 기관이다. 행정조직이 수행하는 행정 업무 하나하나가 지역민의 생활에 직접적인 영향을 끼치기 때문에 행정 스스로 지역민들에게 가능한 한 모든 정보를 제공하고 민간과 자료를 공유하려는 태도가 중요하다. 또한 공무원들의 생산성 향상을 위해 평가와 지원이 동시에 제공되어야 할 것이며, 책상머리에서 진행되는 행정이 아니라 삶의 현장에서 지역민과 소통하며 진행되는 실사구시 행정 체제가 필요하다. 또한 형식적인 주민참여예산제도를 주민들의 실질적 참여가 보장되도록 개선 및 혁신해야 할 것이다.

발효 식품과 한우로 개척하는 부안의 활로

발효 식품과 한우로 개척하는 부안의 활로

위에서도 여러 번 언급했듯이, 대한민국 농업에는 새로운 활로가 필요하다. 변화하는 국민들의 식생활을 파악하는 한편, 타 지역의 상품 및 해외 수입 상품과 차별화되는 브랜드 확립이 중요하다. 그렇다면 명품 브랜드는 어떻게 확립할 수 있을까? 먼저 소비자의 성향을 파악하여 소비자의 니즈에 걸맞는 상품을 개발하고, 해당 상품의 제조, 가공, 유통, 판매에 이르기까지 안정적인 품질관리를 가능케 해야 할 것이며, 차별화된 콘셉트와 강점을 홍보하고, 스토리텔링 기법을 활용하여 지역의 문화 및 관광 상품과 연계할 수 있는 전략을 창출해야 할 것이다.

부안군의 농축산업을 대표할 수 있는 상품에는 여러 가지 종류가 있지만, 오랜 역사와 천혜의 자연환경을 가진 곰소염전에서 나오는 천일염 그리고 곰소 천일염을 활용한 곰소젓갈 등의 발효 식품과 주변 지역에 비해 출발이 느린 편이기는 하나 괄목할 만한 잠재력을 가진 한우 산업을 집중 육성하면 부안 경제를 견인하는 주력 산업으로 성장할 수 있으리라 생각한다.

곰소젓갈을 대한민국 명품으로

천일염이 법적으로 광물에서 식품으로 바뀌고, 다른 소금에 비해 혈압 조절 등 건강에 효과적이란 연구 결과가 나오면서 천일염에 대한 인식이 이전과는 달라져서 정부뿐만 아니라 대기업과 지방자치단체에서 미래의 성장 산업으로 인식되고 있다. 우리나라의 연간 소금 수요량 3,156천 톤 가운데 천일염이 차지하는 비율은 수요량의 10%인 300톤에 불과하지만 장차 일본 등에 수출이 확대될 경우 발전 잠재력은 무한하다고 판단된다.

주요 성분 함량을 보면 국산 천일염은 세계 최고 품질로 대접받는 프랑스 게랑드산보다 우수하다. 비만의 주요인으로 알려진 염화나트륨 함량은 82.85%로 게랑드산의 89.89%, 호주나 멕시코산의 98.99%, 중국산의 88.47%보다 낮다. 또한 몸에 좋은 미네랄 중 칼슘의 함량은 비슷한 수준이지만 칼륨과 마그네슘은 곰소천일염이 각각 3,067mg/kg, 9,797mg/kg으로 게랑드산에 비해 3배 정도 높은 수준이다.

이러한 효능에도 국산 천일염의 가격은 게랑드산에 비해 엄청나게 낮다. 게랑드산 1kg이 5만~8만 원에 달하고, 국내에서도 인터넷 쇼핑몰을 통해 125g이 1만 원 안팎의 고가에 판매되고 있다. 이에 비해 국산 천일염은 산지 가격으로 1kg당 200~300원에 불과하여 게랑드산과 최소 200배 이상 차이가 난다.

서해의 갯벌에서 무한한 천일염을 생산해낼 수 있는 좋은 여건임에도 불구하고 시장점유율이 10% 정도로 낮으며 가격이 저평가된 주요 원인은 위생적인 생산 시설이 부족하고, 생산과정의 자동화가 미흡하며, 유통 구조상 외국산을 국내산으로 바꾸어 판매하는 부정행위가 일어나기 쉬울 뿐만 아니라 유통비용이 지나치게 많이 든다는 점 등이다.

그러나 소금이 광물에서 식품으로 분류된 이후 세계화 가능 식품으로서의 경쟁력이 충분하다는 분석이 나옴으로써 농림수산식품부는 천일염 명품화를 위한 생산 시설 확충에 33억 원의 예산을 투입하고 소금 산업을 육성한다는 계획이다.

또한 대기업들이 천일염 시장의 가능성에 착안하여 경쟁적으로 제품들을 내놓고 있다. 최근에는 전문 회사들이 이색 상품을 출시해 소금 시장을 뜨겁게 달구며 선택의 즐거움을 제공하고 있다. 청정원의 '바다소금 요리염', 샘표의 '신안바다 천일염', 해표의 '함초 소금', 레프레의 혈압강하 천일염인 '리염', 어린이 전용 제품인 '우리아이 첫 소금' 등이 출시되면서 기능성 천일염 시장을 확대하고 있다. 지방자치단체 또한 천일염 생산 기반시설 확충과 기능성 상품 개발을 통해 천일염의 주산지 자리를 선점하기 위해 발 빠르게 움직이고 있다.

전남에서는 천일염 산지 종합처리장 사업과 창고시설 개선 사업을 추진하여 연간 25만 8천 톤 생산으로 430억 원의 소득을 올리고 있고, 정부에서 추진하는 천일염 인프라 사업 대상으로 선정돼 지원을 받고 있다. 고창군은 목포대 천일염생명과학연구소에 용역을 맡겨 고창 특산품과 연계한 다양한 용도의 소금을 개발할 계획에 있다. 그 외에도 이와 비슷한 계획을 세우고 있는 자치단체가 많이 있다.

부안군도 곰소염전에서 나오는 천일염을 통한 발효 식품 개발에 무한한 가능성을 가지고 있다. 곰소염전은 일본 점령기에 군항의 요충지로 삼기 위해 곰소항이 개발되면서 생겨났다. 지금의 연동마을에서 곰소와 작도를 연결하는 제방을 쌓아 도로를 만들고 제방 안쪽의 간척지에 만들어진 것이 곰소염전의 시작이다.

1940년 초반까지는 해수를 끓여 만든 자염을 생산했으나 곰소염전에서 천일염이 대량으로 만들어진 것은 해방 후인 1946년으로 남선염업주식회사가 설립돼 염전 넓이 85정보(84만 2975㎡), 직원 수 130여 명, 연간 소금의 생산량은 5천 톤에 달했다.

곰소 천일염이 생산량을 떠나 품질이 전국 최고인 이유는 자연 지리적 조건, 즉 풍부한 일조량과 적절한 강수량 그리고 철분이 많은 갯벌과 큰 조석간만의 차이 등 기후 조건이 타 지역에 비해 유리하기 때문이다. 또 곰소 천일염은 염도가 낮아서 쓴맛이 없고, 미네랄이 풍부하여 젓갈 재료로 사용할 경우에 발효가 잘되기 때문에 젓갈 생산업자들이 가장 선호하는 소금이다. 따라서 곰소젓갈은 전국적으로 유명해지고 속칭 '밥도둑'으로 불리는 젓갈정식이 지역 대표 음식으로 자리매김하게 되었다.

우리 부안군에서는 이와 같이 전국 제일이자 최고의 맛을 지닌 '곰소 천일염'을 더욱 명품화하여 세계의 식품 산업으로 도약하는 전통 발효 식품 산업을 육성해야 한다. 부안군은 산과 바다와 들로 이루어져 산해진미가 풍부하지만 이를 가공 판매하여 지역의 성장을 이끄는 산업으로 육성하는 일은 아주 미미하다. 부안에는 모든 식품의 기본이 되는 곰소 천일염이 있으며, 장류의 기본인 콩과 고추가 많이 생산되고, 넓은 줄포뜰과 주산들에서 배추와 무가 포전으로 팔려나가며, 명품 곰소 젓갈이 있는 등 전통 발효 식품의 모든 재료가 풍부한 지역이다.

곰소 천일염을 기본으로 전국 제일의 김치, 장류, 젓갈 산업을 육성한다면 부안군은 1차 산업인 농업과 2~3차 가공·서비스산업이 활성화되어 새만금관광레저도시 산업과 시너지를 일으켜 전국 제일의 식품 관광도시로 도약할 수 있을 것이다.

이를 위해서는 부안군 차원에서 곰소 천일염 명품화 계획을 수립하고 곰소염전에 대한 생산기반시설 확충 및 유통구조 개선, 곰소 천일염 브랜드 개발 및 홍보, 전통발효 식품 개발 마스터플랜 마련에 적극적인 지원이 절실히 필요하다고 생각한다.

새로운 가능성, 부안 한우 산업 발전 로드맵

우리 군 농업의 현주소와 한우 산업 여건

부안의 농업인들 대부분은 경종농업 위주로 고부가가치의 상품을 생산하기 어려워 소득 증진에도 어려움을 겪고 있다. 일반적인 경종농업으로는 대량 기계농업체제를 구축한 해외 농업생산물과 가격경쟁을 할 수 없는 것이 현실이다. 이에 최근 5년간 농가 3000여 가구가 대도시권으로 이주하였으며 대부분 농업 소득 증대의 어려움이 이유인 것으로 분석된다. 이러한 현실을 극복하기 위해서는 지역이 가진 고유한 장점에 특화된 고부가가치 농업상품을 개발하는 것이 무엇보다 중요하다.

　여러 종류의 고부가가치 상품 중 부안 지역에 무엇보다 잘 어울리는 것은 한우라고 할 수 있다. 부안은 대단위의 농지와 산지가 골고루 분포하고 있어 한우를 사육할 수 있는 기본적인 인프라가 있어 대한민국 어느 지역에도 뒤떨어지지 않는다. 그럼에도 불구하고 부안에서 한우 산업이 발전되지 못한 이유는 부안만의 한우 산업 성공에 대한 자체적인 비전과 확신을 담은 정책이 이루어지지 못하고 있기 때문일 것이다. 농민들이 오랜 시간 동안 몸담고 있던 산업을 내려놓고 새로운 산업을 시작할 수 있게 하기 위해서는 지자체의 정책에 대한 강한 확신이 무엇보다 절실하게 필요하기 때문이다.

　또한 정부에서도 축산과 관련된 시설을 농업 이용 시설로 인정하여 농지전용 절차 없이 축사를 신축 가능하도록 규제를 완화하는 등 농민들의 소득 창출을 위해 축산업에 관한 지원을 전개하고 있는 상황을 잘 붙잡을 필요가 있다.

　즉 민관이 힘을 합쳐 고품질 한우의 생산에서부터 판매에 이르기까지 유기적으로 움직이는 부안만의 한우 클러스터 모델을 제시하고, 농민들이 고품질 한우 산업으로 전환하도록 맞춤형 정책을 제시하여 농민들을 움직이는 것이 농촌 경제를 살릴 수 있는 가장 시급한 과제라고 할 수 있을 것이다.

다음은 이러한 모델을 성공적으로 만들어 농민들의 신뢰를 얻고, 민·관의 성공적인 협력을 통해 한우를 지역의 브랜드로 녹여낸 성공 사례들이다.

전국 한우 산업 성공사례

① 강원도 횡성군

횡성한우의 명성은 이미 전국적으로 널리 알려져 있다. 강원도 횡성군이 이렇게 성공적으로 한우를 브랜드화할 수 있었던 가장 큰 힘은 엄격한 품질관리와 지리적 표시제 등록제도에서 찾을 수 있다.

횡성군의 한우 정책에서 주목할 만한 것 중 하나는 거세우 사육을 통해 체계적으로 고급 육질을 가진 육우를 키워내는 과정이다. 모든 제품의 이미지는 품질에 대한 신뢰가 가장 중요하다는 것을 인지하고, 소고기 이력추적 시스템과 횡성한우 상표등록, 횡성한우 품질인증, 횡성한우 지리적 표시제 등의 각종 품질인증을 활용한 것은 모범적인 성공 사례라고 할 수 있다.

여기에 더해 가격 경쟁력을 확보하고 효과적인 판매를 위해 복잡한 유통 단계를 단축하여 생산농가→축협→소비자 직거래의 구조를 확립하는 한편 횡성축협판매장, 횡성한우프라자 등의 안정적인 횡성한우 유통센터를 확보한 것 역시 '횡성한우'를 성공적으로 브랜드화하는 데에 큰 기여를 하였다.

② 정읍시 산외면

전라북도 정읍시 산외면 지역은 자생적인 한우 특화 전략과 협력을 통해 국내 '한우마을'의 원조로 불리게 된 대표적 사례다. 자생적으로 생겨난 50여 개 업소가 협력하여 한우 먹거리 타운을 조성, 소비자와 직거래로 하루 매출 3억 원의 성공 신화를 만들어낸 것으로 유명하다.

산외면 한우마을은 유통 단계를 합리적으로 단축하여 고급 한우를 수입육 가격에 공급하는 데에 성공하였으며, 수시로 한우 판별 DNA검사를 실시하여 소비자 신뢰 제고에도 힘쓰고 있다. 또한 내장산 국립공원과 연계한 적극적인 관광객 흡수 마케팅을 성공적으로 진행하면서 산외한우를 '정토우촌'으로 브랜드화하여 정착시킨 과정은 부안의 한우 산업 육성에 좋은 귀감이 될 것이다.

③ 강원도 영월군 섶다리마을

강원도 영월군 섶다리마을은 '품질에 비해서 비싸다', '가성비가 부족하다' 등의 한우에 대한 편견을 깨고 황소 등심 8000원/300g의 가격 파괴를 이루어낸 것으로 유명하다. 품질을 유지하면서도 동시에 파격적인 가격 파괴를 이루어 넘으로써 성공적으로 한우 생산/판매 시스템을 정착시켰다. 이에 기반한 영월 섶다리마을 자체 한우 브랜드인 '다하누촌'은 주말관광객 4000여 명을 불러들이며 연 148억 매출로 지역 성장의 기반이 되어 나가고 있다.

'다하누촌' 한우의 파격적인 가격은 유통 마진의 극한 최적화에서 그 근본 원인을 찾을 수 있다. 일반적인 한우 생산-판매 과정에서 생기는 중간 유통 마진이 400%에 육박하는 데 반해 '다하누촌' 한우는 15% 정도라는 부분이 가격 경쟁력의 핵심이다. 또한 사육, 도축, 판매를 자체적인 시스템 내에서 해결함으로써 외부로 유출되는 비용을 최소화하고 있는 것 역시 합리적인 가격을 만드는 데에 힘이 되고 있다.

영월군 섶다리마을 다하누촌 한우는 이에 그치지 않고 주기적으로 섶다리마을 한우축제를 개최하여 영월군의 천혜 관광자원인 동강, 고씨동굴 등의 관광객을 한우마을로 흡수하는 적극적 마케팅 전략을 펼치고 있다.

우리 군 한우 산업 실태와 문제점

그렇다면 부안군의 한우 관련 산업은 현재 어떤 형태와 규모로 이루어지고 있으며, 어떤 문제점을 가지고 있을까?

부안군 내에서 한우를 사육하는 농가는 931농가로 총 사육 두수는 17,414두수로 집계된다. 이 중 고부가가치를 가진 고급육은 3,300두에 달한다. 총 생산액은 603억 원 내외로 농업 생산 소득액 2,580억 원의 23% 정도에 해당한다. 생산자가 생우를 우시장에 직접 판매하고, 여기에 중간상인과 축협계가 개입하는 출하 방식이 일반적으로 활용되고 있다.

다만 자체 유통 시스템이 없어 시장에 의해 가격이 결정되므로 안정적인 수익을 확보하기 어렵고, 고유 브랜드 개발이 없으며, 소비자들의 신뢰를 얻을 수 있는 품질인증 실적도 부재한 상태로서 점점 더 높아지는 소비자들의 구매 기준을 충족할 수 없는 것으로 판단된다. 또한 한우 산업의 발전을 위한 축산 농가와 행정기관 간의 네트워크가 부재한 상태이며 변산반도 국립공원, 새만금 방조제 등 천혜의 관광 명소를 보유하고 있음에도 이들 관광지를 찾는 관광객들을 한우 시장으로 흡수할 수 있는 마케팅 전략과 시스템이 부족하다는 점이 문제점으로 지적되고 있다. 결과적으로, 쇠고기 시장 개방을 통해 미국, 호주 등지의 안정된 가격 경쟁력을 갖춘 쇠고기 상품이 쏟아져 들어오고 있음에도 불구, 거기에 대항하여 부안 한우만의 차별성과 브랜드를 갖출 역량을 만들어내지 못한 셈이다.

한우 유통 실태와 개선 방안

부안군 내 한우 유통 시스템의 현재 일반적 구조는 생산농가 → 우시장 → 도축장 → 도매상 → 정육점 → 소비자의 6단계 유통 시스템이며 이 과정에서 유통 마진은 400%에 달해 한우 가격 상승의 원인이 된다. 이 때문에 일반적으로 생우의 가격은 100g에 790원 정도에 불과하지만 식당에서 요리가 되어 소비자들 앞에 나타날 때는 30,000원에 달하는 금액이 된다. 게

다가 2006년 600kg 암소의 평균 가격 521만 원 대비 평균 40만 원이 넘게 가격이 하락할 정도로 전국적으로 한우 산지 가격이 하락세를 타고 있음에도 불구하고 소비자가 접하는 물가는 변동이 없어, 소비자는 한우를 기피하고 저렴한 수입산 쇠고기를 선택하게 되며 한우농가는 이중의 소득 불황에 빠지게 되는 악순환이 발생한다. 여러 단계의 유통 구조로 인해 최종적으로 소비자 가격은 비싸다는 인식이 발생하게 되며, 이로 인해 소비가 경직되어 솟값 하락으로 생산농가와 소비자가 모두 손해를 보게 되는 것이다.

이러한 악순환을 없애기 위해서는 유통 구조의 개선이 가장 절실하다. 현행 6단계인 유통구조를 농민-업소-소비자의 3단계로 축소하여 불필요한 비용을 줄이는 것이 필요하다. 한우 생산 단체에서 직접 육가공업체를 운영하여 생산-도축-판매까지 담당함으로써 유통 마진을 줄이는 것이 좋은 방법이 될 수 있을 것이다. 또한 많은 관광객이 모이는 곳에 한우 유통센터를 건립하여 지역 관광객을 한우 소비자로 흡수하는 것 역시 필요하다.

즉, 요약하면 부안 한우의 경쟁력을 살리기 위해 필요한 것에는 여러 가지가 있지만 무엇보다 산지 가격과 소비자 가격 간의 격차를 줄여 한우를 저렴하게 소비할 수 있는 다양한 경로를 모색하는 것이 급선무라고 할 것이다.

　1차 산업은 규모의 경제가 큰 영향을 끼치는 분야로서 단순 대량생산 작목 재배로는 기계화된 대형 플랜테이션 방식의 농업을 전개하는 주요 농업 생산국들의 가격 경쟁력을 넘어서는 것이 불가능하다. 하지만 세계 여러 국가들의 농업 현황을 보면 뛰어난 기술력과 자동화, 표준화를 통한 인건비 절감, 창의적이고 효율적인 마케팅, 민관의 융합을 통한 지역 친화적 프로젝트화 등을 통해 규모의 약점을 뛰어넘어 돌파구를 찾은 사례들이 적지 않다.

　농업에 있어 규모에 구애되지 않는 가장 효과적인 방법은 고부가가치 분야의 연구와 개발 및 다른 분야와의 융합을 통한 발전이다. 한우 산업은 높은 부가가치를 가진 산업으로서 부안의 강점인 대단위의 농지와 산지 등을 살려 한우 산업을 시스템화하고, 변산반도 및 새만금 관광지 및 관광 상품 개발과 연계, 융합하여 6차 산업으로 발전시킨다면 부안의 경제적 자립에 많은 도움을 줄 수 있을 것이다.

　하지만 아무리 뛰어난 계획을 세운다고 해도 계획을 실행하는 주체들이 신뢰와 열정을 가지고 움직이지 않는다면 계획은 허사가 될 것이다. 지역 농업인들에게 있어 새로운 분야에 도전한다는 것은 자신의 모든 것을 건 도전으로서, 최소한 손해를 보지 않는다는 믿음이 없다면 쉽사리 도전하기 어렵다. 그리고 농업인들의 믿음은 지자체의 해당 산업에 대한 관심과 신뢰도 높은 정책에 따라 결정된다고 말해도 손색이 없는 만큼, 지자체에서 앞서서 농업인들에게 한우 산업 육성에 대한 의지를 보이고 실천하는 자세를 가지는 것이 그 어떤 계획보다 중요하다고 할 수 있을 것이다.

앞으로 한우 산업 전망

수입고기 가격전망 (농촌경제연구원 발표 2007년 2월)

구분	단위	2005	2006	2007	전망		
					2012		2017
국제가격	$/kg	3.74	3.67	3.57	3.34		3.31
환율	원/US$	1024	956	925	925		925
관세율	%	40.0	40.0	40.0	1) DDA 2) FTA	38.4 20.0	36.4 0.0
도매원가	원/kg	6,195	5,673	5,343	1) DDA 2) FTA	4,587 3,977	4,919 3,606

1) WTO/DDA 농업협상에서 우리나라가 개도국으로 인정받고 2009년부터 10년 10%의 관세가 감축되는 것을 가정함
2) FTA를 체결하여 2008년부터 10년간 관세가 철폐되는 것을 가정함

한우 가격전망 (농촌경제연구원 발표 2007년 2월)

구분	단위	2006	2007	전망		
					2012	2017
자급율	%	47.2	43.7	1) DDA	43.0	38.8
				2) FTA	41.5	36.2
1인당 소비량	kg	6.8	7.9	1) DDA	10.1	12.3
				2) FTA	10.3	12.6
한우소수산지가격	600kg/만원	430	420	1) DDA	450	490
				2) FTA	430	450

1) 한우 산지가격은 2009년까지 하락하지만 2010년부터는 한우고기 소비 증가로 점차 가격이 상승할 전망

우리 군이 가야 할 한우 산업 발전 대책

① 축산과 신설

한우 전담팀 구성: 생산, 마케팅, 홍보 전담 지원

② 집단화 단지 시설

전국 최대의 집단화 단지 시설(첨단시설화)

③ 생산자가 참여하는 육가공 공장 설치로 유통 단계 축소

6단계의 유통 구조에서 3단계(농민→업소→소비자) 축소로 가격 파괴

④ 부안 한우 먹거리촌 및 유통단지 조성

새만금 방조제 완공에 따른 관광객 대비 부안 한우 유통단지

조성, 새만금 방조제 인근 및 변산반도국립공원 인접지에 조성

⑤ 부안 한우 명품 브랜드 육성
새만금과 변산반도 국립공원의 청정 이미지 여건을 이용한
지리적 명품브랜드 인증 획득

⑥ 부안 한우 이력 추진 시스템 구축
소비자가 신뢰할 수 있는 측정 및 유통 시스템 도입

실버산업을 주력 산업으로

요즘 길을 지나다 보면 유치원보다는 요양 병원이, 결혼식장
보다는 장례식장이, 산부인과의원보다는 정형외과의원과 치과
의원이 더 자주 눈에 보인다. 사람들이 붐비는 읍내 중심가에
서 조금 젊어 보인다고 하면 30~40대이고 나머지는 50~60대
장년층이 대부분이다. 게다가 읍내를 벗어난 외곽이나 면지역
은 60~70대가 마을의 주를 이루고 있고 경로당에서는 60대가
막내로서 어른들을 섬기고 있는 상황이다.

농어촌 지역은 물론 나라 전체가 늙어가고 있다. 통계청의
최신 인구통계에 따르면, 우리나라 전체 인구 중 65세 이상의
노인 인구 비율은 12%로 약 500만 명이고, 오는 2026년에 이

르면 65세 인구가 전체 인구의 20% 이상을 차지하는 초고령 사회로 진입하게 될 것이며, 2040년에는 노인 인구가 32.5%에 해당하는 1,700만 명에 이를 것으로 예상하고 있다.

우리의 고령 인구 증가추세는 유럽이나 일본의 경우보다 훨씬 빠르게 진행되고 있는데 이들 나라의 경우 고령 사회에 이르는 기간이 40~115년 걸린 데 비해 우리나라는 21년에 불과할 정도로 고령화가 빠르게 진행되고 있다.

더욱이 우리 부안은 고령화 속도가 더 빨라서 지난 2016년 기준 노인 인구가 차지하는 비중이 30%에 이르러 이미 초고령화 시대를 넘어섰다.

초고령화 시대의 문제

이렇듯 빠른 고령화 현상은 우리의 일상생활에서 큰 부담으로 작용하고 있어 현재 우리나라가 당면한 사회문제 중 가장 시급히 해결해야 할 문제로 대두되고 있다.

초고령화 사회의 모습은 생각만으로도 아찔하다. 실버병원만이 호황을 누리는 지역사회, 손님이 없어 비어가는 상가, 아이의 울음소리가 사라진 마을, 폐교되는 학교…. 이렇게 고령화는 정부와 지역사회는 물론 모든 세대가 고민하고 신속히 대응해야 할 심각한 문제로 다가오고 있다.

이처럼 나라 전체가 늙어가니 경제성장도 제대로 될 리가 없다. 앞으로 생산 가능 인구는 점차 줄어 2036년경에는 생산 가능 인구 2명이 노인 1명을 돌봐야 하는 구조가 된다고 한다. 고령화 사회가 경제 발전의 동력을 감소시키는 것은 물론 사회적, 경제적 측면까지 감당하기 어려운 부담으로 다가오고 있는 것이다.

더 심각한 것은 노인들의 경제적 상황에 따라 빈곤 노인층의 생계형 범죄가 증가한다는 예상이다. 실제로 노인 범죄는 최근 급속하게 증가하고 있는데 검찰청에서 발간한 보고서에 따르면 지난 10년 동안 30~50대 범죄자의 발생비율은 감소했으나 60세 이상 범죄자의 발생비율은 58.5% 증가했다는 보고가 있다.

실버산업을 새로운 기회로
초고령화는 우리 경제와 사회가 짊어진 커다란 짐이다. 따라서 이에 대비한 종합적인 정책 마련이 어느 때보다 시급한 상황이며 나아가 고령화를 위기로만 보지 않고 새로운 성장 동력으로 삼는 지혜가 요구되는 시점이다.

현재까지는 실버산업의 발달 속도가 고령화 속도를 따라가고 있지 못하고 있는 상황이다. 현재 노인복지와 관련된 대부분의 서비스는 과거 개발도상국 시대에 이루어지던 온정주의적 기초 생활 보장 수준에 머물러 있다. 하지만 경제가 발전하고 사회 시스템도 변화함에 따라 보다 향상된 노인복지 서비스와 전문화된 시스템이 요구된다.

정부가 발표한 전망에 따르면 2020년 실버산업 시장 규모는 116조에 이르게 될 것이라고 예측하고 있다. 특히 건강·미용·자기계발에 적극적인 730만 베이비 붐 세대가 노인 세대로 편입되기 시작하면서 이들을 위한 실버산업이 새로운 성장 산업으로 급부상할 것으로 보고 있다.

실버산업은 실버타운, 노인 전문 병원 등 주거나 의료 서비스뿐 아니라 여가, 식품, 가전제품 분야까지 매우 다양하며 서비스의 질 또한 지금보다 훨씬 전문화되고 고급화될 것으로 보인다. 의료 봉사 단체의 간단한 무료 진료서비스는 전문 의료 집단의 미술, 음악, 물리 치료가 병행된 섬세한 유료 서비스로 바뀔 것이고 사회단체의 노인복지시설은 교육, 여가, 관광 서비스가 결합된 전문 요양 시설로 바뀔 것이며 노인 세대만을 위한 가전제품, 생활용품, 건강식품 서비스가 새롭게 등장할 것이다.

이를 반영하듯이 지자체들도 앞다투어 실버산업을 선점하기 위해 발 빠르게 움직이고 있다. 은퇴자들을 위한 시니어타운 조성, 의료·건강을 주제로 한 휴양·숙박·위락 시설, 다양한 스파시설, 건강검진센터, 한방의료센터 등이 들어서는 실버테마타운 조성이 지방 곳곳에서 진행되고 있다.

외국의 실버산업

우리보다 앞서 고령화 사회를 맞이한 일부 선진국들은 실버산업이 정착되어 이미 산업의 주류로 각광받고 있다. 일본은 최근 인구노령화와 관련된 상품과 서비스로 새로운 비즈니스 기회를 창출하고 있는데 자동 주행 기술을 이용한 배송 서비스, 로봇을 이용한 노인 돌봄 서비스 등은 물론이고 AI 기술을 제조업과 농업 등 다양한 산업에 적용해 고령화에 따른 문제를 해소하고 있다.

독일은 유명 자동차 회사들이 앞장서서 노인 운전자를 위한 실버 자동차 제작 등 특별 프로젝트를 진행하고 있으며, 스웨덴은 생활 밀착형 실버산업이 발전했는데 예를 들면 눈이 잘 보이지 않아도 쉽게 바늘에 실을 꿸 수 있는 도구, 머리를 감겨주는 도구, 골절보호 팬티, 반려동물을 위한 의료 서비스 등이 활발히 이루어지고 있다. 영국과 호주 등에서는 대기업이 주도하는 요양원과 실버타운이 발달되어 있는데 이곳에서 소비되는 노인 전용 의료품과 의료기기 수요가 크게 늘어나고 있는 추세이다.

사회의 변화는 새로운 산업의 기회가 되기도 한다. 대부분의 경제학자와 전문가들은 지금까지는 관광산업이 굴뚝 없이 부가가치를 창조하는 산업이었다면 앞으로 다가올 미래에는 실버산업이 그 자리를 이을 것으로 예상하고 있다.

실버산업은 그 특성상 도시보다는 노인 인구가 더 많은 농촌지역이 유리한 입지 조건을 가지고 있다. 이에 맞춰 우리 부안도 점점 늘어나는 은퇴자와 귀촌인들을 위한 새로운 맞춤 전략이 요구된다. 수려한 자연경관과 관광지를 앞세워 실버산업을 연계한 관광·문화 상품 개발 등 체류형 의료관광 패키지를 제공하는 프로그램을 적극 발굴해야 한다. 실버산업 육성을 기회로 삼아 일자리 창출 등 지역 경제 활성화를 도모해야 한다.

천혜의 아름다운 자연경관을 갖추고 스트레스 인지율이 전국에서 가장 낮은 살기 좋은 부안에 가장 먼저 이 새로운 블루오션인 실버산업을 유치·발전해야 할 필요가 절실히 요구되는 시점이다.

실버산업이 나아가야 할 방향

그렇다면 실버산업이 본격적으로 지역의 대표 산업이 되려면 무엇이 필요할까? 필요한 것은 여러 가지가 있겠지만, 가장 중요한 것은 실버산업 활성화를 위해 무엇이 필요한지 이해하고, 나아갈 방향을 확립하는 것이다.

실버산업이란 노년층을 대상으로 한 상품, 서비스를 제조 판매하거나 제공하는 것을 목적으로 하는 산업을 의미한다, 실버산업의 대상은 노년층이니만큼 노년층의 니즈와 원츠에 대한 분석과 이해가 필요하며, 이에 따라 특화된 산업을 전개해 나가야 장기적으로 뛰어난 경쟁력을 갖추게 될 것이다. 특히 최근 100세 시대가 보편화되고 은퇴 후 인생 2막을 준비하는 것이 자연스러운 사회 풍조가 되면서 노년층의 니즈 역시 과거의 막연한 전원생활, 은둔생활과는 전혀 다르게 복잡다기해지고 있으므로 과거의 스테레오타입에 얽매이지 않고 다양한 욕구를 충족시킬 수 있는 상품과 서비스를 제공할 필요가 있다.

이제까지 노년 대상 산업이라고 하면 젊은 시절에 비해 육체적 건강과 기력이 약화되는 부분에만 주목하여 의료 산업, 건강 산업에 치중되어 사업을 계획, 전개하는 모습을 보였지만 앞으로 노년층의 니즈는 다양한 종류의 취미 생활, 문화생활을 영위하면서 자기계발을 이루어 나가는 것과 관련된 복합적인 니즈로 자리 잡게 될 것이며 이에 따라 실버산업 역시 다양한 방향으로 계속해서 혁신을 이루어 나가야 생존할 수 있다는 것은 자명한 일이다. 특히 앞서 외국의 실버산업 사례에서 언급했듯이 노령 운전자의 편의를 돕는 자동차, 바늘에 실을 꿰거나 머리를 감거나 양말을 갈아신거나 할 때 불편을 덜어줄 수 있는 도구, 골절을 보호하는 속옷 등 젊은 층과 다를 바 없는 일상

생활을 전제하고 노년층의 특성에 맞는 도움을 제공할 수 있는 맞춤 생활 밀착형 실버산업을 전개하는 것이 경쟁력 있는 기획이 될 것이다.

또한 실버산업이 감안해야 하는 중요한 요소 중 하나는 노년층의 참여다. 위에서도 언급했듯이 이 시대의 노년층은 활발한 사회 활동과 자기계발로 인생 2막을 만들어 나가는 것을 중요하게 생각하고 있으며, 이에 따라 실버산업을 소비할 뿐만 아니라 직접 참여하기도 한다는 점은 앞으로 실버산업이 나가야 할 길에 하나의 단서가 될 수 있을 것이다.

자연의 상품화

자연을 활용하는 경관축제

바다를 보는 듯한 파란 하늘, 거리거리 흩어진 노란 은행잎, 그리고 온 산을 물들인 빨간 단풍들…. 요즘 한적한 시골길을 걷다 보면 울긋불긋 아름다운 가을을 가까이서 보고 직접 몸으로 느낄 수 있다. 그런 가을이 지나고 이어 겨울이 되면 소나무 위를 하얗게 덮은 아름다운 설경을 볼 수가 있고, 따스한 봄날이 오면 가슴 설레는 꽃들의 미소를 볼 수 있으며, 여름에는 초록의 대향연을 온몸으로 체험할 수 있다. 이렇게 자연은 보기만 해도, 그곳에 있기만 해도 우리를 치유(힐링)하는 힘이 있다. 따라서 최근에는 은퇴 후 한적한 시골에 정착해 자연과 함께 노년을 보내려는 사람들이 많아지고 있다.

이런 아름다운 자연경관은 농촌 지역 지자체들의 큰 자산이고 특화된 경쟁력이다. 아름다운 경관을 배경으로 농촌 지역 지자체들은 지역 특색에 맞게 아름다운 경관작물을 재배하고 이를 지역 축제와 연계하여 지역 경제를 활성화 시키고 있다. 나아가 최근엔 역사, 문화, 지역 특산품을 축제의 주제로 추가해서 발전시켜 나가고 있는 곳도 많다. 우리에게 잘 알려진 구례 산수유축제, 고창 청보리밭축제, 정읍 구절초축제, 봉평 메밀꽃축제 등은 이런 자연경관을 활용한 대표적 축제들이다.

이들 축제들은 지역 주민과 지자체가 공감대를 형성해 다양한 아이디어와 프로그램으로 성공을 거두고 있는데 경관축제로만 끝나는 게 아니라 축제 후 수확을 통한 작물 소득도 얻고 있어 일석이조의 효과를 거두고 있다. 일반적인 축제들이 축제가 끝난 후 시설물과 장치물 정리에 많은 시간과 비용을 허비하는 반면 이런 경관축제들은 축제가 끝나도 자연 그대로 경관을 살릴 수 있기에 추가 비용과 시간도 들지 않아 더욱 효율적이다.

한국농촌경제연구원에 따르면 경관작물 식재 후 지역 축제가 더욱 확대되고 지역별로 1.25배에서 1.5배까지 도시민 방문객이 증가했다는 보고가 있다. 강원도 평창 봉평에서는 메밀꽃을 테마로 한 축제로 70여만 명이 방문하여 80여억 원의 소득 증대 효과를 가져왔고, 경남 남해의 두모마을은 경관작물로 재배하는 유채와 메밀을 주제로 축제를 진행하여 관광 소득 및 작물 판매로 마을 소득이 6배 이상 증가했다고 한다.

이렇듯 농촌에 아름다운 경관작물을 재배하는 것은 지역 축제와 농촌 관광을 활성화하고 축제를 찾는 관광객에 대한 숙박과 음식 판매로 지역 경제에도 큰 도움을 주고 있으며 경관작물을 원료로 한 농특산물과 가공품을 개발해 지역의 브랜드 이미지를 높이는 효과도 주고 있다. 이런 자연과 경관을 테마로 한 축제에 우리 부안은 더할 나위 없이 좋은 조건을 지니고 있다.

부안 지역과 경관축제의 가능성

자연경관으로만 보자면 우리 부안은 자타가 공인하는 빼어난 자연 환경과 멋진 풍광을 가지고 있는 지역이다. 지평선이 보이는 넓은 계화 들녘, 지리산이나 설악산 부럽지 않은 울창한 내변산, 최근 지질공원으로 지정돼 그 가치를 인정받은 격포 채석강과 적벽강 등 우리나라 어디에도 이런 자연환경과 경관을 지닌 곳은 드물다.

그럼에도 불구하고 천혜의 자연조건의 활용은 미비하고 관광객을 유치할 만한 경관축제도 없어 아쉬운 생각이 든다. 내

변산 숲길 위치 좋은 곳에 꽃동산이나 꽃길만 만들어도 주변 풍경과 어우러져 더욱 아름다운 경관을 연출할 수가 있다. 변산면 조각공원 옆에 군 소유의 임야가 있는 데 이곳에 벚나무나 이팝나무, 은행나무 중 한 종류를 선택해 심고 그 아래에 철쭉이나 구절초, 상사화 등을 수종에 맞게 심는다면 산 전체가 커다란 꽃동산을 이룰 수도 있을 것이다.

이렇게 조성된 꽃동산과 꽃길에 산림 레포츠를 겸한 경관축제를 더한다면 많은 관광객들의 관심을 받을 수 있을 것이라 생각되는데, 경북 영주시에서는 영국, 노르웨이, 오스트리아 등 선진국에 정착한 신개념 레포츠인 '포레스트 런'Forest RUN대회를 국내 처음으로 개최해서 좋은 반응을 이끌어냈다. 우리도 앞서 말한 바와 같은 경관을 조성한다면 기존에 조성된 임도와 숲길을 활용해 큰 비용을 들이지 않을 수 있으며 '포레스트 런'과 같은 신개념의 축제 프로그램을 개발한다면 좋은 성과를 얻을 수 있을 것이라 생각된다.

요즘 트렌드는 자연 생태계와 문화, 역사를 즐기고 체험하는 '슬로 워킹'이 자리 잡아가고 있으므로 이에 맞게 경관과 프로그램을 더한다면 관광브랜드 홍보뿐 아니라 지역 대표 관광으로의 발전도 가능할 것으로 보인다. 더불어 이런 경관축제를 5월에 개최되는 마실 축제와 연계하면 축제에 더욱 시너지 효과를 얻을 수 있고 부안읍 소재지 중심으로 머무는 관광객을 부안군 전체로 확산시킬 수 있는 효과도 얻을 수 있을 것이다.

부안 지역의 경관축제가 나아가야 할 길

지역의 자연환경과 특산품 등을 잘 살린 지역 축제는 성공적으로 관광객을 유치하여 한두 번으로 끝나지 않고 지속적으로 개최되면서 지역의 자랑거리가 된다. 많은 사람들은 그 지역을 생각할 때마다 해당 축제를 같이 생각하게 되고, 입소문을 통해 축제의 매력이 전파된다. 축제가 해당 지역의 브랜드로서 발돋움하게 되는 것이다.

하지만 성공적인 지역 축제를 정착시키기 위해서는 방향과 기획이 무엇보다 중요하다. 최근 몇몇 지역의 지역 축제가 성공적으로 정착하면서 꼼꼼한 기획이나 고민 없이 카피 캣Copy Cat 식으로 남발되는 경우가 적지 않다. 하지만 꼼꼼한 기획이나 고민이 없는 축제 개최는 경쟁력을 갖지 못하고 한두 번 개최되었다가 잊히는 것이 현실이며, 소중한 지역의 예산을 적지 않게 소모할 뿐이다. 그렇다면 잊히지 않고 정착될 수 있는 지역 축제는 무엇을 고려해야 할까? 가장 중요한 것은 다른 지역들과 차별화될 수 있는 요소를 발굴하고, 거기에 지역의 스토리를 더하는 것이다. 브랜딩의 기본은 차별화된 스토리텔링에 있기 때문이다. 그렇기 때문에 이러한 스토리텔링을 위해서는 지역의 역사와 문화에 대한 이해가 반드시 필요하다.

부안군은 바다와 산, 평야를 모두 갖추고 있어 천혜의 자연환경이라고 할 만한 경관을 갖추고 있다. 특히 바다와 맞닿은 기암절벽의 아름다움을 보여주는 채석강과 적벽강, 산속에 숨겨진 보물인 내소사와 직소폭포 등 바다와 평야, 평야와 산이 만나며 갯벌과 기암괴석을 모두 보유하고 있다는 점은 부안의 큰 강점이다. 게다가 부안은 백제 유민들의 항쟁과 동학농민혁명의 항쟁이 있었던 땅으로 불의의 침입에 맞서 싸웠던 장엄한 역사가 살아 있는 곳이고, 고려 시대로부터 다양한 문인을 배출한 문학과 예술의 땅이기도 하다. 이러한 자연경관적 요소와 역사, 문화적인 요소를 결합하여 적절한 스토리텔링을 할 수 있다면 단순한 자연경관을 통한 축제의 홍보보다 더 확실하게 지역 축제가 자리매김할 수 있을 것이다.

동진강을 넘어 들판을 지나다 보면 어느덧 산에 다가가 있고 발품을 팔아 산에 오르면 바다가 보이고 바다로 나아가다 보면 섬이 나오는 곳이 바로 부안이다. 이처럼 아름다운 부안의 자연에 조금만 수고를 더한다면 여행객들에게 멋진 경관축제를 선보일 수 있을 것이고 내변산 숲의 피톤치드와 드넓은 서해 바다 그리고 사계절 제철 밥상이 이에 더해지면 부안을 찾는 이들에게 멋진 추억과 힐링을 선물할 수 있을 것이다.

되찾아야 할 13만 군민의 의지

부안사람이라면 누구나 한번쯤 서림공원에 올라본 적이 있을 것이다. 쉬엄쉬엄 서림공원 중턱쯤 오르다 보면 팔각정 쉼터 옆 커다란 표지석에 '13万 君民의 意志'라고 새겨진 문구가 눈에 들어온다. 그 모습을 볼 때마다 되새기게 되는 것이지만 그렇게 오래되지 않은 과거에 우리 부안의 인구가 13만 명인 때가 있었다. 면 단위마다 2~3개의 초등학교가 있었고, 학년마다 2~3개의 반이 있을 정도로 아이들도 많았으며, 장날 시장에서는 흥정하는 소리가 시끄러울 정도로 사람들이 넘쳐났다.

하지만 지금 부안의 인구는 얼마나 되는가. 6만 명이 무너진 지 오래고 현재는 5만 7천 명을 밑돌고 있는 상태다. 시골 학교는 하나둘 폐교하고 있고 장날에도 평소의 모습과 별반 차이가 없을 정도로 한적해졌다. 문제는 앞으로도 이런 인구 감소 추세가 좀처럼 개선될 기미가 보이지 않는다는 점이다.

농촌인구 감소 가속화

비단 농촌인구 감소가 부안만의 현상은 아니다. 한국고용정보원은 앞으로 30년 안에 전국 농촌 시·군 가운데 1/3이 넘는 84곳, 1,383개 읍·면·동이 인구 소멸 지역이 될 것이라는 다소 충격적인 전망을 내놓았다. 여러 복합적인 이유가 있겠지만 농촌인구의 감소 원인은 크게 두 가지로 보인다.

먼저 노령화에 의한 자연 감소이다. 농가인구 가운데 60세 이상이 절반을 넘은 상황에서 출생 인구보다 사망 인구가 갈수록 많아지고 있는 것이다. 가임 여성 인구가 턱없이 부족한 이와 같은 연령 구조에서 앞으로 더욱이 농가 인구는 계속해서 감소할 것은 불문가지이다. 또한 낮은 소득 구조와 양질의 일자리 부족 등 열악한 거주 여건에 따른 지속적인 이농도 농가 인구 감소로 이어지고 있다.

농촌인구는 1960년대의 산업화 과정에서 도시로 인구 유출이 시작된 이래 현재까지도 계속 진행되고 있다. 상대적으로 불리한 교육 여건, 낮은 취업률, 일자리 부족 등으로 청년층들이 계속해서 도시로 빠져나가 농촌에는 노년층만이 남게 되었다.

일자리 부족, 청년층 이탈, 인구 고령화라는 악순환이 계속되는 한 농촌의 인구 감소는 막을 길이 없다. 농촌인구의 감소는 단순히 노동력 부족 문제만이 아니라 농촌 지역의 교육, 문화, 산업 시설 등 기초적인 생활 기반 시설의 붕괴를 동반한다. 더욱 심각한 것은 농촌의 인구 감소가 농촌공동체를 무너뜨림으로써 농업 기반이 흔들리는 결과를 초래하고 이는 우리 식량 안보라는 심각한 문제로까지 이어진다는 점이다.

문제의 심각성을 인식해서인지 최근 정부와 지자체에서는 이러한 농어촌 인구 감소를 막기 위한 다양한 정책을 쏟아내고 있다. 지자체별로 출산·양육지원금을 경쟁적으로 늘리고 있으나 이러한 노력에도 불구하고 인구 감소의 개선 효과는 미비한 실정이다. 일회적이고 단편적인 지원책으로는 출산율을 늘리는 데 한계가 있기 때문이다.

귀농·귀촌으로 농촌인구 문제 해결

여러 지자체에서 인구 감소를 막기 위해 경쟁적으로 출산 및 양육지원금을 늘리고 있으나 이러한 현금성 살포가 생각보다 효과가 미미하며, 지역의 소중한 재원을 효과 없이 낭비하는 결과가 될 수도 있다는 문제점이 꾸준히 언론 등을 통해 제기되고 있다. 실제로 출생률은 농어촌뿐만 아니라 도시지역에서도 계속해서 감소 일로를 걷고 있으며, 결혼과 임신, 출산과 양육의 문제는 사회의 여러 부분과 긴밀하게 얽혀 있어 단기간에 단순한 방향으로 가시적인 성과를 낼 수 있는 분야가 아니기 때문이다. 물론 출산 장려 정책 자체는 꾸준히 지원되어야 하겠지만 단기간에 인구를 늘리는 것이 불가능하다는 사실을 인식하고 장기적인 관점에서 지원하는 정책이 필요한 때이다.

현재 그나마 농촌인구 감소 문제에 있어 효과를 거두고 있는 정책이 귀농·귀촌 장려 정책이 아닐까 싶다. 정부의 정책과 베이비부머 세대의 은퇴 시기가 맞물려 귀농·귀촌 인구는 다행스럽게도 꾸준히 증가해가고 있는 추세이다. 또한 도시 지역의 격렬한 경쟁과 높은 주거 비용 등에 어려움을 느낀 사람들 중

귀농귀촌을 선택하는 사람들이 있기 때문에 지속적이고 효과적, 강력한 지원 정책을 계속하여 실시한다면 가시적인 결과를 얻을 수 있으리라 생각된다.

실제로 전국적으로 귀농·귀촌인구는 2014년 기준으로 1만 4천 가구, 10만 명으로 나타났고 2017년에는 50만 명에 육박할 것으로 예측된다. 우리 부안에도 귀농·귀촌 인구가 꾸준히 증가해 2014년부터 2016년까지 1,409가구 2,021명이 유입되었다. 이는 연평균 700여 명 꼴로 연평균 신생아 출생 수 275명보다 425명이나 많은 숫자이다. 이런 상황에 농촌 지역 자치단체들은 귀농과 귀촌하는 사람을 유치하기 위해 경쟁적으로 정책과 대책을 내놓고 있다.

하지만 여러 정책들이 중복되거나 홍보가 되지 않은 부분도 있으며 다소 혼란스러운 부분도 없지 않다. 발달한 인터넷망을 이용해서 소위 '귀농귀촌 포털'을 구축하여 성공 사례를 소개하고 농가체험 기회를 제공하고 있지만 피부에 와닿는 효과를 거두지 못하는 실정이다. 귀농인에게 주택과 농지를 알선해주고 창업 자금을 저금리로 융자해주는 내용도 포함돼 있지만 홍보가 부족해 귀농인들이 적극 활용하지 못하는 실정이다. 또한 농지 매입비, 출산장려금을 지원하고 영농기반시설비 등을 지원해주고 있지만 이 역시 지자체별로 제각각이어서 혼란스럽다.

귀농인과 귀촌인에 대한 맞춤형 대책

귀농인과 귀촌인은 그 목적이 다른 만큼 이에 따른 대책도 맞춤형으로 이루어져야 한다.

귀농인은 농업을 전문 직업으로 선택해서 수익을 내는 것을 말하고 귀촌인은 여유로운 전원생활을 하면서 농촌과 관련된 부가 수입을 창출하는 것을 말한다. 즉 농업 생산 유통·가공 등에 종사하는 경우가 귀농이고, 펜션·농촌 관광·농촌 체험 사업 등을 하는 경우가 귀촌이다.

귀농과 귀촌 각각의 목적에 맞게 이에 대한 유인책 역시 귀농인에게는 소득 보장을, 귀촌인에게는 생활의 편리함을 제공하는 방향으로 세워져야 할 것이다. 또한 이들을 유치하기 위한 전체적인 매뉴얼을 개발, 보강하고 정보, 기술, 자금 지원, 정주여건 개선 등 이들이 정착하기 좋은 환경을 만들어가기 위한 별도의 전담 기구도 필요하다. 그리고 귀촌인보다는 귀농인이 보다 젊은 층이고 지역 경제에 좀 더 활력을 불어넣을 수 있다는 점도 참고해야 할 부분이며 이들의 상당수는 도시 생활에서 실패한 경험이 있는 경제력이 낮은 사람들이라는 점에서 자금 지원과 융자 등을 대폭 확대하는 구체적인 방안도 마련해야 할 것이다.

한편 귀농·귀촌인들을 따뜻하게 맞아줄 주변 여건 조성은 지역 주민들의 몫이다. 귀농·귀촌인이 다시 도시로 돌아가는 경우가 종종 있는데 이들이 이런 선택을 한 주요 이유는 이웃 간의 갈등이라고 한다. 외지에서 새로 이사 온 이들에게 도움을 주지는 못할망정 텃세를 부리는 소위 갑질을 해서는 안 될 것이다. 이들이 빠르게 정착할 수 있도록 여건을 만들어주는 곳에 귀농·귀촌인들이 모여들 것임을 잊어서는 안 된다. 인구의 수가 부의 척도는 아니지만 인구와 비례된 지역의 거주환경은 간과할 수 없는 부분임은 분명하다.

'지방 소멸'의 위기는 바로 눈앞까지 다가왔으며 눈을 돌릴 수도, 부정할 수도 없는 현실이다. 하지만 태어나는 아이는 억지로 늘릴 수 있는 것이 아니다. 나라의 전반적인 저출산 분위기 속에서 무리한 인구 늘리기 정책은 되레 부작용을 낳을 수도 있다. 그렇기 때문에 더더욱 귀농귀촌 정책은 대안 없는 필연이며 군정 최우선 정책으로 삼아야 할 중대 사안이다.

물론 현실성 없이 보여주기식의 정책 추진은 소중한 지역의 세금을 낭비할 뿐이며 부작용 역시 유발될 수 있다. 도시민들이 귀농귀촌하는 전반적인 이유를 정확히 파악하고, 그들이 농어촌에 적응하는 데에 어려움을 느끼는 것이 무엇인지 이해할 필요가 있다. 이를 통해 현실에 맞게 목표를 정하고 귀농·귀촌인에 대한 다각적이고 체계적인 지원으로 군정의 정책을 세워야 할 것이다. 또한 인구 증가는 단기간의 정책으로는 절대 이루어질 수 없다는 사실을 인지하고 과감하고 파격적이며, 장기적인 계획과 정책 진행으로 부안군의 미래를 설계해야 할 것이다.

여기에 더해 군민들 역시 지역 인구 증가 정책의 중요성을 인지하고 귀농귀촌인들을 지역에 정착시키는 데에 적극 협력할 필요가 있다. 귀농귀촌인을 따뜻하게 맞이하는 행동 하나하나가 지역의 생존을 책임지는 행동이라는 사명 의식을 가진 군민의 의지가 이에 더해진다면 우리 부안의 인구문제 해결도 그리 어려운 문제가 아닐 것이다.

가력도는 부안 땅(2013년 2월 6일 지역신문 기고문)

가력도는 부안 땅이어야 한다

가력도와 신시도는 1914년 일제가 수탈을 용이하게 할 목적으로 강제로 행정구역을 개편, 군산시로 편입되었는데 그 이전에는 비안도(가력도 포함)와 신시도까지 부안 땅이었다. 그 근거는 다음과 같이 문헌으로 명백하게 입증되고 있다.

> – 동국여지승람(조선 성종 1481년): 부안현 구도는 현 서해 가운데 있고 둘레가 20여 리로 기록되어 있음.
>
> – 동국여지지(조선 현종 17세기): 부안현 구도는 비량도라 칭하고 둘레가 24리로 기록되어 있음.

- 부안주민 호구단자(1888년 호적): 부안현 비안도의 호구단 자로서 현재 계화면 의복리 서돈마을 박봉호 씨가 보유 하고 있으며 부안사람이 살고 있었다는 실질적 증거임.

- 조선시대 해동여지도, 대동여지도, 지승, 호남읍지, 광여 도, 청구요람 등 24종의 문헌에 비량도, 두리도는 부안현 으로 명기되어 있음.

- 1914년 3월 1일 부령 111호(1913.12.29 공포)로 전남의 고 군산도, 충남의 개야도, 죽도, 어청도, 부안의 비안도를 병 합하여 옥구군이 설치되었음.

가력도는 1080년대 후반까지 하서면 장신리 장원마을 정택 술 씨가 30여 년을 거주해 오다가 국가 안보를 최우선으로 하 던 시절 정부에서 독립가옥 및 외딴섬 주민들을 이주시킴에 따 라 나오게 된 이력이 있으며 여기에 더해 썰물 시 인근 하서면, 계화면 주민들이 도보로 조개잡이를 위하여 드나들던 부안군 민들의 생활권 내의 땅으로서, 과거에 동진강과 만경강을 건너 야 하는 군산시 주민들은 전혀 왕래할 수 없었기에 군산시민들 에게는 생소한 곳이다. 가력도를 포함한 주변 바다는 역사 이 래 어업면허 발급, 어업 지도 단속, 상하수도 공급과 청소에 이 르기까지 실질적인 행정력과 지방자치권을 부안군에서 행사해 온 부안 땅이다. 또한 최근에 전북지방경철청에서도 변산면 대 항리에서 가력도 배수 갑문을 포함한 부속 건물까지의 27.5㎞ 를 부안경찰서 관할로 지정하였다. 현 가력도 선착장이 이루어 질 때까지 오로지 우리 부안군 어민들이 건의하고 투쟁하여 이

룩해놓은 부안 어항인 것이다.

새만금 방조제 축조가 완성됨에 따라 내측 문포, 양지, 돈지, 불등, 장신, 해창 등 6개 어항이 폐항되면서 800여 척의 어선 대피 정박항이 없어졌기 때문에 살아가기 위한 몸부림으로서 1995년 5월 안서 법인어촌계에서 당시 새만금 사업 시행 기관인 한국농어촌공사 및 전라북도에 최초로 이의 필요성을 주장, 건의를 시작으로 탄원, 진정 등 지속적인 관철 활동을 통하여 국비 252억 원을 확보해 250척 수용 규모의 대체 어항으로 조성된 곳이다. 따라서 가력도 선착장은 부안 어민들이 만들어내고 부안 어민들이 이용하는 부안 어민들의 것이다.

이런 투쟁의 산물로 만들어낸 가력도 선착장이 완성되기까지 군산시에서는 무엇을 했느냐고 되묻고 싶고, 아무런 노력이나 관심도 없었던 비안도 주민들은 물론 군산시도 어떠한 권리도 없음이 명백한 이상 이제 와서 새만금 외측 지역인 비안도 주민들의 해상 교통 불편을 구실로 삼아 비안도 도선 운항을 위한 가력선착장 점유 사용 허가를 받으려는 움직임에 결사반대한다.

비안도 도선 운항을 위한 가력선착장 점유 사용 허가는 안 된다

가력선착장은 방파제 640m, 물양장 370m, 부잔교 3기를 갖추고 있으며 항내수면적 12,233㎡, 어선 수용 능력 250여 척 규모로 만들어졌으며, 새만금 내측 800여 척에 달하는 부안 어민들의 대체 어항이기 때문이다.

가력도 선착장을 포함한 새만금 1-2호 방조제 구간은 지방자치법에 따른 행정구역 미결정으로 인해 법적 준공이 되지 않은 상태로 현재 농림식품부에서 관리하고 있으며, 농림식품부는 가력선착장 관리 주체 결정 전까지 가력선착장 운영관리협의회를 구성, 운영하고 있다.

현 시설 규모는 250여 척 규모의 접안 시설로 수요에 비하여 턱없이 부족한 실정이라서 추가로 새만금 내측 어선 400여 척의 대체 어항 증설을 줄기차게 요구하고 있으며 이 또한 시급한 과제로 우리 어민들의 생존권이 달려 있다. 위 요지는 군산시가 가력도항의 점유 사용 허가와 가력도항의 지분 1/2을 요구하며 정부 기관 등을 상대로 각종 민원을 제기하는 것에 대하여 농림식품부와 전라북도가 우리 군민들의 의사에 반한 결정을 할 수도 있다는 우려가 팽배한 현 시점에서, 만약 그렇게 될 경우에 우리 어민들의 결사반대를 넘어 전 군민의 저항을 피할 수 없다는 것이다.

가력도 어항은 이용하는 주민의 입장에서 접근해야 한다

앞에서 언급한 바와 같이 가력도, 신시도, 비안도는 부안 땅이었는데, 1914년 일제강점기 행정구역 개편 시 해상 경계선을 군산신흥도시 건설계획에 따라 수탈 목적으로 그어놓은 국립지리원의 표시일 뿐이다. 국립지리원의 해상 경계 표시는 행정안전부, 국방부와 지방자치단체의 구역 설정에 관한 유권해석이 없으며 공유수면에 대한 지방자치단체의 자치권한이 존재한다는 최근 판례가 있듯이 새만금 내측 1억 2,000만 평의 공유수면은 역사 이래 우리 어민들의 생활 터전으로 우리 소유의 고기잡이 및 각종 양식업 공간이었으며, 역사적으로 부안군 소유의 땅이었다.

그러나 국책 사업으로 국가 백년대계의 발전 지향적인 배려에서 새만금 사업의 원활한 추진을 위하여 부안군민이 대폭 양보하였고 공생 발전의 틀을 유지하려 노력하고 있다. 해상 경계 기준 역시 동진강 수계로 설정하여 군산시 38.82%, 김제시 21.28%, 부안군 39.9%로 공분을 모색하고 있다(물론 군민의 합의를 전제로 함). 이는 지방자치단체 구역 설정 기준이 험산준령이나 하천·강을 사이에 두고 획정했던 자치단체 간 구역 설정의 관습화된 법리에 따르는 것이다. 그 이유는 그 땅을 이용하는 주민의 입장과 편익을 위해서 그렇게 획정하는 것이 주민 본위의 개념이기 때문이다.

이의 사례는 김제시와 부안군의 경계가 동진강이라는 점을 고려한 것이고, 과거에 전남 영광군의 위도를 부안군에 편입한 것도 위도 주민들이 곰소항을 거쳐 고창 법성포를 지나 영광군에 가는 것은 불편한 반면 부안시장을 이용하는 것이 더 편리하고 생활 권역이 부안군이기 때문이다. 전북의 관할이던 금산군민 역시 대전시장을 이용하기 때문에 군민의 편익을 위해서 충남에 편입된 것이다.

따라서 가력도항의 이용 권한은 가력도항을 이용하는 주민의 입장에서 주민 본위로 결정해야 할 중대한 사안이다. 따라서 군산시는 도선운항 점유사용, 선착장 점유시설건설 등 일체의 행위를 즉각 중단하고 대승적 차원에서 공생 발전의 길로 가야할 것이다. 최근 들어 몇 척의 어선들이 정박하고 있다는 가력도항을 이용하는 어민은 부안 어민이 대다수이지 군산 어민은 한 사람도 없었다는 사실을 알아야 한다. 이는 역사 이래 생활 터전으로 살아왔던 부안의 삶터이고 부안의 역사와 문화가 자리 잡고 있기 때문이다.

부안 발전을 위한 의원과 읍·면 직원과의 소통과 대화

배경

군민과 밀착 행정을 추진하는 읍·면 직원과 의회 의원이 소통하여 일선 행정의 생생한 목소리를 부안 발전의 정책 대안으로 마련하고자 우리가 처한 농림어업의 과거와 현재, 미래를 분석하고 토론하여, 농림어업소득 5천만 원 이상, 5천 호 육성 등 부안 발전에 기여코자 함.

개요

- 일시: 2011. 3. 22(화) ~ 2011. 4.1(금) (11일간)
- 장소: 읍·면사무소 회의실
- 토론자: 의회 의원 및 읍·면 직원
- 토론주제
  - 1주제: 농림어업소득 5천만 원 이상 5천 호 육성 방안
  - 2주제: 읍·면 자율 주제 1건 이상
- 토론회 결과:

이번 읍·면정 토론회는 의회가 주민과 가장 가깝게 일선 행정을 추진하고 있는 읍·면 직원들의 생생한 현장의 소리와 애로 사항을 청취하여 지역의 현안과 민의를 군정에 반영하기 위한 것으로서 우리 군의 최우선 과제인 5천만 원 이상 소득 5천 호 육성에 대한 일선 행정의 추진 방안과 읍·면 자율주제를 대

상으로, 의회 의원 및 읍·면 직원들과의 대등한 입장에서 지역 발전의 위협 요인과 기회 요인 등에 대하여 격의 없는 토론회를 개최하여 농림어업소득 5천만 원 이상, 5천 호 육성에 대한 의원 및 읍·면 직원과의 공감대를 형성하고 시급한 과제라는 인식을 고취시키는 효과를 거두었으며 또한 지역의 유·무형 향토 자원을 통해 시장과 소비자가 원하는 농산물과 로컬 푸드로 농업의 활로를 찾는 등 국내외 정보 교환의 장으로서 처음 시도해보는 이번 토론회에 대하여 참여자 대다수가 전반적으로 긍정적 평가를 하였음.

주요 토론 내용

① **현실 인식**(위협 요인)

· 교육 환경이 열악하고 농업인 소득 감소로 젊은 인력 유출

· 초고령화 사회 주 원인 → 변화와 도전의 동력이 떨어짐

· 벼농사 위주의 농업: 50% 이상

· 유기농 친환경 농산물 생산 저조: 11%

· 한우가 차지하는 비중: 15.4%

· 소득개발 전략품목 및 대표브랜드 부재

· 농가의 자율적인 추진의지 부족(보조금 의존의식 팽배)

· 전국 농가 평균소득:

- 전국 3,084천 원

- 전북 3,061천 원(전국 99%)
※ 부안군 소득추계 데이터 부재

② 한국농업 쇠퇴 원인
· 쌀 맹신주의
· 나눠 먹기 식 보조금 정책(정부보조금 세계 2위, 효율성 96위)
· 의존적 농민의식
· 개혁 없는 비효율적 농업정책
· 경자유전 → 경자용전

③ 교육환경 개선방안 선진사례(고창 영선중, 군산 회현중, 완주 화산중)
· 지역 학교와 학부형, 행정이 협치를 통해 폐교 위기에서 명문교 부상
· 완주 화산중의 경우 입시 경쟁률은 10:1 : 도내 30%, 타 시·도 70%
· 새만금 방조제 개통으로 변산권 학생 군산 학군 이동 예상

④ 국제 농업시장 변화와 선진농업 실태
· 농산물 블랙홀로 떠오르는 중국: 연간 100조 원 농산물 수입, 육류, 과일, 낙농제품 수입량 급증
· 동북아 배후 시장 규모: 중국 등 11개 메가시티와 15억 인구 → 7,300억 달러

· 일본농업: 방사능 유출 이슈로 한국농산물 수출 기회

⑤ 세계 유기농시장 규모 급증

· 1,480만ha(1998년) → 3,500만ha(2009년)

· 10년 만에 2배 증가 추세

⑥ 서해안 간척지 농업특구 아시아 최고의 농산업 벨트화

· 시화호, 영산강, 새만금

· 시드seed밸리 산업, 식품가공무역, 수출농업단지

· 수출 1조 원 기업 10개소 육성

⑦ 가열되는 뉴테크놀로지화

· 농업은 1차+2차+3차 산업을 더한 6차 융·복합산업

· BT, IT 결합한 6차 산업 +α산업으로 발전

· 토론포커스(상호교감):

－ 전체 농업의 비중에서 벼농사를 대체할 작목개발 필요

－ 안정적 소득 보장을 위해 복합영농 체계 마련

－ 소비자와 시장이 원하는 유기농 친환경 농업 기반 마련

－ 예산이 적게 소요되는 검증된 작목부터 우선 시행

⑧ 지역의 유·무형 향토 자원을 활용

· 동북부 갯벌 땅 및 남부안권의 황토 땅

· 곰소 천일염의 염전을 활용한 작목 선정

· 부안 특화 작목 개발(우리밀, 마늘, 양파, 수박, 한우, 논콩 등이 집중 거론)

· 최근 개정된 '부안군 가축사육제한 조례'의 탄력적, 효율적
  운용을 위해 동 조례 재개정 필요성 제기

· 영농비 절감 및 노동력 감소를 위해 소규모 육묘장 시설확
  대 보급 절실

· 유·무형 향토 자원을 활용하여 도농 간 직거래할 수 있는
  통합브랜드 개발

· 우리 농업의 활로를 열어나갈 친환경 대표브랜드 개발

⑨ 변산권 관광개발 확충을 위해 관광인프라 개선

· 친절, 청결, 바가지요금 인식 불식 등 자정 운동 필요

⑩ 결론(변화와 도전) → 농업 소득 5천만 원 이상 5천 호 달성
  을 위한 과제

· 농업인의 인식 제고를 위한 교육 확대: EM 교육 등

· 지역별 고소득 작목 시범포 운영 과제 보급

· 목표 달성의 종합적 계획 조속 마련과 세부 계획에 대하여
  새마을 운동과 같은 공무원들의 열정과 의지가 필요

· 도시의 젊은이들을 끌어들이기 위한 소득모델 마련으로

귀농·귀촌 세일즈 추진

· 국민소득 2만 달러 시대에 맞는 고품질 친환경 생산 면적
확대

※ 현재 11% → 50%까지 확대하여 친환경 브랜드 개발

· 친환경 유기농 생산을 위한 교육 및 농자재 보급 확대

· 최저비용 농법을 위한 가축사육 복합영농체계 마련

· 가축사육제한조례 거리 제한 완화를 위한 조례 개정으로
소규모 친환경 축산업 육성과 활성화

※ 한우사육+벼농사 농업의 복합영농

· 작목별 단지화, 조직화를 통한 브랜드 개발

· 지역의 향토 자원을 활용하여 도농 직거래 시스템 마련과
농특산물 관광 상품화 개발

· 새만금 농업특구에 대비하여 적합 품목 및 법인체 구성
등 준비

2년 동안의 의장 임기를 마치며 (지역신문 기사)

> "새만금 시대 동북아 메가시티 선점을 위한 비전을
> 키워나가기 위해 최선을 다하고자 하였습니다."

이는 지난 5월 제6대 부안군 의회 전반기 홍춘기 의장이 임기 만료와 함께 그동안의 소감을 밝히는 일성이다. 홍춘기 전 의장은 "6만여 군민의 성원과 관심으로 무사히 2년 동안 의장의 책무를 무사히 마칠 수 있었다."며 "군민 여러분께 무한한 감사의 말씀을 드리며 앞으로도 부안군 의회에 전과 같은 변함없는 뜨거운 관심과 사랑을 부탁한다."는 그동안의 소회를 밝혔다.

또한 2년 동안의 부안군 의회 수장으로서 "6만 군민의 염원을 담아 새만금 시대 부안의 밝고 희망찬 미래를 위해 군정에 대하여 건전한 비판과 견제라는 본연의 임무를 충실히 다하였다"고 말하면서, 앞으로도 "군민과 함께 호흡하며 현명한 대안을 제시하는 생산적인 의회 활동으로 새만금 시대 동북아 메가 시티 선점을 위한 비전을 키워가는 데 최선을 다하자"고 말했다.

고도의 정책의결 기관으로서 공부하는 의회

주민과 가장 가까이에 있는 군 의원들이 "그 누구보다도 공부를 더 열심히 해야 한다."라는 것을 의정 활동의 근본으로 삼고 선진국의 의정 연수를 통하여 행정사무감사의 기법, 군정 질문 및 정책제시 방법 등 의정 활동에 필요한 전문 역량을 배양

하였다. 특히 신안의 염전과 소금박물관 연수를 통해 우리 지역의 소금이 월등히 우수한 품질임에도 홍보가 부족하여 타 지역에 뒤지고 있음을 지적, 개선토록 하였고 경남 의성의 육쪽마늘 재배단지, 하동 초저비용 농업, 천연농약 제조교육 참석 등으로 우리 군에 접목할 수 있는 방안을 모색, 농가 소득 증대에 기여할 수 있도록 하였다. FTA라는 큰 파고를 극복하고 농가소득 증대와 연계, 발전 가능한 사업을 개발하기 위해 산청의 유기농 축산 단지, 양평의 부추생산단지, 충주의 유기농 쌈채소 농장 등 전국 어디든 찾아다니며 우리 군 농업 경쟁력 제고에 최선을 다하였다.

또한 전국자치단체 우수 성공사례 100건을 취합하고 우리 군에 접목할 수 있는 10개를 선정, 비교 사찰 후 집행부에 대안을 제시하는 등 찾아다니며 배우는 의회 상을 정립하였다.

생산적이고 현실적 대안을 제시하는 의회

부안군 의회는 기존의 보고 형식에서 벗어나 군민과 밀착 행정을 추진하고 있는 읍·면 직원과 의회 의원과의 브레인스토밍을 통하여 일선 행정의 생생한 목소리를 부안 발전의 정책 대안으로 마련하고자 두 차례에 걸쳐 의회와 읍·면 직원과의 토론회를 개최하였다.

주제를 농·어업 소득 5천만 원 이상 5천 호 육성과 읍·면 자율로 정하고 실시한 토론회에서 우리 군에 경쟁력 있는 10대 소득기반 품목을 선정하여 집행부에 건의 및 72억의 예산을 반영토록 하였다. 그 10대 품목을 살펴보면 다음과 같다.

1. 농업인의 인식 제고를 위한 교육 확대

2. 목표 달성의 마스터플랜 조속 마련

3. 도시의 젊은이들을 끌어들이기 위한 소득모델 마련으로 귀농·귀촌 세일즈 추진

4. 국민소득 2만 달러 시대에 맞는 고품질, 친환경 생산 면적 확대

5. 친환경 유기농 생산을 위한 교육 및 농자재 보급 확대방안 마련

6. 초저비용 농업을 위한 가축사육 복합영농체계 마련

7. 가축사육제한조례 거리제한 완화를 위한 조례 개정으로 소규모 친환경 축산업 육성마련

8. 작목별 단지화, 조직화를 통한 브랜드 개발

9. 지역의 향토 자원을 활용한 도농직거래 시스템 마련과 농특산물 관광 상품 개발, 새만금 농업 특구에 대비하여 품목 및 법인체 구성 등

소통의 활성화로 내부 피드백 강화

"세상의 모든 비극은 소통의 부재로 시작된다."라는 말이 있을 정도로 소통은 절대적으로 필요하고 매우 중요한 문제이다. 이에 전반기 부안군 의회는 모든 사안에 대하여 의원들의 충분한 합의 절차를 거쳤으며 이를 위해 매월 정기 의원 간담회를 통하여 정보를 공유하고 토론을 통하여 의원들의 의견을 집약하는 데 최선을 다하였다. 각 상임위원회 단위로 진행되는 사안도 비중이 있는 경우 전 의원이 모여서 심도 있게 토론을 하면서 의견을 조율하였으며, 현역 의원뿐만 아니라 1대~5대까지 역대 의원들을 초청하여 그동안의 의정 활동을 보고하고 부안군의 발전 방향을 모색하고자 하였다.

농업활로 모색을 위한 소득사업 대안 제시

부안군새농민회를 대상으로 친환경 초저비용 농법을(천연 농약을 사용한 친환경 농법) 교육하여 고품질 친환경 농업 저변 확대를 모색하였으며, 유기농 순환 농법을 추진하기 위해 부안 뽕과 농업부산물을 활용한 유기농 흑돼지를 12농가에 보급·사육 중이다. 동진과 계화의 미네랄이 풍부한 갯벌 논에 벼농사를 대체할 육쪽마늘 10ha를 시범 재배하여 육쪽마늘 브랜드의 기반을 구축하였으며 축산농가 사료비 절감을 위해 곡물사료 대신 농산물의 부산물을 활용한 발효사료 기술을 보급토록 하였다.

또한 농·어업 소득 5천만 원 이상 5천 호 육성 프로젝트를 성공적으로 이끌기 위한 일환으로 축산업 경쟁력 확보에 주력하였는데 부안군 역사상 처음으로 유통전문가를 채용할 수 있는 제도적 발판을 마련하고자 농업축산과를 출범시키고 농산물마케팅추진단을 태동시키는 혁신적 성과를 거두었으며 163억 원의 예산을 확보하였다.

군민 대변하는 성실한 의회 활동

군 의회는 지난 2년 동안 정례회 4번, 임시회 16회, 군민의 생활과 직결된 조례안 등 107건(조례안, 동의안, 의견제시의 건, 청원, 건의안), 예산안 7건, 결산안 2건의 안건을 처리했다. 또한 행정사무감사를 통하여 군정에 대한 374(2회)건을 지적, 처리하였으며 심도 있는 정책 질문을 통해 군정 현안을 진단하고 도출된 문제에 대한 정책 대안을 제시하였다. 또한 읍·면 주요 사업장 방문을 통해 사업 추진 과정에 대한 문제점을 해결하고 예산 낭비 요인을 사전에 제거하였으며 주민 불편을 해소하였다. 또한 농·어가 소득 증대를 위한 다양한 의견 청취로 주민 애로 사항을 해결하는 현장 의정을 추진하였다.

제5부

내일을 위한
기고와 제언

『하나님의 눈으로 북한 바라보기』를 읽고 (부안읍교회 북한 선교학교 리포트)

북한 선교를 위한 1000만 크리스천의 메시지

김일성 유일사상(주체사상 백두혈통)으로 무장된 2300만 북한 동포들을 어떻게 포용할 것인가? 굶주림에 시달리는(죽어가는) 200~300만의 동족을 수수방관할 것인가? 이러한 질문에서 더 나아가 한반도 평화 정책, 하나님의 나라를 만들어가는 한민족과 사마리아 땅 끝까지 세계 선교의 마지막 주자로 쓰임받아야 할 한국교회의 역할(비전)을 제시한 이 책은 우리 한국 기독교인들이 읽어야 할 필독서로 권하고 싶다. 특히 남북통일까지를 깊이 있게 분석, 제시한 이 책은 지금까지 읽어본 '한반도 평화정착', '남북화해'에 관한 어느 책보다 감동적이었고 김대중 전 대통령의 '햇볕정책' 3단계 통일 방안과 맥을 같이하고 있어서 더욱 인상적이었다.

저자 오성훈 목사는 한국 장로교회 평양총회의 신사참배 결의를 '영적간음'으로 표현하면서, 동족 분단의 고통을 그에 따른 채찍과 연단으로 여기고 감내해야 한다고 말한다. 아울러 하나님 앞에 회개하고 분단 60주년의 부끄러운 역사를 반성하며 한국교회가 나가야 할 책무를 절감하는 이 땅의 1000만 크리스천들에게 웅변으로 던져주는 메시지이다.

이 책에서 우리에게 주는 교훈

1. '반드시 통일되어야 한다'라는 12.3%의 국민 의식을 어떻게 확장시켜 나갈 것인가?

2. 우리가 '하나 되면' 세계 제1의 민족이 될 것인데

3. 우리는 북한을 너무도 모르고 등한시해 왔다.

4. 북한 선교는 제2의 독립운동이다.

분단 한반도에서 우리를 태어나게 하신 것은 하나님의 섭리이지 결코 우연이 아니다. 민족의 아픔을 가슴에 끌어안고 울수 있어야 한다. 통일된 조국으로 바꾸어 놓아야 한다. 굶어 죽어가는 북한 동포들을 구해야 할 의무를 이행하지 않는다면, "북한의 실상을 알고서도 수수방관하면 벌을 받아야 한다"라는 독일 의사 폴러첸의 고백이 우리 모두의 가슴에서 출렁거려야하지 않겠는가?

북한 선교는 민족애에서 출발

한국교회는 조국의 분단을 민족적 차원에서 극복해야 할 책임이 있다. 그렇기에 북한 선교의 동기는 민족 사랑에서 도출되어야 한다. 하나님의 방법으로 분단을 극복하고 하나님의 말씀에 붙들려 땅끝까지 복음을 전하는 '제사장민족'이 되어야 한다.

한국교회의 회개

1938년 9월 평양 서문 밖 교회에서 열린 제27회 장로교 총회에서 신사참배를 결의함으로써 한국교회는 '영적 간음'을 저질렀다. 이런 죄악에 대한 징벌이 남북분단으로 나타났다는 것을 깨닫고 회개해야 한다. 기미년 3.1운동 민족대표 33인 중에 16명이 개신교인으로서 절반을 차지할 정도로 신앙의 선배들은 하나님의 정의를 실현해왔다.

한국교회의 비전

한민족이 세계 선교를 완성할 민족으로, 세계 선교의 마지막 주자로 쓰임받을 만한 자격을 검증받아야 한다. 김일성을 민족의 태양이며 영원한 민족의 지도자로 우상화하는 동상이 3만 8천 개나 있는 북한 동포를 구원하는 사업은 늦었지만 이제라도 앞장서서 시작해야 한다. 건전한 안보관을 바탕으로 적대감을 해소하고 동포애를 증진시킴으로써 북한을 동반자 관계로 이끌어가는 지혜와 노력이 필요하다. 북한당국과 공식적인 교류를 통해서 식량과 비료를 인도적 차원에서 지원하고 문화체육 교류와 이산가족 상봉 등 활발한 교류 협력을 추진하는 사업과 '앞문선교'를 적극 추진해야 한다.

한반도 평화통일이 되면

'우리가 하나 되면 세계 제1의 민족이 될 것이다'라는 주장에 전적으로 공감한다.

> 1. 통일 이후 10년 동안 매년 경제 성장률 11%의 고도성장으로 우리 경제 규모는 일본이나 중국과 대등해지며 미국 다음으로 잘사는 나라가 될 것이라고 골드만삭스가 진단했다.(이때 국민소득은 1인당 8만 달러로 추정함)
>
> 2. 프랑스 미래학자 자크 아탈리는 한국은 세계적 거점 국가가 될 것으로 예측했으며,
>
> 3. 독일의 디벨트(경제전문지)지는 통일 한국은 독일을 앞서 나갈 것으로 진단했다.

북한에는 세계 8위에 달하는 석유 매장량을 비롯, 2조 달러의 지하자원과 무규제, 무민원의 국유화된 토지자원이 있어 남측의 기술과 자본이 투자되고 북측의 질 좋은 노동력이 합해

지면 세계 어느 나라도 넘볼 수 없는 경제성장 잠재력을 갖추게 된다. 또한 시베리아 철도가 연결되면 유럽으로 가는 물류 비용을 3분의 1로 줄일 수 있으며, 러시아 천연가스를 '파이프라인'으로 직수입이 가능해져 에너지 자원 확보도 원활해진다.

한민족 하나로 가는 방향

12.3%의 통일 의식 구조를 변화시켜 통일 공감대 확장에 한국교회가 앞장서야 한다. 인도적 차원에서 남아도는 쌀부터 지원하고 문화, 체육 교류를 비롯한 이산가족 상봉을 재개하며, 개성공단은 재가동되어야 한다.

개성공단을 통해 북한에 미치는 경제 유발 효과는 2~3억 달러로 추정되는데 햇볕정책으로 개성공단이 개설된 이후 꾸준하게 남북문제를 풀어왔다면 이미 신의주, 원산, 연변 두만 강 3국 접경 지역 등에 개성공단 규모의 평화공단이 10개 정도 개설되었을 것이며, 이로 인해 북한 경제에 미치는 효과는 20~30억 달러로 100억 달러 규모인 북한 경제의 20~30% 비중을 차지하며 중국에 의존하는 북한 경제 패턴이 바뀌어 중국과 우리나라에 의존하게 되고 우리나라와 교역이 활발하게 이루어지고 있을 것이다.

개성공단은 단순히 '남북경협' 차원을 넘어 한반도 평화 유지의 완충 역할을 하며 남북평화 공생의 이익이 되는 평화공단의 모델이다. 개성공단 폐쇄는 북한 퍼주기 논란을 야기한 이 땅의 수구보수 세력이 만들어낸 결과물이다. 자유진영과 공산진영의 이데올로기는 그 시대 위정자들이 만들어낸 정치 이념으로서 백성들이 원해서 만들어낸 정책이 아니다. 하나 된 한민족 통일로 가야만 하는 한반도에서는 뛰어넘어야 할 또 하나의 장벽이다. 북한 선교(지하교회)에 활력을 불어넣어 북한 사회를 변화시키고 자유 시장 경제가 자리 잡도록 하려면 더욱 그렇다. 여의도 순복음교회 규모에 필적하는 30만 명이 모여 예배하는 평양교회를 떠올려본다.

대한민국 대통령(고 김대중)이 평양 순안공항에 내려 김정일 국방위원장과 포옹하며 남북화해의 물꼬를 트는 모습, 38선 철책이 열리고 남북 소년 소녀가 장미 한 송이를 들고 나와 교환하고 악수하는 모습, 고 정주영 회장이 소떼 800마리를 끌고 38선을 넘어 북한으로 들어가는 모습을 프랑스 르몽드지는 20세기 전 세계 인류에게 보내는 마지막 '전위예술'이라고 극찬했다. '이 아름다운 시작'을 우리는 왜 지속 발전시키지 못하고 중단했는가?

내가 공직 30여 년과 의원 12년 세월 동안 경험했던 여러 가지 일 가운데 가장 뿌듯하고 아름다운 추억으로 소중하게 간직하고 싶은 여행은 평양 방문이었다. 능라도는 옛 모습 그대로이고 대동강 물은 유유히 5천 년의 역사를 변함없이 흐르고 있는데, 한반도는 허리가 묶인 채 남과 북의 반목과 대립으로 인해 당장 전쟁이 일어날 것만 같은 안보 위기 속에서 불안한 삶을 왜 살아가야만 하는가? 전쟁이 일어나면 3일 안에 군인을 포함한 남북한 주민 300~500만 명이 희생된다는데 무엇을 위하여 동족끼리 전쟁을 또 벌여야 하는가? 7천 500만 한민족은 평화공존을 갈망하고 있는데 말이다.

세계 최첨단 과학무기가 다 한반도에 몰려 있고 북한은 미사일을 한반도 상공으로 계속 쏘아대고 있는, 안보의 먹구름을 걷어내야 하는 절박한 상황인데도 우리 기독교는 그동안 너무 외면하며 수수방관하고 있었지 않았느냐? 회개하며 하나님께 매달리는 북한 선교 운동이 봄날의 들불처럼 피어오르면 좋겠다. 다시 가는 평양 여행에서 북한 동포들과 함께 찬송하며 하나님께 예배드리는 모습을 그려보며 기도한다.

평양 순안공항에서

남과 북이 하나 된 통일의 그날은 언제쯤?(민주평화 통일 자문위원 12년을 마치며, 특강자료 정리, 지역신문 기고문)

남북통일의 걸림돌

　1945년 해방의 기쁨이 채 가시기도 전에 우리 민족은 남과 북에 각각 다른 정부가 들어서는 분단의 아픔과 바로 이어 동족상잔의 비극을 한꺼번에 맛보게 된다. 그 아픔과 상흔은 오랫동안 우리 사회 깊숙이 자리 잡고 있었기에 이를 극복하려는 노력은 이 시대를 살아가는 우리 민족 모두의 숙원으로 여겨졌으며, 통일이라는 단어는 우리 민족에게 있어서는 더욱 특별히 애잔하고 절박하게 느껴지곤 했다. 많은 이들이 어린 시절부터 '우리의 소원은 통일' 노래를 아무 거부감 없이 자연스럽게 부르곤 하였으며, 국민 10명 중 8명은 반드시 언젠가는 통일이 될 것으로 믿고 있고 통일의 과업을 매우 긍정적으로 바라보고 있었다.

　하지만 세대가 바뀌고 '평화로운 분단'의 역사가 계속해서 길어지면서 새로운 세대의 통일에 대한 감정은 변하고 있으며 기성세대와의 차이가 뚜렷이 느껴지고 있는 것이 현실이다. 물론 국민 전체적으로는 통일을 해야 한다는 목소리가 아직 대다수를 차지하고 있다. 하지만 최근 중앙일보의 설문 조사 결과에 따르면 20대의 경우 약 47%가 통일의 필요성을 느끼지 못한다고 답변한 것으로 밝혀졌다. 모두가 손을 맞잡고 통일을 바라는 국민 의식 자체가 약화되었다는 증거다.

남북통일에 대한 의식 약화에는 여러 가지 이유가 있을 수 있다. 남북 분단으로 가족을 잃은 세대가 노년이 되면서 그 이후 세대에게 한민족으로서의 북한 주민들은 생소한 존재가 되어가고 있다. 또한 정치적 이유로 남북 간의 교류가 들쭉날쭉하면서 북한은 정서적으로 점점 먼 땅이 되어가고 있는 것 역시 사실이다. 여기에 더해 최근 젊은 세대는 남북문제에 대해 정서적, 감정적으로 접근하기보다는 철저하게 경제적, 사회적 영향을 따지는 경향이 있어, 이러한 경향은 통일에 대한 진지한 전 국민적 접근이 없다면 계속될 것으로 생각된다.

통일 정책의 문제점과 주요 과제

남북한 통일을 둘러싸고 현재의 주변 환경은 그리 녹록하지 않다. 국내 여론과 정치는 보수와 진보로 갈라져 북한에 대한 지원을 두고 신경전을 벌이고 있고, 보수 정권의 대북 정책은 북한의 버릇 고치기라는 미명하에 강경 일변도로 나가다가 오히려 북한을 자극해 천안함 폭침, 연평도 포격 등으로 이어진 바 있다. 여기에 중국의 미온적 태도까지 더해져 당시 한반도의 긴장 및 한중 관계가 극히 악화되었다. 여기에 북한은 미사일 발사, 2차 핵실험, 대청해전 등 계속해서 긴장을 고조시키는 도발을 감행했고 미국과 중국 간 패권 경쟁까지 더해져 한반도는 신 냉전의 소용돌이에 빠졌다는 말을 들을 정도로 긴장이 극대화된 바 있다. 이후 뒤를 이은 진보 정부에서는 당근과 채찍의 이중적 대북 정책을 통해 이 문제를 해결하려고 노력을 기울이고 있으나 북한 정부의 비협조와 미중 무역냉전의 부가적 영향 등으로 인해 국민적 지지를 쉽게 얻지 못하고 있는 것이 현실이다.

한편 윗 문단에서 설명한 현 세대의 통일에 대한 인식 문제와 연관 지어 '과정으로서의 통일'을 배제하고 '결과로서의 통일'만을 강조하는 통일 정책은 앞으로 통일 과정을 전개해 나가는 데 문제점으로 작용할 수 있다. '결과로서의 통일'은 실제 두 나라가 하나의 정치 체계로 통합을 이루는 것을 말하며 '과정으로서의 통일'은 현재의 분단 상태를 인정하면서 '사실상의 통일 상태' 즉 공존을 목표로 정책을 수립해 나가는 것을 말한다. 분단된 두 국가의 통일 과정인 '과정으로서의 통일'과 '결과로서의 통일'은 서로 상충적이며, '결과로서의 통일'을 과도하게 강조할 경우 '과정으로서의 통일' 정책에 부정적 영향을 미칠 수 있다는 것이다.

그렇다면 '과정으로서의 통일' 개념이 결여된 '결과로서의 통일'은 어떤 문제점이 있는가? 첫째는 통일 비용의 증가를 가져온다. 둘째, 공존을 부정하는 통일 담론의 공격적 효과는 오히려 통일을 멀어지게 한다. 셋째, 잘못된 가정으로 협상의 기회를 놓친 기회비용이 너무 크다. (출처: 대북정책과 통일정책의 상관성: '과정으로서의 통일'과 '결과로서의 통일'의 관계, 김연철, 2011, 북한연구학회보 Vol. 15)

한편 북한의 중국에 대한 의존이 계속 증가하고 있다는 것도 통일에 있어 극복해야 할 중요한 과제가 된다고 할 수 있다. 북중 수교 60주년 기념으로 2009년 10월 중국 원자바오 총리가 평양을 방문하여 김정일 위원장과 면담하면서 북한과 중국의 경제협력이 긴밀하게 시작되었다. 중국 지방정부들은 135계획(13차 경제 개발 5개년 계획)을 수립하면서 북한과 다양한 경제협력 계획을 천명했고 북한 역시 경제 발전 5개년 계획에 있어 대외 경제 확대를 주요 전략으로 세우면서 양 국가의 전략이 맞아 떨어져 북중 경제협력은 규모가 커지고 질적으로도 달라졌으며 단순한 협력을 넘어서 상호 이익과 유기적 연대로 발전되어 가고 있다.

이러한 북한 경제의 중국 의존 추이는 나날이 강화되어 2008년 73% 정도에서 2012년 기준으로 88.3%에 달했으며 북한 노동자의 중국 송출도 연간 8만여 명 정도로 개성공단의 두 배로 알려져 있다.

남북통일의 당위성 – 통일 후의 한반도 상황

남과 북이 분단된 지 오랜 세월이 흘러 경제적 격차와 문화 및 국민성의 차이 등으로 인해 통일 비용이 증가할 것이라는 우려는 여기저기에서 나타나고 있다. 하지만 남과 북이 대립 구도를 벗어나 평화공존으로 갈 때 동북아 평화는 물론 세계 평화 체계 구축에도 긍정적 영향을 미칠 것으로 여겨지며, 남북 평화 체계를 바탕으로 경제 발전을 도모한다면 그 파급효과 역시 클 것이다. 남북이 통일된다면 첫째로 한반도를 둘러싼 정치적 상황이 크게 안정되어 국민들이 더욱 안심하고 활동할 수 있는 기반이 형성될 것이며, 전 세계적으로도 국가 소득 대비 높은 비중을 차지하고 있는 국방비 절감 효과를 가져올 수 있을 것이며, 아직까지 활용 기회를 갖지 못한 북한의 유무형 자원을 활용하여 다양한 경제 발전 전략을 구사할 수 있기 때문이다.

국내외 경제학자들에 따르면 통일 이후 10년 동안 매년 경제성장률은 11%에 달해 1인당 국민소득은 남측 7만 7천 달러, 북측 5만 5천 달러, 남북 평균 6만 6천 달러에 이를 것으로 예측했다. 2007년에 출간한 세계적인 석학 자크 아탈리의『미래의 물결』에서는 한국은 2050년에 아시아뿐 아니라 세계에서

가장 부유한 국가가 될 것으로 예측했고, 골드만삭스는 2050
년 한국 경제 규모가 미국과 중국에 이어 일본과 대등한 수준
으로 올라설 것으로 보고 있으며 1인당 국민소득은 8만 1천 달
러가 될 것으로 예측했다. 영국의 역사학자 아놀드 토인비 또
한 세계 문명은 대서양에서 아시아 태평양으로 이동해 21세기
는 경제와 문화 중심지가 한국, 중국, 일본 등 동아시아 국가가
될 것으로 예언했다.

특히 현재 대한민국은 세계 경제 순위 10위권 내의 강국으
로 발전했고, 21세기 정보화 시대의 바로미터인 인터넷 보급률
과 활용 능력은 우리나라가 전 세계 1위를 달리고 있을 뿐만 아
니라 K-웹툰, K-드라마, K-POP 등 다양한 문화로 전 세계
를 매료시키고 있기에 남북통일을 통하여 우리가 가진 약점을
극복한다면 더욱 무궁무진한 가능성이 기다리고 있을 것이다.

통일 과업은 시대정신이다

통일은 이미 진행형이다. 2015년 12월 기준으로 한국에 입
국한 탈북 주민은 28,759명으로 집계되었다. 이에 따라 탈북
민의 안정적 정착을 위해 보건복지부에서 보호 정책 지원에 관
한 법률이 제정되었고 현재는 통일부에서 관련된 업무를 종합
적으로 관리하고 있다.

또한 최근 우리 사회 분위기를 보면 과거 금기시되던 분위기와 달리 통일과 북한에 대해 서슴없이 의견을 나눌 수 있는 분위기가 조성되어 가고 있다. 김정은 국방위원장을 개그프로그램 소재로 삼고 있고 그의 부인 이설주에 대해서는 연예인 평가하듯 이야깃거리로 삼고 있다. 뿐만 아니라 TV방송에서도 북한 관련 프로그램이 지상파나 종편의 구별 없이 방송되고 있고, 탈북민들의 토크쇼도 여과 없이 인기리에 방영되고 있으며, 남북 스포츠 경기는 인기 프로스포츠보다 높은 시청률을 기록하고 있다.

이런 사회적인 분위기에 맞춰 정부에서도 통일에 대비한 준비 작업을 서서히 하고 있다. 대표적으로 국토종합개발계획에 북한을 포함해서 작성하는 경우이다. 헌법에 명시된 국토종합계획은 20년 단위 계획으로 국토 이용의 밑그림을 제시하는 최상위 법정 계획이다. 정부는 제5차 계획(2020~2040년) 수립 방향에 있어 그간 남측 영토만 포함하던 것을 북측 영토도 포함하여 수립할 계획이다. 남북이 국토 이용의 효율을 함께 끌어올릴 수 있는 비무장지대 생태 평화 관광지구 개발연구, 경기 북부의 남북접경지역에 관한 연구 수행, 북한과 중국, 러시아 등을 포함한 동북아 경제협력, 남북교통인프라 추진전략에 관한 연구를 이미 진행하고 있으며 이러한 내용들을 제5차 국토종합계획에 담아낼 계획이다.

이러한 남북통일 계획을 성공적으로 수행하기 위해서는 몇 가지 전제 조건이 필요하다. 먼저 가장 중요한 핵심은 바로 전 국민의 통일에 대한 공감대 확산이다. 이러한 공감대의 확산은 사람 그 자체에 대한 존중을 기반으로 형성되며, 북한과 남한의 서로 다른 가치관과 이념 갈등의 완충 역할을 해줄 것이다. 북한 주민들도 우리와 같은 사람이라는 사회 공감대를 통해 북한을 포용하고 주변 국가(미국, 일본, 중국, 러시아)와도 평화의 공감대를 이루어 나가야 한다. 이를 위해서는 우선 시행할 수 있는 것부터 인내심을 가지고 차분히 이루어가야 한다.

이를 통해 무엇보다 경평축구 등 남북 간 민간 문화적 교류를 부활시키고, 산림녹화 등의 사업으로 남북 지방정부 간의 교류를 확대하고, 더 나아가서 비무장지대를 평화공원으로 조성하여 이곳을 남북평화 문화공연장으로 활용하는 등 우리의 미래 세대가 통일의 공감대를 몸으로 직접 느낄 수 있도록 해줘야 할 것이다. 시대는 당시를 살아가는 사람들이 만들어가는 것이고 이렇게 만들어진 시대가 시간이 흐르면 역사가 된다. 시대의 주역은 청년들이며 이들 청년들이 올바른 시대 의식과 역사의식을 가지고 살아갈 수 있도록 도와주는 역할은 기성세대들의 몫이다.

또한 남북경협으로 통일을 앞당기는 공감 능력을 키워가는 한편, 중국 자본이 북한에 끼치는 경제적 영향력을 인식하고 우리가 앞서나갈 수 있도록 해야 할 것이다. 한강의 기적을 일군 경험이 이제는 북한 대동강의 기적으로 이어지도록 남북이 경제협력을 이루어가야 한다. 위에서 이미 현재 북한의 경제에 중국이 얼마나 지대한 영향을 끼치고 있는지를 이야기했다. 남북경협은 이러한 남북 및 한중과의 관계에서 우리가 중국에 앞서 한반도의 주도권을 가져올 수 있도록 도울 것이다. 우리가 남북경협을 잘 전개하여 북한이 남한 주도의 글로벌 경제 질서에 편입될 수 있도록 한다면 10년 후 북한의 1인당 GDP가 3,000달러가 되고 20년 후에는 1인당 GDP 8,640~11,195달러가 되며 경제 규모는 2,274억 달러로 급신장할 것으로 예상된다.

동족상잔의 전쟁으로 잿더미가 된 땅 위에서 어떻게든 살아남는 것이 유일한 과제였던 70년대에는 새마을 운동, 식량자급의 녹색운동, 경제개발 5개년 계획의 산업화가 시대정신이었다고 할 수 있다. 우리 국민들은 뼈를 깎고 피와 눈물을 흘려야 하는 상황 속에서도 잘사는 우리 가족, 부강한 우리나라를 만들기 위해 비전을 가지고 정부 시책에 협력해 주었다. 그런 수많은 국민들의 피와 땀과 노력으로 세계 경제 10위권의 강대국이 된 지금, 전쟁을 모르는 세대에게 북한은 한민족 동포라기보다는 우리의 발목을 잡는 걸림돌로 느껴지는 것도 현실일 것이다. 하지만 그럼에도 불구하고 남북통일의 공감대를 형성하고 함께 나아가는 미래를 향한 비전을 세우는 것이야말로 우리가 가진 더 큰 가능성을 실현시킬 수 있는 주춧돌이자 이 시대의 확고한 시대정신이라고 할 수 있겠다.

지방자치단체
소멸지역으로 분류된 부안

'지방 소멸'

아직은 생소하게 들릴 수도 있지만 '지방 소멸'이라는 네 글자의 단어는 더 이상 남의 일로 여길 수 없는 문제가 되었다. 급격한 산업구조의 변화, 농업 경쟁력의 약화, 기반 인프라의 차이 등의 이유로 인해 새로운 세대는 자신이 태어난 땅을 떠나 좀 더 안정적인 수입과 일자리, 다양한 인프라가 존재하는 도시지역으로 이동을 거듭하고 있다. 심지어 고도의 도시화가 거듭되면서 이제는 지방의 도심지조차도 인구 이동과 급격한 출산율 하락이 겹쳐 인구의 급격한 감소로 많은 어려움을 겪고 있는 것이 현실이다.

그렇다면 전례 없는 이러한 위기 상황을 타개할 수 있는 방법은 없을까? 이를 위해서는 지역사회를 이끌어가는 사람들이 인문학적인 통찰력이 함께하는 새로운 관점으로 지역 발전을 바라보아야 할 것이며, 변화하는 사회구조 속에서 사람들이 무엇에 열광하고, 어떤 가치를 중요하게 생각하는지에 대해 지속적인 관심을 가져야 할 것이다.

도시화 및 저출산으로 인해 인구가 급격하게 감소 일로를 보이고 있는 것은 서구 선진국들과 앞서 고령화의 길로 접어든 이웃나라 일본이 흡사한 사례라고 할 수 있다. 그리고 이러한 국가들의 경우, 지역사회의 경쟁력을 대체 불가능한 요소, 즉 고유의 자연환경과 역사적, 문화적 배경을 통해 찾아 나가고 있으며, 이를 특화시켜 다시 찾고 싶은 땅, 나아가서 오랫동안 살고 싶은 땅으로 만드는 데에 총력을 기울이고 있다.

지역의 고유한 자연환경의 가치와 함께, 지역이 간직해오고 있는 역사문화적 가치는 급격한 사회 변화 속에서도 대체되지 않는 중요하고 큰 자원이다. 잘 다듬어진 자연·문화 자원에 의해 사람들은 강한 매력을 느끼게 되고, 지역의 '팬'이 되어주기도 하며, 때로는 지역에 정착하여 살아갈 마음을 굳히게 될 수도 있다.

그렇기에 더욱 소멸 지역 대상에서 벗어나 영원히 번영의 길로 가는 길은 문화예술을 진흥시켜 전국 최고의 예술도시로 만들어가는 것이다. 이 점에 있어서 부안군은 큰 강점과 다양한 자원을 보유하고 있다. 어느 지역보다 애국혼이 살아 숨 쉬며 문화예술 자원이 풍부한 고장으로서 백제 부흥 운동, 동학농민혁명의 깃발을 찬란하게 꽂았던 백산성, 최고의 권력에 맞서 조원각경啁圓覺經으로 선비의 길을 갔던 고려의 문정공, 조선 500

년 역사에서 여성 유일의 문집을 남겼던 이매창, 이 땅의 많은 문인들이 일본 천황에게 충성을 강요당했던 일제 치하에서 유일하게 창씨개명을 거부했던 민족시인 석정, 고려 시대 가장 아름다운 상감청자를 구워냈던 도공들 그리고 정명 600년의 긴 역사 속에 잉걸불처럼 자유, 정의를 지키며 문화 예술을 찬란하게 꽃피웠던 선지자들의 올곧은 삶이 부안군의 자연과 문화속에 살아 숨 쉬고 있다. 부안군을 이끌어가는 사람들이 이러한 부분에 주목하고, 여기에 더해 정의와 올곧음을 사랑하는 부안의 지역 문화를 꾸준히 강조하여 퍼트려 나간다면, 부안이 지방자치단체 소멸 지역에서 벗어나 다시금 번영을 구가하는 것도 불가능한 일은 아닐 것이다.

또한 부안은 서해안 생활권의 핵심으로서 국제적인 가능성을 지니고 있다는 점에도 주목해야 한다. 조선 시대로부터 전국의 생산물이 거쳐가는 해상운송의 중심지였던 부안은 이러한 지정학적 강점을 통해 미래 남북 교류, 남북통일, 대중국 교류를 통한 발전 가능성을 내포하고 있다. 이렇게 미래 다양한 가능성과 아름다움을 지닌 부안의 발전에 대해 관민이 합심하여 간절한 마음과 넓은 시야로 정책을 전개해 나가야 할 것이다.

우리나라는 국민소득 32,000달러로 선진국 대열에 합류했으며 남북화해협력 환경이 조성되어 한반도 평화가 정착되면 경제협력 체계가 이루어져 남한의 자본과 기술, 북한의 값싼 토지와 질 좋은 노동력, 풍부한 지하자원 등이 결합하면 세계 어느 나라도 넘볼 수 없는 경제성장 11%의 고도성장으로 G5에 안착할 것이란 전망이 있으므로 새만금 1억 2000만 평 내부 개발이 활발하게 이루어져 우리 부안이 금융·물류 환황해권 중심의 배후 지역으로 도약할 준비를 시작해야 한다.

외형적 경제성장과 문화예술이 함께 공존해야 선진국으로 안착할 수 있으며, 문화예술이 수반되지 않으면 선진국이 될 수 없다. 우리 군의 모든 역량을 하나로 모아 새로운 나라의 시작을 우리가 먼저 시행하여 새로운 고장을 정착시켜야 한다.

인터넷 보급률 세계 1위

의료보험제 세계 1위

전자제품 판매 세계 1위

도로망 확충 세계 1위

치안확보 세계 1위

12년의 의정 활동

    우리 군 의회에 진출한 지 어느덧 12년이 흘렀습니다. 그간 마을 구석구석을 돌아다니면서 군민들과 가깝게 지내며 편하게 얘기할 수 있어서 참 좋았습니다. 함께 얘기하며 아픔을 나눌 수도 있었고, 행복을 공유할 수도 있었고, 우리 군의 발전을 위해 누구와도 격의 없이 토론도 할 수 있었습니다. 이렇게 보낸 지난 12년의 세월이 저에게는 참으로 보람이 있었기에 즐겁고 행복했던 시간으로 오래 기억될 것입니다. 의정 생활을 처음 시작하면서 하고자 하는 의지와 이루고자 했던 의욕이 넘쳤지만, 이제는 모든 걸 뒤로하고 작은 발자취를 남긴 채 잘 마무리할 수 있도록 염려해 주시고 성원해주신 공무원 선후배 여러분들 그리고 군민들께 진심으로 고맙다는 말씀을 드립니다.

    지난 수년간 부안의 발전된 모습과 공무원 여러분의 헌신적인 노력을 보며 흐뭇하고 대견한 마음을 금할 수 없었습니다. 이 자리를 빌려서 공무원 여러분께 진심으로 감사와 격려의 박수를 보냅니다. 저는 공직자 출신으로서 처음 의회에 진출했고 또한 처음 의회 의장이 되어 군정에 적극적으로 참여할 수 있었습니다. 자만하지 않고 품위를 잃지 않으려 노력했고 늘 처음 시작하는 마음으로 12년 의정 생활을 해왔다고 자부합니다.

득표율 47.3%로 기초의원 득표율 도내 1위 기록, 매니페스토 의정 대상 수상, 상생공영 통일기반조성 기여 대통령 표창, 전북인물대상(의정 분야) 수상 등은 과분하지만 저에게는 더 열심히 땀 흘리라는 채찍이었고 공직자 출신 의원으로서 자부심이기도 하였습니다. 의정 생활을 하면서 공(功)도 있겠고 과(過)도 있겠지만 이 모든 평가는 군민과 공직자 여러분에게 맡기고 저는 이제 참신한 후배에게 자리를 물려주고자 합니다.

그간 저에게 주신 격려와 성원에 다시 한번 감사드리며 애향심과 노파심에서 후배 공무원 여러분께 몇 가지 당부와 소견을 말씀드리고자 합니다.

첫째, 장학 사업은 꼭 성공시켜야 합니다

대학 신입생 반값 등록금 지원은 현재보다 수혜 범위를 넓혀 형편이 어려워 대학에 진학을 못 하는 학생이 없도록 해야 합니다. 도시로 이주하는 가장 큰 이유는 교육입니다. 귀농인과 귀촌인의 가장 큰 걸림돌 역시 교육입니다. 장학 사업을 통해 부안을 전국 최고의 교육 도시로 만들어 심화되고 있는 인구 감소의 해결책을 마련해야 합니다. 이를 통해 부안을 떠나는 인구를 최소화하고 반면에 농촌에서 새롭게 시작하고자 하는 인구를 많이 유인하여 살기 좋고 활기 넘치는 부안을 만들어가야 합니다.

둘째, 부안 농업의 획기적 변화를 이루어가야 합니다

현재 우리 부안군의 쌀 재배 면적을 1만 3천ha에서 1만ha 정도로 줄여서 쌀 수급 안정과 논 대체 작물 개발로 소득을 높여 나가야 합니다. 현재 우리나라 잡곡 자급률은 24% 정도로 매우 저조한 상태여서 참깨, 콩, 수수 등의 잡곡 재배 확대가 절실합니다. 이런 대체 작물의 소득은 벼 재배보다 2~3배 높은 것으로도 나타나 있습니다.

이렇게 생산된 우리 부안의 농산물을 중국에 수출할 수 있는 길을 열어야 합니다. 최근 중국은 소득이 높아지면서 녹색 소비 열풍이 불고 있습니다. 중국은 현재 친환경 농산물을 연간 100조 원 이상 수입하고 있습니다. 이 중 0.1%만이라도 우리가 수출할 수 있다면 1,000억 원의 농업 소득을 올릴 수 있습니다.

셋째, 자연경관 축제를 위한 기반을 구축하여야 합니다

현재 전국적으로 성공을 거두고 있는 10대 축제 모두가 경관 축제입니다. 우리 부안은 그 어느 곳에도 뒤지지 않는 빼어난 자연경관을 갖추고 있습니다. 그중 변산 도청리 군유지(임야)를 경관 조성하여 포레스트 런 대회를 개최하고, 인근 조각공원과 새만금 방조제를 연계하면 전국 제1의 경관축제를 만들어갈 수 있다고 확신합니다.

넷째, 문화예술 도시로서의 부안을 자리매김해야 합니다

어느 도시든 그 지역만이 보유하고 있는 고유의 문화와 예술이 있습니다. 우리 부안도 마찬가지입니다. 우리만이 가지고 있는 문화와 역사를 발굴하고 이에 예술을 덧입혀 부안 고유의 문화와 예술을 발전시켜 나가야 합니다. 정부에서도 도시 재생 사업을 위해 50조 원을 투입할 계획입니다. 이러한 정부의 계획에 발맞추어 우리 군에서도 지난 4월 20일 관련 조례를 제정한 바 있습니다.

도시 재생 사업의 목표는 쇠퇴해가는 중소 도시를 활성화시켜 생기를 불어넣고 국가의 균형 발전을 이루고자 하는 것입니다. 옛것이 남아 있다는 게 결코 낙후된 것이 아닙니다. 옛 전통을 지키고 가꾸어 나간다면 그것은 유산이 됩니다. 그리고 그 유산은 후대를 위한 훌륭한 자산이 될 것입니다.

　이제 공직을 떠나는 사람으로서 아쉬움과 함께 부안을 간절히 사랑하는 마음을 담아 짧은 경험에 기초하여 부안 발전을 위한 몇 가지 당부의 말씀을 드렸습니다. 저는 이제 평범한 부안 군민으로 돌아가 부안을 사랑하는 사람 중 한 사람으로 더욱 열심히 살아갈 것입니다. 그동안 고향에서 받은 은덕을 다시 고향에 돌려드릴 수 있도록 미력이나마 언제든지 기꺼이 힘을 보탤 것입니다.

맺는 말

동진강은 오늘도 흐른다!

나무 한 그루가 있었다. 그 나무를 사랑하는 소년이 있었다. 소년은 나무줄기를 타고 올라가기도 하며, 매달려서 그네도 타며, 열매도 따 먹고 숨바꼭질도 했다. 그러다 피곤하면 나무 그늘에서 잠을 자기도 했다. 세월이 흘러서 조금 자란 소년은 돈이 필요해지자 열매를 따간다. 나무는 소년에게 자신의 열매를 주었다. 더 많은 세월이 지난 후에 소년은 나뭇가지를 베어다가 집을 짓는다. 또 세월이 지나 소년은 나무를 베어 배를 만들어 타고서 먼 곳으로 떠났다. 오랜 세월이 지나서 다시 돌아온 노인이 된 소년에게 늙은 나무는 안간힘을 다해서 굽은 몸뚱이를 펴서 밑동을 내어주었다. 나무 밑동에 앉아서 지친 몸을 쉬고 있는 소년을 보면서 나무는 행복해한다. "너에게 더 줄 게 있으면 좋겠는데… 내게 남은 것은 아무것도 없구나. 늙어버린 나무 밑동밖에 안 남았어…. 미안하구나!" 미국 태생의 쉘 실버스타인(1932~1999)이 쓴 『아낌없이 주는 나무』라는 책의 줄거리이다.

한 나무와 한 소년이 노인이 될 때까지의 시간 경과에 따른 각자의 태도를 보여주는 내용이다. 제목처럼 나무는 사람이 어떤 행동을 하든 자신이 해줄 수 있는 모든 것을 해주었다. 늙어서 마지막으로 밑동만 남아 있을 때도 노인이 된 소년이 앉을 수 있도록 자신을 아낌없이 내어주었다. 그런 나무처럼 살아온 사람을 본다면 주변에서는 뭐라고 반응할까? "참으로 헌신적으로 살았다!"라고 말하는 사람이 있을 것이고, "왜 바보같이 하지 않아도 되는 일을 하느냐?"라고 핀잔을 주는 사람도 있을 것이다. 심지어는 "왜 쓸데없는 짓을 해서 다른 사람까지 피곤하게 하느냐?"라고 원망하는 사람도 없지는 않을 것이다.

40년의 공직 생활이 주축이 된 나의 인생 70년을 이런 나무에 비교한다면 지나친 자화자찬일까? "마음에는 원이로되 육신이 약하도다"(신약성경 마태복음 26:41)라고 말씀하신 예수님처럼 그렇게 살고 싶었지만 능력이 부족해서 아쉬움만 남는다는 게 나의 솔직한 고백이다. 그래도 훗날 누군가가 홍춘기를 이 나무처럼 모든 것을 다 주지는 못했더라도 우리 지역의 발전을 위해서 작은 나뭇가지만 한 것이라도 주고 간 사람이라는 기억을 해준다면 감지덕지한 후한 평가가 아닐까 싶다. 역사적 판단은 후세 사람의 몫이기에 나의 삶도 자녀들을 비롯한 다음 세대에게 맡기고 마지막 순간까지 최선을 다해야겠다는 생각뿐이다.

모든 강들이 다 시작은 미미하지만 하류로 갈수록 강폭도 넓어지고 수량도 많아지듯이, 정읍산외면 묵방산墨方山에서 발원하여 호남평야 남부를 서북 방향으로 흘러서 서해로 들어가는 동진강 역시 미미한 실개천으로 시작해서 마지막으로 우리 지역을 숨 가쁘게 휘감아 돈 후의 하류는 마치 바다처럼 넓어 보인다. 어쩌면 동진강도 아낌없이 주는 나무처럼 50여 km를 흘러오면서 1,124㎢의 유역에서 자라는 생명체에게 모든 것을 다 내어준 다음에, 또 그것들이 내어놓은 온갖 것들을 다 품고서 거친 숨을 내쉬며 이제는 방조제로 인해 바다가 아닌 새만금호로 들어가 강으로서의 일생을 마친다.

소중한 우리 고장 부안의 소유인 동진강을 가로지르는 동진대교 위에서 도도히 흐르는 동진강을 바라보고 있노라면 마음이 더 풍요로워지는 것은 그 나무와 닮았기 때문이라는 생각이 든다. 오늘도 흐르는 동진강처럼 내 인생도 마지막을 향해 나아가고 있음을 새삼 느끼게 된다.

부록

각종 행사와 축사

제6대 부안군의회 개원식 (2010년 7월 6일 오전11시, 부안군의회 본회의장)

존경하는 군민 여러분! 이 자리에 함께하신 김호수 군수님을 비롯한 관계 공무원과 내외 귀빈 여러분 그리고 동료의원 여러분! 오늘 우리는 벅찬 기대와 희망 속에 부안의 미래를 새롭게 열어나갈 제6대 부안군 의회를 개원하게 되었으며, 이 영광과 기쁨을 군민과 함께 나누고자 합니다. 저는 엄숙하고 감격적인 이 자리에서 오늘의 개원을 6만 군민과 함께 자축하고 이제는 갈등의 벽을 넘어서 군민의 꿈을 만들고, 부안군민의 미래를 열어나가는 데 함께 전진하자고 호소하고자 합니다. 우리는 지난 6월 지방선거에서 군민의 뜻을 올바르게 군정에 접목시키고 새만금 시대에 부안의 밝고 희망찬 미래를 설계해야 하는 시대적 요청을 받고 이 자리에 섰습니다.

우리 사회는 하루가 다르게 급변하고 있습니다. 이 시대적 변화에 이끌릴 것이 아니라 변화를 이끌고 가는 주역이 되어야 합니다. 새만금 개발과 부안 발전을 어떻게 연계하고 어떤 상품을 만들어서 새만금에 반영할 것인가를 찾아 나서야 하고, 날로 어려워져 가는 우리 농업의 활로를 열어나가야 합니다.

제6대 부안군의회는 군정에 대하여 건전한 비판과 견제라는 본연의 임무를 보다 충실히 해나갈 것이며, 공무원 여러분의 창의적 역량과 무한봉사가 지역사회 발전과 군민이 행복해하는 밑거름이 될 수 있도록 최대한 지원을 아끼지 않을 것입니다. 또한 의회는 집행부와 힘을 합쳐 함께 일하며 함께 풀어가는 새로운 전통을 세워나갈 것입니다.

동료의원 그리고 군민 여러분!

이제 저를 포함한 부안군 의회 의원 모두는 우리의 어깨 위에 지워진 무거운 책임감과 시대적 사명감을 엄숙하게 되새기고 군민과 더불어 생산적인 의회가 되도록 혼신의 노력을 다할 것을 약속드립니다. 제6대 부안군 의회와 부안군은 역사적 소명을 함께 받은 운명공동체라는 인식을 바탕으로 보다 굳건히 협력하고 격려와 성원과 질책과 비판을 함께하면서 우리에게 주어진 책무를 다할 수 있도록 최선을 다하겠습니다. 군민 여러분들의 각별한 관심과 성원을 부탁드립니다. 끝으로 참석해주신 모든 분들과 군민 여러분들의 가정에 건강과 행운이 충만하시기를 기원합니다. 대단히 감사합니다.

의장선서 모습

열린 군정 새해맞이 군 청사 개청식(2010년 12월 3일 오후 2시, 군청광장)

'동북아 최대의 새만금 명품도시' 부안을 향한 새로운 출발점이 될 신청사 개청을 우리 군민과 함께 자축하고자 합니다. 새로 마련한 이 청사는 세계로! 미래로! 뻗어나갈 영원한 '웅비의 터전'이 될 것입니다.

그동안 우리에게는 많은 아픔과 시련도 있었지만 지역 발전의 염원으로 모든 역경을 이겨내고 미래에 대한 희망을 활짝 열 수 있게 되었습니다. 중국과 일본 등 인구 100만 이상 도시 51개와 20억 인구의 넓은 시장과 교역할 수 있는 새만금은 부안의 꿈이자 대한민국의 꿈으로 서서히 영글어가고 있습니다. 그 꿈을 실현하기 위해 우리 군민 모두가 하나 되어 새만금의 중심에 우리 부안이 바짝 다가서 우뚝 설 수 있도록 '지혜와 에너지'를 모아 나갑시다. 창조와 도전 정신으로 새 역사와 비전의 문을 활짝 열고 힘차게 전진합시다.

새로운 의회 청사는 군민을 위한 '민의의 전당'으로 만들어 보다 진정한 참모습으로 군민을 받들고 대변하기 위해 우리 의원 모두는 새로운 각오를 다지면서 부안군의 영원한 평화와 번영을 기원합니다. 감사합니다.

군 청사 준공 축사 모습

부안군 의회동 준공 커팅 장면

격려사라기보다는 환영의 인사를 드리겠습니다. 제가 영락교회에서 3번 예배를 드렸습니다. 예배당 본당이었던 구 건물 그대로 보존하고 있는 모습이 참 좋았습니다. 어쩌다가 서울에서 살면서 영락교회에 출석하시는지 여러분들이 부럽기도 하고 자랑스럽기도 합니다. 영락교회는 한경직 목사님이 사무하셨던 교회로 한국 교회 부흥과 우리나라 발전의 역사의 중심에 있었던 교회로 기억될 것입니다. 앞으로 더 큰 사명을 이루어 나가길 기원합니다. 영락교회 청년부가 오신다기에 어젯밤 잠을 설쳐가면서 메모해 가지고 왔습니다.

우리가 살아가는 데 가장 중요한 제1의 덕목은 하나님 중심적으로 살아가는 일입니다. 하나님의 영광을 위해서 그 놀라운 뜻을 이루어가는 데 동참하는 삶의 방향이 참 진리의 길임을 확신하고, 살아가는 일입니다. 이런 사람은 인생이 성공적인 삶이 될 것입니다. 우리가 부여받은 소명을 귀중하게 생각하면서 먼 길 마다하지 않으시고 부안까지 오셔서 봉사 활동을 펼치는 여러분들의 땀방울은 또 하나의 결실을 맺어서 30배, 60배, 100배의 아름다운 가치를 창조할 것입니다. 하나님의 정의가 강물처럼 흐르는 사회를 만들어가는 동력이 될 것입니다.

동북아 최대의 새만금 명품 관광도시를 향하여 세계로! 미래로! 뻗어나갈 힘찬 도약을 하고 있는 기회의 땅, 축복의 땅 부안에 참 잘 오셨습니다. 환영합니다. 좋은 추억 만들어 가시기 바랍니다. 이 성전을 드나드는 모든 분들과 영락교회에서 오신 봉사팀과 속한 교회에 하나님의 은총이 충만하시길 기원합니다. 이 모든 영광을 하나님께 돌려 드립니다. 감사합니다.

좋은교회 헌당식 (2011년 3월 5일 부안좋은교회당)

우리가 살아가는 데 가장 중요한 제1의 덕목은 하나님 중심적으로 살아가는 것입니다. 하나님의 영광을 위해서 그 놀라운 뜻을 이루어가는 데 동참하는 삶의 방향이 참된 진리의 길임을 확신하고 살아가는 사람은 성공적인 삶이 될 것입니다.

우리에게 부여받은 소명을 귀중하게 생각하면서 이 장엄하고 아름다운 성전을 지어 헌당하시는 좋은교회 성도 여러분! 수고하셨습니다. 자랑스럽습니다. 우리 부안에서 가장 아름다운 이 성전에서 30배, 60배, 100배의 아름다운 결실을 맺어서, 하나님의 정의가 살아 숨 쉬는 부안의 새로운 역사를 만들어 가시기 바랍니다.

역사는 민중의 힘으로 써가는 것입니다. 부안에서 최고로, 전라북도에서 최고의 소문난 교회로 성장시켜 가십시오. 이 자리가 차고 넘쳐서, 성전을 새로 증축하는 축복이 있기를 기원합니다. 건물을 빌려 처소를 만들 때 이 아름다운 성전을 상상이나 했겠습니까? 모든 것을 아름답게 이루어 주시는 하나님은 우리의 간절함이 있다면 이루어주실 것입니다. 이 성전을 드나드는 모든 사람들의 가정과 교회와 지역사회를 품는 여러분들의 기도의 제목들이 모두 이루어지는 축복이 언제나 충만하시기를 기원합니다. 이 모든 영광을 하나님께 돌려 드립니다. 감사합니다.

중국 우롱현과 자매 결연식 축사(2011년 9월 23일, 중국 우롱현)

워헌까오싱 찌엔타오닌먼(만나서 반갑습니다)!

존경하는 유신우 당 서기님 그리고 곽충양 현장님을 비롯한 우롱현 관계자 여러분! 오늘 우리 부안군과 우롱현의 '새로운 시작을 위하여' 도약의 발판을 만들어가는 것을 매우 기쁘게 생각하며 축하해 마지않습니다.

세계적인 역사학자 토인비는 이런 예측을 했습니다. "세계는 대서양 문명 시대에서 아시아 태평양 문명 시대로 이동하고, 동아시아가 세계 문명의 다음 주역이 될 것이다." 아울러 "21세기의 아시아는 민주주의와 경제 발전, 문화 창조에서 서구를 앞지를 것이다."라고 했던 이 예측을 우리나라와 중국의 두 나라가 주도해 가기를 소원합니다. 이의 실현을 위해 우롱현과 우리 부안군이 첫 단추를 꿰는 계기를 만들어 갔으면 좋겠습니다.

우롱현은 세계 자연유산인 '우롱 카르스트'를 비롯해 '부용동' '선녀 산' 등 국가 1급 명승지를 보유한 세계적인 생태관광지입니다. 우리 부안군도 동북아 미래형 신성장산업과 관광 레저산업의 허브인 새만금의 중심 도시로 도약하고 있습니다. 앞으로 활발한 인적 물적 교류는 양 도시의 생태관광지와 미래 신성장산업을 통해 지역 경제가 활성화되고 국제적 도시로 성장하는 발판이 될 것이라 확신합니다. 그 희망을 우리 함께 만들어가기를 기원합니다. 오늘 세심한 배려와 환대에 대해 깊이 감사드리며, 양 도시 사이에 한 단계 뛰어넘는 발전이 이루어지기를 기대합니다.

세세(감사합니다). 워헌시왕 우롱시엔껀푸안쥔 요우하오파쟌씨아 취(우롱현과 부안군의 영원한 발전을 기원합니다).

(좌) 축사하는 모습 　(우) 양국 지방정부 지도자 자매결연 커팅 후 기념사진

김오성 작가 조각전(2011년 10월 15일 오후 4시, 금구원 조각공원)

저는 금구원 조각공원과 좋은 인연을 갖고 있습니다. 김오성 작가님의 선친께서 길도 없는 척박한 이곳에 근대 농업의 씨앗을 뿌릴 때부터입니다. 잠자고 있던 우리 농업을 일깨우고 선진 농업을 일궈가던 선생님의 농심을, 공적을 기리고 싶은 사람입니다. 그 유업과 유지를 받들어 이곳에 군민의 휴식 공간, 문화 공간을 만들어가는 김오성 작가님에게 경의를 표합니다.

김오성 작가께서 축사를 요청해서 참 고민을 많이 했습니다. 전국에서 내로라하는 분들이 많이 오시는데 이쪽 분야에 아는 것도 없는 사람이기에 잠을 설쳐가며 고민하다 메모를 해왔습니다. 읽어 드리겠습니다.

미끈한 호랑가시 나뭇잎 위로

총총 흘러내리는 별빛도 연인들의 밀어가 되어

가시 끝에 매달립니다.

예향 부안인으로 자긍심 느끼게 해주는

김오성 작가님과 해질녘 멀리 피어오르는

밥 짓는 연기처럼 고향의 포근함 느껴지는

금구원 조각공원이 그저 좋습니다.

잉태 50년을 견딘 두 살배기 작품 전시회를 맞아서

500살 될 때까지 부안의 멋과 부안의 자랑으로

찬연히 빛나기를 두 손 모아 합장합니다.

석정문학관 개관식(2011년 10월 29일 오전11시, 석정문학관)

고려의 문정공, 조선의 매창, 근대의 석정은 예술혼이 살아 숨 쉬는 부안 문학의 상징입니다. 우리 고장 변산반도의 저녁 노을을 사랑했던 석정은 한국 문학의 맥이자 목가적 서정시의 거목으로서 부안의 자랑입니다.

'철그른 뻐꾸기 목멘 소리, 애가 잦아 타는 노을을' 우리는 잊을 수가 없습니다. 자연에 대한 경모, 자연의 순리를 노래했던 석정을 우리는 또 잊을 수가 없습니다. '말없이 재 넘는 초승달처럼 그렇게 가오리다. 님께서 부르시면'의 시구에 담긴 의미처럼 조선 독립을 꿈꾸며 그렇게 살다가 그 사랑 그대로, 천년만년 자자손손 물려주고자 했던 이 땅, 생거부안에 대한 석정의 무한 애정을 우리는 자랑스럽게 이어가야 합니다. 우리가 함께 자리한 이곳은 한국의 대표적인 전원시인이자, 민족 시인이었던 석정이 살았던 선은동입니다.

그의 시혼을 계승하고 이곳을 우리 고향의 향토 문화유산으로 가꾸어 가기를 간절히 소망합니다. 우리 모두가 석정의 문학과 석정의 정신을 되새기고 이해하는 자리가 되기를 간절히 희망합니다. 또한 예향 부안으로 찬란히 꽃피워 나갈 '새로운 시작'이 되기를 기원합니다.

석정의 시 세계를 흠모하는 귀하신 분들 부안에 오심을 감사드립니다. 잘 오셨습니다. 환영합니다. 감사합니다.

전국 유명 문인들과 함께한 석정문학관 개관식

사랑하는 여러분! 반갑습니다! 여러분의 고향 부안군 의회 의장 홍춘기입니다.

흑룡의 찬란한 비상이 시작되었습니다. 흑룡의 기상처럼 향우 여러분 모두에게 큰 희망과 축복이 충만하시기를 축원합니다. 고향을 떠나 우리나라 최고의 도시 서울에서 성공적인 삶을 살아가시면서 각계각층에서 지도자적 역할을 다하시는 향우 여러분들이 자랑스럽습니다.

항상 고향 발전을 위해 걱정하시면서 온 힘을 다해주신 여러분께 감사드리며, 저 또한 우리 부안을 잘 가꾸어 나가겠다는 다짐을 드립니다. 6만 군민과 13만 향우들의 가슴속에 꿈틀대고 있는 희망의 씨앗은 부안을 우리나라 최대의 명품 관광도시로 만들어가는 것입니다. 게이트웨이 30만 평 관광단지가 하루속히 착공될 수 있도록 끊임없는 관심과 성원을 당부드립니다.

또한 현재 미국 칼루스가 싼 가격으로 우리 고장의 '천년의 솜씨'를 위협하고 있어 부안의 쌀 농업이 참 어렵습니다. 부안군은 이에 대한 대응 전략을 철저히 수립하겠으니 여러분께서도 부안의 명품 쌀 '천년의 솜씨'를 여러분 주변에 널리 홍보하여 주시기 바랍니다.

고향 부안 사람들의 정겹고 따뜻한 오늘의 만남이 향우들의 발전과 고향의 번영을 다짐하고 축복하는 자리가 되었으면 합니다. 새해 복 많이 받으십시오. 감사합니다.

동진면 뒤뜰에서 열린 재경 서울향우회 초청 만찬 모습

2012년 새마을지도자 정기총회(2012년 2월 2일, 새마을회관 3층 회의실)

2011년 12월 5일 심해 시추선 드릴쉽 12억불짜리 2척을 싣고 떠나는 화물선은 우리나라 무역이 1조 달러 시대를 열었던 날로 기록하고 있습니다. 그 근간은 조국 근대화의 기치 아래 노도와 같이 일어났던 새마을운동이었으며, 이면에 새마을 지도자의 헌신이 있었다고 외신들은 전하고 있습니다. '그 저력으로', '그 정신으로' 사회 통합을 이루어가는 데 앞장서오신 새마을 가족 여러분들이 참으로 자랑스럽습니다. 올해 우리 군은 할일도 많고 군민의 기대도 많은 역동적인 한 해가 될 것입니다.

① 전국해양스포츠제전을 성공적으로 이끌어내어 전국 최고의 해양레저스포츠 휴양지로 만들어가는 일입니다.
② 5천만 원 소득 5천 호 육성 계획을 성공적으로 추진하여 새로운 성장 동력으로 키워나가는 일입니다.

목표 연도인 2014년까지 2,570억이 투자되어야 하는 이 사업을 꼭 성공시켜 나가야 합니다. 어떠한 일이 있더라도 이 사업은 밀고 나가야 하고 어떤 사업보다 최우선적으로 시행해야 합니다.

미국 캘리포니아산 칼루스가 우리 쌀 반값에 밀려들어 오고 있습니다. 그래서 이 사업은 어떤 사업보다 먼저 시행되어야 하는 사업으로 선택의 문제가 아닌 당연히 우리 군의 신성장사업으로 추진해야 합니다. 1970년대 식량자급자족을 위한 새마을운동이 이제 고소득 개발로 농업을 살려내고 우리 농업과 농촌에 활력을 불어넣는 뉴 새마을운동이 되어 노도와 같이 번져 나갔으면 하는 바람입니다. 흑룡의 찬란한 비상이 시작되었습니다. 60년 만에 찾아온 흑룡의 기를 받으셔서 계획하는 일마다 다 이루어지는 한 해가 되기를 기원하며 우리 군이 도약하는 해가 되기를 축원합니다. 새해 복 많이 받으십시오. 감사합니다.

먼저 부활하신 예수 그리스도께 영광을 돌리며, 이 자리에 참여하신 여러분들 모두 하나님의 축복이 함께하시길 기원합니다. 오늘은 우리의 죄를 대신해서 십자가 위에서 죽으신 예수께서 사망권세를 깨뜨리시고 부활하신 기독교 최대의 축제일입니다. 이 뜻깊은 날에 부안군의 모든 교회가 한 자리에 모여 감격스러운 부활절 연합 예배를 드리게 된 것을 기쁘게 생각하며 진심으로 축하드립니다.

예수님의 부활은 인류 역사상 유일한 최대의 사건이며, 이 놀라운 사실을 믿는 일은 사람이 누릴 수 있는 최고의 은총입니다. 만일 예수님의 부활이 없었다면 우리의 믿음도 헛되고 아무런 소망도 갖지 못했을 것입니다. 절망과 어두움 속에 있던 우리가 예수님의 부활로 인해 참된 믿음과 소망을 갖게 되었으니 부활하신 주님 뜻대로 살며, 아울러 예수님의 지상명령에 순종하여 아직도 절망 속에 있는 이웃들에게 부활의 소망과 생명을 전해야 합니다.

예수님의 탄생이 '인류구원의 시작'이라면 예수님의 부활은 '구원의 확실한 보증'입니다. 또한 예수님의 부활은 인류를 향한 하나님의 '사랑의 표현'이자 '화해의 메시지'입니다. 부활하신 예수님의 능력으로 갈등과 반목의 낡은 질서가 사랑과 화해의 새로운 질서로 바뀌어 복음과 축복의 땅으로, 기회의 땅으로, 살맛나는 땅으로 변화되기를 간절히 소원합니다.

"No, Cross, No Crown"(노 크로스, 노 크라운)이란 말이 있습니다. '십자가 없이는 부활의 면류관도 없다'라는 의미입니다. 우리는 영광의 부활 이전에 고난의 십자가가 있었음을 기억해야합니다. 십자가가 '썩은 한 알의 밀알'이라면 부활은 '많은 열매를 맺는 새로운 씨앗'에 비유될 수 있습니다. 우리의 희생과 헌신이 없이는 하나님의 뜻을 이룰 수 없을 뿐 아니라 지역의 화합과 발전을 이룰 수도 없습니다. 우리 자신과 부안의 모든 주민이 희생의 자세로 서로를 섬길 때 모두가 함께 행복과 번영을 누리게 될 줄로 믿습니다.

오늘 이 복된 자리를 마련한 부안군 기독교 연합회 관계자 여러분께 감사드리며, 우리 군 관내 모든 교회와 성도님들이 부활하신 예수 그리스도의 은혜로 더욱 든든히 서가기를 기원합니다. 감사합니다.

농어가 소득 5/5 프로젝트 교육(2012년 3월 9일 오후 2시, 부안예술회관 대공연장)

안녕하십니까? 반갑습니다. 이 자리에 모시기 힘든 귀한 분이 참석해 주셨습니다. 김성훈 전 농림부장관께서는 재임 시 농업농촌기본법을 제정하셨고, 논 농업 직불제를 최초로 도입하셨으며, 농조와 농조연과 농진공을 통합하여 농업기반공사를 출범시킴으로써 세계적으로 경쟁력이 있는 공기업으로 육성하였습니다. 장관님의 농촌사랑과 농촌의 꿈이 우리 군에서 열매를 맺는 시작이 되기를 기원합니다.

장관님의 부안 방문을 감사드리며 6만 군민과 함께 환영합니다. 또한 우리 농어촌의 발전을 위해 애써오신 여러분의 노력과 열정이 우리 군 농업의 활로를 열어가는 시작이 되기를 축원합니다.

농어촌은 언제나 우리 마음의 고향입니다. 산업화와 도시화가 진행됨에 따라 농어촌이 비록 많은 위기를 겪고 있지만 슬기롭게 극복하여 워낭소리나 뱃고동 소리만 울리던 농어업을 미래 신성장산업으로 만들어야 합니다.

한미 FTA와 세계시장 개방이라는 큰 파고를 극복하고 글로벌 거대 시장인 중국과 인도를 거점으로 동북아 최고의 메가시티를 선점하기 위해 반드시 '농어가 소득 5천만 원 이상 5천호 육성 프로젝트'를 성공시켜야 하겠습니다. 이 사업은 침체된 우리 농어촌의 희망입니다. 농어촌에 젊은이가 없다고 말하지만 농수산업에 희망이 있으면 젊은이가 모여들 것이며 그들은 희망을 현실로 만들어갈 것입니다. 우리는 할 수 있습니다. 가능성을 믿고 힘차게 뛰어넘어 가자고 감히 말씀드립니다. 그래서 세계로! 미래로! 도약하는 우리 부안을 '축복의 땅'과 '기회의 땅'으로 만들어가야 합니다.

오늘 이 자리에는 우리 농어촌의 발전에 크게 기여하고 있는 농업 지도자들이 모였습니다. 여러분 모두가 우리 농수산업의 미래를 개척하는 변화의 중심에 서줄 것이라고 기대해 마지않으며 오늘의 교육이 우리 농업의 활로를 열어가는 유익한 시간이 되기를 기원합니다. 감사합니다.

농업소득개발 필요성을 다짐, 결의하는 모습

부안군 청사 · 의회 준공식 · 신년인사회

부안군 청사개청식 축사장면

부안군 청사 준공식

의회 청사 준공식

(좌 · 우) 부안군 신년인사회

311

부안마실축제 축사

전야제 KBS 김태희 아나운서 인터뷰

즉석 인사말

환영사(예술회관)

만찬

현충일 행사

현충일 행사2

현충일 행사1

현충일 행사3

현충일 행사 4

부안군 농업 발전을 위해

(좌) 퇴비작업을 위해 볏짚을 묶어 나르는 모습

(우) 야간 퇴비작업 모습

(좌) 퇴비작업을 위해 왕겨를 운반하는 모습

(우) 퇴비작업을 위해 축분을 운반하는 모습

(좌) 고마제 주변 농로마다 쌓아놓은 퇴비들

(우) 부안농업현안 간담회 모습

김호수 군수와 함께 농업현장간담회·제6대 전반기 의장 취임

농산물 택배상자 제작보급 협의

농업현장 간담회

마을 소규모 육묘장 시설협의

제6대 전반기 의장 취임

의정 활동

㈜ 당선증 교부식에서

(우) 민주당 공천대회에서

선거운동 1~4

㈜ 선거홍보 5

㈜ 부안군 제5대 의회 개헌 선서 모습

㈜ 제6대 전반기 의장에 취임하다

㈜ 부안군의회 제6대 의장 당선 인사말 모습

㈜ 부안군 정례 회의 개최

㈜ 부안군 제5대 자치행정위원장으로 활동 모습

⒲ 군정 업무보고 토론 모습

⒰ 도지사와 함께하는 교육관계자 간담회 모습

⒲, ⒰ 부안군 의회 특별위원회

⒲, ⒰ 마을 경로당 간담회 모습

㈜ 부안군 기관장 협의회 추석맞이 군경 위문현장

㈜ 부안군 신년인사회 축사모습

㈜ 의원과 읍면 직원의 직접토론 모습

㈜ 장애인협회로부터 감사패 수상

㈜ 적십자 회원과 간담회 모습

㈜ 전직 의원 초청 간담회

(좌) 주민 숙원사업을 꼼꼼하게 분석하는 현장설명 모습

(우) 주민 숙원사업 본회의 통과 후 흐뭇한 모습

각종 행사

(좌) 부안군농민회 가족전진대회에서

(우) 현충일 행사

㈜ 경건한 마음으로 호국영령을 추모하고 있다

(우) 동진면민의 날 행사에서 열변을 토하는 모습

㈜ 부안 마실축제 전야제 만찬에서 건배를 제의하는 모습

(우) 부안 마실축제 전야제에서 KBS 김태희 아나운서와의 인터뷰

㈜ 부안 마실길 군민건강 걷기대회

(우) 부안 청자박물관 개관하여 문화재청장, 도내 기관장과 준공커팅식

(좌) 부안 청자박물관 개관식에서 청자 만들기 체험 모습

(우) 문경시 문경읍 주민 초청하여 동서화합잔치 후 기념촬영

(좌, 우) 부안군 신년인사회에서

(좌, 우) 모교 백일장 사생대회에서

대외 활동

㈜ 평양 방문 주체사상탑 앞에서

㈜ 평양 방문 남포시 주민들과 함께

㈜ 평양냉면 옥류관에서

㈜ 평양에서 인솔자 보위부 직원과 함께

㈜ 중국 우롱현 방문을 환영하는 입간판

㈜ 중국 우롱현 당서기와의 만찬

㈜ 중국 우롱현 당서기와의 러브샷

㈜ 중국 우롱현 방문 축사를 통해 두 지자체의 관계가 동북아 시대를 이끌어갈 초석
   이 되길 제안하는 모습

백두산 천지에서

한중일 지방정부 발전간담회

한중일 지방정부 발전간담회를 마치고(대명리조트)

(좌, 우) 한라산 등반

많은 사람들과의 인연

(좌) 고미영 산악인 동상 제막식(스포츠파크)

(우) 산사나이 고상돈 님의 부인과 함께

(좌) 반기문 UN사무총장과 함께

(우) 김요환 장군과 함께

(좌, 우) 김한길 민주당 대표와 함께

(좌) 농수축산업 발전을 위한 대표자 간담회 모습

(우) 새누리당 대통령 후보 이재오 의원과 함께 농업 현안 정책 건의 1

⒧ 새누리당 대통령 후보 이재오 의원과 함께 농업 현안 정책 건의 2
⒭ 스티븐스 주한 미 대사와의 간담회

⒧ 식품가공공장에서 김완주 도지사와 함께
⒭ 장애인 근로작업장에서 김완주 지사와 애로 사항 경청

⒧ 신달자 선생과 간담회를 마치고
⒭ 연변 조선족 동포와 함께

(좌) 이명박 대통령과 함께(청와대 영빈관에서)

(우) 이희호 여사와 함께

(좌) 전라북도 인물대상 수상

(우) 한화갑 민주당 대표와 함께

연보

1947년 02월 25일 전라북도 부안군 동진면 본덕리 513번지에서 아버지 홍성후와 어머니 김인애 사이에서 7남매 중 장남으로 태어나다.

1960년 02월 동진초등학교 제28회 졸업

1962년 02월 부안중학고 제17회 졸업

1965년 03월 전주 영생고등학교 제10회 졸업

1976년 01월 24일 전라북도 5급 을류(현 9급) 농림직에 합격(위도면 발령)

1988년 06월 27일 6급 주사 승진, 재무과 관재계장 발령(새마을과 개발계장, 내무과 서무·감사·행정계장, 건설과 관리계장)

1996년 11월 23일 5급 사무관 승진, 부안읍 부읍장 발령(1998년 10월 29일 동진면장, 2002년 11월 07일 계화면장, 2004년 08월 27일 위도면장)

1998년 07월 03일 제37기 북한정보교육 수료(제283호), 국가정보원장

2000년 02월 11일 지역정책대학원 고급행정관리자과정 이수(1년, 제77호), 전주대학교 총장

2005년 09월 23일 의회사무과 전문위원

2006년 02월 28일 4급 서기관 승진 – 명예퇴직

2006년 05월 31일 전국동시지방선거 부안군 나선거구(동진·주산·백산면)에서 기초의원 당선: 초선 – 자치행정위원장

2010년 06월 02일	전국동시지방선거 부안군 나선거구(동진·주산·백산면)에서 기초의원 당선: 재선, 전라북도 기초의원 득표율 1위(47.3%), 제6대 부안군의회 의장
2011년 02월 23일	군산 호원대학교 경영학과 졸업
2014년 06월 02일	전국동시지방선거 부안군 나선거구(동진·주산·백산면)에서 기초의원 당선: 3선, 전라북도 기초의원 득표율 2위(43.4%), 의회운영위원장

수상·표창

1977년 09월 22일	민방위유공표창(473호) _부안군수
1977년 11월 01일	공로상(제335호) _전라북도지사
1979년 03월 02일	전라북도 목민봉사상 표창(제134호) _전라북도지사
1980년 12월 31일	주민의 어려움을 찾아 해결해 주는 주민복지증진 기여 표창(제999호) _전라북도지사
1981년 01월 02일	부안군 공무원소양고사 3위 표창(제36호) _부안군수
1981년 12월 31일	여론행정유공표창 _전라북도지사
1984년 09월 22일	민방위유공표창(제1806호) _내무부장관

1987년 12월 31일	87년말 정기 표창(제44호) _부안군수
1989년 12월 30일	국유재산관리유공표창(제22833호) _재무부장관
1996년 06월 29일	모범공무원 표창(국무총리)
1999년 12월 28일	국가사회발전유공표창 _국무총리
2006년 06월 30일	근정포장 _대통령
2011년 02월 23일	호원대학교 졸업 총장상 수상(제29291호) _ 호원대학교 총장
2011년 12월 05일	상생공영의 통일기반조성 기여 표창 _대통령
2014년 11월 18일	매니페스토 지방선거 약속대상(제2014-73호) _한국매니페스토실천본부
2014년 12월 19일	2014 전라북도 인물대상 수상 _한국뉴스 본부장, 전북주간현대

감사패

감사내용	일시	감사기관
가축시장 이전 및 축산업발전 공로	1990년 10월 24일	부안군 축산업협동조합
부안읍 소도읍 가꾸기 유공	1992년 10월 31일	부안읍 소도읍 가꾸기 추진위원회 위원장 이옥성
민·관·군 방위체제확립 기여 (제74호)	1992년 11월 03일	육군 제2632부대장 소장 조희태
모교 환경개선사업 및 백일장 사생대회 13회 주관 – 모교발전 유공	1996년 05월 08일	동진초등학교 교장 양상철
부안군 교육발전 유공	2002년 12월 20일	부안군 교육장 임영식
동문화합·숲 가꾸기 사업·야외 농구장 건립 – 모교발전 유공	2008년 06월 04일	부안중 재경 총동문회장 김채옥
군정발전 유공	2008년 07월 05일	부안군수 김호수
미디어법 반대 홍보 및 당 발전 기여 모범당원(제69-1925)	2009년 11월 30일	민주당대표 정세균
민·관·군 통합방위태세확립 기여(제6호)	2010년 03월 18일	육군 제35보병사단장 소장 전동운
농업발전 유공(제189호)	2010년 06월 30일	부안군수 김호수
관악발전 유공(제2011-502호)	2011년 02월 28일	한국관악협회 회장 노덕일
숭고한 적십자 인도주의사업 유공	2012년 01월 19일	대한적십자사 총재 유중근
문정공 김구 업적 기림 유공	2012년 10월 13일	문정공 탄신 800주년 기념사업회장 김승오
민·관·군 협조체제 구축 (제65호)	2012년 12월 20일	육군 제35보병사단장 정한기
2014 매니페스토 지방선거 약속대상(제2014-73호)	2014년 11월 18일	한국매니페스토실천본부장
2014 전라북도인물대상	2014년 12월 29일	국제뉴스본부장 김태권 전북주간현대 장민수
지역발전 헌신	2015년 03월 02일	주산면 자율방범대 대원 일동
지역발전 헌신	2015년 12월	주산면 와하마을 주민 일동
고향사랑 유공	2017년 02월 09일	동진면 자율방범대원 일동
지역 농업발전 유공	2017년 11월 11일	동진면 지비마을 주민 일동
열린 의정 실현(2006년 07월 01일~2018년 06월 30일)	2018년 09월 30일	제7대 부안군의회 의원 일동
고향사랑·번영 헌신	2018년 08월 27일	부안군청 동진면 동우회 회원 일동

감 사 패

2019-01 　　　　　　義香 洪 春 基

변산 바람꽃 향기의 고귀함에서
당신의 삶을 엿봅니다.
함께하면 의로운 향기 묻어나는
의향 홍춘기의장님!

어르신들의 꽃자리 송산효도마을에
진입로 확포장, 녹지공간 조성,
육모정 건립, 북카페 개설,
효 조형물 건립, 작은 민속박물관 개관 등
관심과 사랑을 아낌없이 주셨기에
감사한 마음을 전합니다.

2019. 5. 8.
송산효도마을 어르신과 직원일동

(민속박물관)

(육모정)

(북카페)

(효상징물(심청이상))

출간후기

미래로 세계로 흘러가는 70년 인생

권선복
도서출판 행복에너지 대표이사

칸, 오스카, 빌보드. 우리에게 더는 낯설지 않은 이름들입니다. 세계화의 흐름에 맞춰 우리의 눈과 발을 한반도 바깥으로 돌린 지도 오래되었고 이제는 그 과실을 하나둘 맛보는 때가 왔습니다. 가장 한국적인 것이 가장 세계적인 것이라는 모토 아래 'K'라는 글자를 붙여 거대한 물결처럼 흘러나가는 한류를 우리는 자랑스럽게 여깁니다. 그런데 혹시 그 물줄기를 거슬러 올라간 곳엔 무엇이 있을지 궁금하지 않으신가요? 가장 한국적인 것이 시작되는 곳, 누군가에겐 잊히고만 고향. 이 책은 그런 작고 작은 세상에서 생동한 70년의 세월을 담아낸 책입니다.

저자는 무려 40년이 넘는 시간 동안 공직자의 길을 걸어왔습니다. 저자의 말대로 그가 치열한 청춘을 바친 곳은 시작도, 끝도 자신의 고향 부안이었고 이 책 또한 그러합니다. 첫 장부터 마지막 장까지 책에는 부안을 향한 애정과 안쓰러움이 가득 흘러넘칩니다. 저자는 국가가 임명한 일꾼으로서 부안의 문제를 파악하고 이를 발전으로 이끌어가기 위해 각고의 노력을 쏟아부었습니다. 농가를 살리고 조용해져가는 마을을 채우고 세계로 뻗어갈 부안의 미래를 만들고자 그가 목 놓아 외친 소망과 제언이 뇌리에 새겨지듯 꽂혀옵니다. 저자는 스스로의 능력 부족으로 아쉬움이 남는다 말했지만 그가 40년간 공직 생활을 해오며 다져놓은 성장의 기반은 헛되지 않았습니다. 저자의 인생을 바쳐 아낌없이 내어준 열매와 가지와 그늘이 잠들어 있던 싹을 틔워 부안은 그가 사랑하는 자연경관, 문화유산 등을 지켜나가며 서해안을 대표하는 관광도시로 자리 잡아가고 있기 때문입니다.

위기에 처한 지방이 더 큰 세계로 나아가려는 발걸음에 치여 외면받는 가운데 저자가 보여준 삶과 공직 생활은 우리에게 어떠한 깨우침을 안겨줍니다. 결국 미래를 가능케 하는 것은 맡은 자리에서 최선과 열심을 다하는 사람들의 삶이라는 것, 가장 작은 것이 가장 큰 것으로 향해 간다는 것, 그러므로 우리의 미래 또한 그런 정성과 열정으로 채워나가야 한다는 것 말입니다.

리스크 제로 노인장기요양사업

조보필 지음 | 값 17,000원

조보필 저자는 본서를 통해 '노인장기요양사업'의 개요와 매력, 이 사업을 시작할 때 가져야 할 기본적인 마음가짐 등 관심을 갖고 있는 경영자들에게 효과적인 가이드라인을 제시하고 있다. 특히 '전달자 사업'으로서 자유로운 경영과 이득을 기대하는 것은 불가능하지만 사회적으로 큰 가치와 품격을 가진 사업이라는 점이 이 책의 핵심이다.

친구 먹고 가세

이태선 지음, 지훈 동행 | 값 20,000원

『친구 먹고 가세』는 아버지와 아들의 6박 7일 633km 자전거 국토종주를 담은 여행기의 형식을 띠고 있다. 소통과 상호 도움으로 훌륭하게 아들과의 633km 자전거 국토종주를 성공해 낸 저자는 책 전체에 걸쳐 자신이 아들에게 반드시 들려주고 싶었던 삶의 지혜, 아버지를 일찍 여의고 직접 몸으로 부딪쳐서 일일이 깨우쳐야만 했던 인생의 팁을 이야기한다.

책 쓰기, 버킷리스트에서 작가 되기

이성일 지음 | 값 16,000원

평범한 사람을 작가로 만들어 주는 '독서 비법'을 통해 '평범한 교사'에서 '6권의 책을 쓴 작가'로 변신한 이성일 저자. 저자는 이 책을 통해 자신의 책을 쓰는 것의 중요성, 평범한 사람을 작가로 만들어 주는 독서 비법인 '초서 독서법', 실제로 책을 쓰는 과정과 출판사 계약, 출판 과정, 홍보 과정 등에 대해서 자신이 실제로 경험한 것을 기반으로 꼼꼼하고 섬세하게 들려준다.

행복한 고아의 끝나지 않은 이야기

이성남 지음 | 값 20,000원

보호아동 출신이자 20년간 교사로서 활동했고 현재는 영천교육지원청 장학사로 봉직하고 있는 이성남 저자는 이 책을 통해 고아에 대한 우리 사회의 편견에 도전장을 던지는 한편, 우리 사회의 '고아'들에게 따뜻한 조언과 응원을 던진다. 특히 우리가 잘 모르는 보호아동의 생각과 삶에서부터 그들에 대한 후원과 입양, 그리고 자립과 독립에 대한 시선까지 다양한 부분에 대해 생각할 거리를 던져 주고 있다.

간호사, 행복 더하기…

서울시간호사회 지음 | 값 18,000원

생명을 구하는 직업, 간호사들의 일상이 페이지마다 빛나며 독자들을 사로잡는다. 일견 냉철하게 보이는 간호사들도 우리와 똑같은 사람임을, 환자 앞에서 울고 웃는 이들임을 진하게 느낄 수 있는 감동적인 이야기들이 눈길을 끌고 있다. 본서에 담긴 햇살처럼 따뜻한 일화들과 간호사들의 매일매일의 다짐, 그리고 환자와 함께하며 그들이 떠올리고 느꼈던 모든 깨달음들은 독자들에게 포근한 미소를 품게 할 것이다.

'행복에너지'의 해피 대한민국 프로젝트!

〈모교 책 보내기 운동〉 〈군부대 책 보내기 운동〉

한 권의 책은 한 사람의 인생을 바꾸는 힘을 가지고 있습니다. 한 사람의 인생이 바뀌면 한 나라의 국운이 바뀝니다. 그럼에도 불구하고 많은 학교의 도서관이 가난하며 나라를 지키는 군인들은 사회와 단절되어 자기계발을 하기 어렵습니다. 저희 행복에너지에서는 베스트셀러와 각종 기관에서 우수도서로 선정된 도서를 중심으로 〈모교 책 보내기 운동〉과 〈군부대 책 보내기 운동〉을 펼치고 있습니다. 책을 제공해 주시면 수요기관에서 감사장과 함께 기부금 영수증을 받을 수 있어 좋은 일에 따르는 적절한 세액 공제의 혜택도 뒤따르게 됩니다. 대한민국의 미래, 젊은이들에게 좋은 책을 보내주십시오. 독자 여러분의 자랑스러운 모교와 군부대에 보내진 한 권의 책은 더 크게 성장할 대한민국의 발판이 될 것입니다.

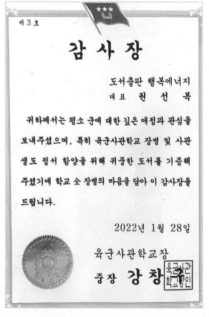